Vincent Kaufmann

Dernières nouvelles du spectacle:

Ce que les médias font à la littérature

“景观”文学：

媒体对文学的影响

［瑞士］樊尚·考夫曼 著 李适嬿 译

南京大学出版社

目　录

绪　言

“加拿大姜汁汽水”作者①

如果，作者不再是从前那个样子 7

或许，这本书只是一场梦，或从最糟的角度来说，它是针对当代作者境遇而策划的一场阴谋。或许这本书的主题——作者景观化（spectacularisation de l'auteur）——根本就不存在，又或许就像当初居伊·德波提出的“景观”那样，只是一个简单想法。景观无处不在、令人眼花缭乱，它颠扑不破，它模糊了我们的视线，我们再也无法凝视它，因为我们过于全神贯注，以至于有一天我们无法确定它的真实性，也就停止了对它的关注。我在撰写此书时，这些问题和疑惑一直伴随着我。这有点像考虑无意识问题的精神分析学家，他们必须倾听无意识，但有时他们再也听不到，就好像无意识

---

① 姜汁汽水（Canada Dry）是一种由生姜制成的汽水。在法国，它的广告标语是：“Canada Dry 的金黄色就像啤酒，它的名字听上去也像啤酒……可是它不是啤酒。”这句广告语曾广为流传，后来 Canada Dry 一词也被用来描述一件事物或一个人，其外表可以以假乱真，却不是货真价实，比如 Canada Dry 文凭，Canada Dry 合同，Canada Dry 科学研究，Canada Dry 司法机关，等等。

消失得无影无踪。更何况，这也差不多是同一桩事，因为“作者景观化”的这一假说之所以存在，是因为传媒无意识（inconscient médiatique）的存在，它决定了作者的另一种命运。作者，以及其背后的主体，也许会被传媒生态系统“编程”（programmé）而赋予他一个职位，而这个职位又决定了他的工作任务和“功能”
8 （fonctions）。曾经有悖自然的印刷技术，在今天看来是一件自然而然的事，那么同样，视听技术，以及之后出现的数码技术，现在看起来也很自然。

于是，我不停地问自己：我是不是在写一些流言蜚语，是不是在写文学领域中有关景观的流言蜚语？而我就好像患了“理论性耳鸣”（acouphènes théoriques），是唯一能够听见这些流言的人。或恰恰相反，我想揭示的这些“新闻”早已人尽皆知，所以非常乏味。可这样想，都是在浪费时间！因为我们可以不信传言，可以认为一切就是这样，或者仅仅懒得去想，然后对自己说这些只是流言而已，一切都没有变，作者的境况非常好——否则，又如何解释作者的层出不穷，其作品老少皆宜呢？或者相反，我们已经习惯了景观和所有一切，为什么还要去纠结？也许我们大致生活在一个妙不可言的时代，因为每个星期我们都会听到各种媒体，用大致相同的口吻宣布下一位文学天才，至少也是优秀人才的横空出世。所以，除了一些正常的事态变动，所有的一切，就好像和至今依然存在的图书市场一般古老：起起落落的市场销售额，悲喜交加的名利竞争。没有什么需要特别指出的，明天我们并不会停止阅读。作者永远是我们的朋友、我们的同类、我们的兄弟。我们可以永远相信他们，他们丰富了我们的情感，让我们哭泣、欢笑、恐惧，有时也不乏深度。

但是，作为一个（不按常规出牌的）媒体分析学家来说，我扪心自问：我们真的应该只满足于表象吗？一直以来，他们（或她们）看

上去很像作者，诚然，他（她）们的一举一动也像作者。他们中的某
些人依然留着浪漫的长发，依然身着看起来和其他人一样的、符合 9
身份的宽松白衬衫，不管怎么说，他们和剃着光头、穿着 T 恤的**极客**（geeks）截然不同，也和身上刺青、留着莫西干头的运动员大相径庭。一个作者身上刺青或留着莫西干头，这可不太严肃，即便有些运动员，有些留着平头光头、身上刺青的人也成了作者，尤其是写了自传而成了作者。当然，只有上帝才知道这些自传究竟出自谁之手。认真严肃、循规蹈矩的作者，就像传说中那样，手中拿着声称是他们自己写的书，出现在大家的面前。当然，如果他们还能收取其代理人经过激烈谈判而得的版权费，那么就拥有了成为作者的真凭实据。他们让我们觉得他们是作者，他们也像作者，他们有着作者的气质和言行，但是他们真的是作者吗？或至少，他们真的像几十年前的作者吗？那个时候，大家还对“写出来的东西”满怀崇敬、充满热情。

我自问，我们是否还记得他们？我想，也许当代作者也会提出同样的问题。他们的作品是否会比税务工作人员的账本更让人流连忘返？他们会像让-保罗·萨特（Jean-Paul Sartre）、鲍里斯·维昂（Boris Vian）或杰克·凯鲁亚克（Jack Kerouac）那样，依然让年轻人心潮澎湃吗？他们是否后继有人？他们是否会成为众人的典范？他们是否会赋予美学或哲学一种转折、一种决绝、一种崭新且重要的东西？他们会被载入文学史册吗？他们会成为民众不朽的纪念进而被塑成雕像吗？有一天，是否在法国昂蒂布城（Antibes）会出现一条纪尧姆·米索（Guillaume Musso）①大街？又或许，在阿尔及利亚的贝尼·萨夫市（Béni Saf）出现一座贝尔纳-亨利·莱

① 法国作家，生于 1974 年，以出版畅销小说而出名。——译者注

维(Bernard-Henri Lévy)[①]广场？谁又能预言这一切？如果一切还顺利的话，我们可以说，他们中的一小部分作者会有幸被载入文
10 学史册，而其他的则会被遗忘。但如果一切不尽如人意的话，那么也许不仅仅文学历史会消失，而成为作者不可或缺的运气也会变得虚无缥缈。

其实，文学史在不久的将来也许会销声匿迹，因为它是建立在一种稀缺性经济(économie de la rareté)的基础上的。往昔，作者之所以伟大，一方面是因为大家没有找到比书本更好的理由来让自己伟大；另一方面，那个时候也没有太多的作者。因为书本极其罕见，所以我们可以将其尽收眼底，并对其挑选或选择。但是，在如今的注意力经济体制(économie de l'attention)下，也就是说，在丰饶经济体制(économie de l'abondance)下，作者每天要用不计其数的日常辞藻去和日新月异的上万新词一争高下，我们暂且还不考虑影像、乐声所带来的竞争。也许，这种经济体制依然和过去一样，不会给其他任何体制腾出位置，也就是说，这种经济体制面向的是一个拥有文化商品的巨大市场。而文化商品，它们的目标并不是图书馆(当然，最好是国家图书馆)，而是稍纵即逝的消费，说穿了，就是即时消费。

在媒体膨胀的情况下，“注意力”(attention)和“公众关注度”(visibilité)已经成为最为宝贵的东西，所以不能肯定作者是否还可以和过去一样。作者还是可以在他们的官方文件里，继续填写他们的作者身份，还是可以继续签售他们写的书。除了电子书以外，书的形式也并没有什么变化。书还是书，作者还是作者，有什么问题吗？但设想：一个来自火星的外星人，错过了所有古代或近代文

---

① 1975年起，他成为法国新哲学运动的代表人物，经常出现在各种媒体。——译者注

学史的精彩章节，以他外星人的洞察力，也许看不出作者和娱乐业人士、演员、电影制片人、DJ、歌手和脱口秀主持人之间有什么区别。

毕竟，也是在以上这些人中招募作者的：曾经的演员或歌手， 11
眼看东山再起的机会实在渺茫，便改头换面变成了作者，这样的例子并不罕见。不过，相反的例子却并不多见，究其原因，本书将尽量做出解答。于我们这位聪慧的火星人来说，职业混淆的现象愈演愈烈，以至于作者似乎不再因其特定的生活方式而有别于常人。为了自我推销，作者必须身兼多职，所以他们过着几乎和平常人一样的生活，他们饮用的纯净水多于酒精，他们还定期在郊区小屋绿树成荫的社区慢跑，或一个星期游上两次泳。只有财富满贯的人，才能花钱过上一场体面的夜生活。多数情况下，毒品和高级妓女并不是当今作者所能承受得起的，要想成为一位被诅咒的十九世纪诗人，已经是一件昂贵且近乎奢侈的事。

可能作者在失去他风格的同时，也失去了他的权威(autorité)：他不再自然，不再发自肺腑，他不再是他自己，因为他和普通民众太像了。当然，民众也不会怎么在乎他。所有这些并非新鲜事儿，我们也不是第一次对作者提出质疑。比如我们还记得，作者在二十世纪六十年代末就曾经遇到一些“麻烦”。在人们渴望文学的那个时代，大家坚持让作者在读者面前消失：罗兰·巴特(Roland Barthes)甚至宣布了“作者之死”[1]；米歇尔·福柯(Michel Foucault)则设法将作者分解成不同的“功能”[2]；擅长消逝隐退的

① 罗兰·巴特(Roland Barthes)：《作者之死》(1968)，载《言语簌簌》(*Le Bruissement de la langue*)，巴黎：塞伊(Seuil)出版社，1993。

② 米歇尔·福柯(Michel Foucault)：《什么是“作者”》(1969)，载《所说所写》(*Dits et écrits*)第一卷，巴黎：伽利玛出版社，1994。

12 莫里斯·布朗肖(Maurice Blanchot)则很早就将自己消失了①。如果我们再继续回想，还可以追溯到斯特凡·马拉美(Stéphane Mallarmé)，他让诗人不再口若悬河，让诗人的存在变得毫无意义。

但是，这场死亡并没有阻止那些宣称死亡的作者以作者的身份继续存在，而且恰恰相反，这场死亡成了一种令人向往的光荣牺牲，当然，这样的自我牺牲，也需要相当复杂的诀窍。文学界里，并不是所有的作者都有资格去死，除非他渴望写出一部像陵墓一样不朽的巨作。到头来，只有最伟大的作家才有能力死去。要获得“作者之死”的权力，必须精通写作、日积月累，也就是说，以生命为代价——普鲁斯特、波特莱尔、福楼拜，我想到了您们。所以，“作者之死”并非无意之举，因为就如同乔治·巴塔耶(Georges Bataille)所说的：宣布自我死亡就是用神圣来装点自己，就是为了让自己倍受诅咒。正因为如此，“死亡”代表了一种长期以来可以信赖的选择，或者说，“死亡”更是一种抵抗，抵抗作者从今往后必须习以为常的一种标准化或平凡化。从这个角度来说，一个“作者之死”和“文本性”(textualité)的时代，以及六十年代作为体现这些的一个先锋派的时代，可谓是书籍和写作文化的绝唱。而这一文化正在渐渐失去重心，一开始它被视听领域征服，如今则屈从于数码技术。

我们知道，这个往往和“作者之死”联系在一起的“危机”(crise)并没有持续多久，应该相信，尸体可能还在残喘。不管怎么
13 说，作者重新振作了起来，他决定不让自己死得太早，还正是好好活着的时候，还正是镇定自若忙碌从事工作的时候。他不再思考那些让人苦恼的、有关“本质”和“存在”的问题，所以他也不再抚躬

① 莫里斯·布朗肖(Maurice Blanchot)：《文学与死亡的权力》(“La littérature et le droit à la mort”)，载《火部》(*La Part du feu*)，巴黎：伽利玛出版社，1949。

自问这所有的一切是否可以恢复原样，或一直保持原样。但是，历史是否会重蹈覆辙？借用萨特（Sartre）的逻辑，作家在1980年或2010年的境遇（situation）和1960年的会一样吗？这期间，如果我们没有改变世界的话，至少也经历了两次变革，而且是两次媒体生态系统的变革：第一次是当电视变得不可或缺，就像我们所说的电视“掌权”时期（其后果是：电视重新调整了各种权力的分配，让那些习惯用书写去获得权力的人做出了牺牲）；第二次则是当各种数码技术开始在它们之间重新分配权力的时候。对作者来说，这就意味着要为自己的起死回生而废寝忘食，但同时也意味着他迈入了一个不再以他为中心的世界。到头来，起死回生只赢得了一个“加座”的位置。您在这儿？您在这儿先待着，直到我们打铃叫您。怎么？已经有人了？还有好几个？您们自己内部安排安排，挨个儿等着吧！

所以“作者”并没有“死去”。又或许，在不知不觉中，“作者之死”慢慢变成了一些平淡无奇的片段。作者不再死于肺结核、疯癫、酗酒，也不再死于滔滔不绝。这并不是因为他的这个“我”变成了别人，也不因为他就没有其他放纵或牺牲的可能性，而是从某种程度上来说，他因“公务化”（fonctionnarisation）而死。“公务化”这个词，不但涉及一种生活方式，比如作者必须出现在电视屏幕前，必须履行交流沟通的义务；同时也意味着我们都受到了新兴技术的影响，其中也包括作者：我们是为技术而服务，让机器运转的公务员，甚至就像媒体哲学家弗里德里希·基特勒（Friedrich 14
Kittler）[①]所说的，我们是让程序运作的公务员。当然，我们还没有完全被奴役（机器还没有“掌权”），但我们并不十分自由，当

① 德里希·基特勒（Friedrich Kittler）：《技术世界的真相》（*Die Wahrheit der technischen Welt*），柏林：苏尔坎普（Suhrkamp）出版社，2013，第214页和之后几页。

MacBook不再运转，当在海上运行的小船没有了无线通信，我们都会不知所措。电视、数码技术的先后出现，构成了一种新的媒体秩序，导致了作者的公务化，作者的被“配置”(configuration)。我的假设是：正因为这个原因，所以很多人宁可希望作者死去，也不想看到他们变得平庸。人们曾经说作者死了，现在他又起死回生了，摇身一变，成了一名公务员，他为注意力经济和公众关注度经济体制服务。而这样的经济体制，与居伊·德波(Guy Debord)曾经描述的“景观”(spectacle)息息相关，我们之后将对其再作讨论。

不管怎么说，这就是本书的目的：剖析沉迷于景观的作者，剖析作者被注意力、公众关注度经济“配置”和公务化的境遇，而注意力和公众关注度经济则是景观的核心。相对来说，本书篇幅不长，从某种程度上说，它关注的是一些特定的瞬间、时段和境况，而不是整体。而这也正是本书的特点：作者景观化，它逃离了重要的思想体系和各种理论，只有当我们忽略它们时，才能从一些细节、征象、一些小小的失态，或一些取胜的姿态里察觉到。总之，对于作者景观化的诠释是“媒体分析学家”(médianalyste)的职责[①]，我不得不承认这是我刚发明的职业，或者说，我希望在不久的将来，会有这样的一份职业出现。让我感到遗憾的是，视听技术或数码技术对作者造成的局限性，至今并没有受到文学研究领域的重视。

15 防患未然

将作者看作难以察觉的突变体，这会导致某些误会，所以有必

---

① 本书作者发明的这个词：Médianalyste，源于“média”(媒体)和“psychanalayste”(精神分析学家)，所以可以理解为从精神分析学的角度去看待和分析媒体。——译者注

要预先做一些“防患措施”。首先，对上述的研究主题做一下纠正，它并不是剖析沉迷于景观的作者，而是剖析**某些**沉迷于景观的作者，所以不是全部作者。并不是所有的作者都和景观有关，也不是所有的作者都以同样的方式被景观“配置”。某些作者从不对景观低眉顺眼，他们与其对峙，有时是出于冷漠或不解，但有时是经过深思熟虑的，是有意识的。我认为某些作者是非常出色的景观分析学家，而某些则向景观做着出色的挑战。我们每个人呈现在大家面前的，是一个正在协商的主体，就如同我们所说的，是一个和无意识协商的主体，同样，作者不停地协商他在景观里的位置。此外，“景观”这个词本身也过于笼统，所以有必要在后面对其不同的方面和形态做出明确的描述。所以，并不是所有作者，而是部分作者，在我看来，这些作者特别能够用来阐述福柯所说的“作者—功能”(fonction-auteur)[1]。而“作者—功能”，如今则取决于媒体生态系统(écosystèmes médiatiques)，但从某种程度上来说，媒体生态系统于“作者—功能”来说，是陌生的，因为它们并不是为了打造作者而被构想出来的，可它们却深刻改变了作者的本质。

虽然不是全部作者，但不只限于一小部分作者，否则此书只会 16
满足部分读者的好奇心。在媒体生态系统中，并不存在一边是景观性的作者(受害者、牟利者，等等)，另一边是和景观毫不相干的作者；或者说，并不存在一边是优秀的作者，另一边是平庸或狡诈的作者。本书是理论性的，至少它的本质是理论性的。它不会赞美一些作者而贬低另外一些作者。它并不真正涉及当代文学的

[1] 《什么是“作者”?》，同上。诚然，“作者—功能”这个概念有点生硬，但是我觉得要比“auctorialité”(作者身份)更确切，也不比它来得矫揉造作。“Auctorialité”这个词有时被用来翻译英语中的 autorship 或德语中的 autorschaft，在这两种语言里，这个词则显得十分自然。既然“auctorialité”体现了作者(社会、历史等等)的功能，那就应该直接引用“作者—功能”这一概念。至少在本书中，我做了这样的选择。

“质量”(qualité)问题，也不对这里提及的作者划分等级，更不会提供任何一种可以划分等级的文学评判标准。本书的要旨是为以下这种直觉提供参考依据：在打造作者的过程中，存在一种或多或少的媒体“参数”意识。不可否认，这种无意识也因作者不同而若隐若现。按理说，这里我们会优先考虑那些有意识的作者，就好比弗洛伊德——我们不妨比较一下——他在描述歇斯底里症时，没有引用那些没有任何征兆的病人(这并不妨碍**我们中的大多数**都有**或多或少的**神经过敏)。

本书所要分析的作者，可以说我并没有选择他们。当我在构建这样一个假设：“作者—功能”的当代打造与媒体生态系统有关，这些作家便自然而然地浮现在我眼前。或恰恰相反，正是在我阅读他们时，这种媒体生态环境渐渐呈现出来，而且越来越清晰。我没有因为个人的好恶，也没有因为这些作者(非常)出名或不怎么出名而去选择他们，而是因为他们都体现了一种我想描述的有关作者被“配置”的境遇。此外，这也就是为什么，只有当“配置”准备
17 就绪后，这些作者才会指名道姓地出现在读者面前(第七章)。也许，读者会指责我的选择是在随大流，因为其中大部分作者对大家来说，确实并不陌生；甚至大家还可以认为，他们已经被说得够多的了。但是不是因为他们在媒体中占有一席之地，就可以说他们也在媒体中扮演着重要角色呢？对此，我并不是很确定。事实上，这里我们对作者的特殊个案并不十分感兴趣，我们感兴趣的是赋予这些作者的一种“家庭”氛围，或者确切地说，就是景观氛围。

不管怎么说，本书并不是为了发掘或者支持刚刚取代老作家的文学新人才。更笼统地说，本书的目的不是为了描绘文学现状，也不是为了评估法国文学界的兴荣颓败，更不会对皮埃尔·布尔

迪厄(Pierre Bourdieu)当初所定义的“文学领域”重新做出评估①。如果法国文学是本书的重点，那是因为我对其相当了解。当然，本书也会带读者前往德国、英美语系国家，甚至北欧。由此我们可以看到，当代技术媒体环境给作者所带来的一些其他局限性。在很大程度上，技术媒体环境与特定的语言和文化没有太大的关系，这也是它的特点之一。

文学领域本身已经变得非常模糊，而对于它的评估和价值评判，在今天却并没有受到重视。文学领域真的存在吗？它是否依然存在？或许，它已经被炸地四分五裂了？而我们再也不会知道**文学**是从哪里开始的，又会在哪里结束，或者再也不知道它应该是什么样子或不应该是什么样子。我们就此可以假设这种不确定性
正是当代媒体生态系统所造成的，也是它们能够对“作者—功能” 18
进行“配置”的结果。我们是否还记得，几十年前，不仅有文学领域，还有诸如文学理论的东西？曾几何时，这些东西如同一座耸立的堤坝，阻挡着书写文化权力的丧失。由各种流派交织在一起的这种权力，证实了文学的存在，证实它还是可以被定义的，即便同时也会出现相对的排斥。于是，很多作者被排斥在外，或者被遗忘。常常要等到二三十年之后，他们才可以声势浩大地重新获得名誉。经过“文学认证”而获得理论“通行证”的这种文学，渐渐失控，因为它拥有太多可以炫耀的“通行证”。文学理论为了成为真正的理论，也被分解成了太多的理论，于是面对文学的千变万化，面对它繁多的形态，我们不再严肃对待“通行证”和理论研究。

因此，我们首先将这个问题摆在了社会学家的面前。他们通过实用主义理论对我们解释说：文学是在某个特定的时期里，由一

---

① 皮埃尔·布尔迪厄(Pierre Bourdieu)：《艺术的法则》(*Les Règles de l'art*)，巴黎：塞伊(Seuil)出版社，1992。

个特定的社会所决定的①。之后，这种社会学的相对主义又“脱离了社会学”(désociologisé)，变得个性化：每个人自此，拥有属于自己的文学思考，属于自己的信仰、喜好，**点赞**和**狂踩**、朝上或朝下的大拇指——一段时间以来，社交网络在当代美学标准评判中扮演着重要角色。于是，文学领域就如同大自然一般，包罗万象，五味俱全。如果真是这样的话，那么传授文学这样的东西，也就是说，在中学和大学教授文学历史这样的东西会显得愈加困难。同时，
19 民众会对文学评论失去好感，也会对各种各样推荐作品的人——他们认为他们的口味可以或必须是所有人的口味——产生反感。而这种不满和疏离也定会有一片光明的未来前景。一个深信不疑的时代，一个曾经我们知道什么是文学、文学应该是什么样的时代永远离我们远去，以至于可以说，我们唯一失去的东西，正是长期以来一直获得大家公认的，“身份明确”的文学。

本书所讨论的是“作者景观化”(spectacularisation de l'auteur)，也就是文学作为领域、作为权威机构消失的形式之一，当然，也不排除文学以其他形式的消失，我们会在之后几章对此再作讨论。此外，当我们承认，在今天没有什么能比**文学**更成问题时，那么“作者景观化”这个假设是否还成立？在假设文学景观化的同时，如果我又承认文学也许永远没有像文学那样存在过，或者承认文学在今天只不过是个人品味问题或勉强算作个人信仰问题，那么我是否在作茧自缚，立刻陷入了一个无法解决的矛盾之中？不一定，因为如果我只能牵强地运用看上去似乎客观，但实际上却始终符合至少还属于美学范畴的标准来推断文学的某种衰落，或至少推断它的某种转型，那么与其如此，还不如重新审视文

① 比如可以参考理查德·舒斯特曼(Richard Shusterman)：《实用主义美学：体验美，重思艺术》(*Pragmatist Aesthetics: Living beauty, Rethinking Art*)，牛津：布莱克威尔(Blackwell)出版社，1992。

学的近况，或者只凭借洞察力去无可争议地指出某些变化。

文学，以及与它息息相关的作者，已不再是从前那个样子了——大家是否可以从字面上去理解这句话？我们所谓的信念，或我们应该拥有的信念已经变了。而且所有的一切都让我们相信历史无法重演，等待下一个普鲁斯特或雨果的到来也会遥遥无期。 20
写作的理由，以及如今成为作家的方式已经不再是几十年前的那个样子了。从读者的角度来说，我们阅读的理由和阅读方式也同样发生了变化，但并不仅仅是因为我们有了取代书本的 iPad 和平板电脑——这并不是问题，或者这只是一个微不足道的问题。

我在肯定这一切时，没有任何偏见，也就是说，我并没有丝毫伤感和怀旧，也没有任何愤愤不平。洞察一种变化，并不是洞察一种衰退，二者不可相提并论。更何况不管怎么说，这与价值判断也毫无关系。我并没有因为作者不再是从前那个样子而深感不安。但从某种程度上来说，尽量准确地去描述作者所变成的样子，去描述他们是怎么转变的，去描述我们的时代和我们的现状，则是我职业所需的分内之事。这样做，总比装着好像一切都没有改变要好。真正的问题在于，某些人依然墨守成规，就好像文学在无限的变化中是永恒的，就好像没有什么新的东西是可以探讨的。

可是文学在变，而且已经变了，与它在一起的作者也变了，但并不一定像牛奶变馊或红酒变质，而是视听系统，尤其是数码技术，甚至更笼统地说，是注意力经济市场让二者改变了。于是，确实存在很多东西需要我们去观察、去评论。与此同时，我们应该撇开那些可以颠来倒去、可以被驳斥的这个或那个有关作者的品位、信仰、审美，甚至伦理的问题。这里并不涉及“审判”谁，或为谁“洗脱罪行”，因为我们在之后会看到，这是“沉溺”于官司和法庭的当今传媒系统的纠缠不休所导致的。所以，本书的目的在于描述媒
体系统是如何造就或影响作者的。接下来的篇幅大致阐述当代媒 21

体生态系统如何再一次让作者偏离正轨（弗洛伊德和福柯曾经对此有过研究），并探究当这一生态系统给予作者机会，或为其袒护时，作者所呈现的不同姿态。视听设备和数码技术在作者和作者本身之间设置了一道屏障，事实也的确如此，它们掠夺了印刷文化所赋予作者的身份、特权和权威。它们让作者和作者本身拉开了距离，让其成为**加拿大姜汁汽水**模式的作者。本书所要谈论的便是这种距离。布尔迪厄（Bourdieu）曾经认为这种距离让文学领域不再拥有自主性，而如今，这种距离正遭受令人眼花缭乱的外在领域的系统性冲击和限定。

不管怎么说，大家将会阅读的这本书源自一种信念、一种直觉：正是媒体系统自身的特殊性（首先是印刷文化，之后是视听文化，现在是由数码文化相伴的视听文化，而后者也许会很快被前者超越）决定了一系列的，与每个时代相辅相成的“作者—功能”。当然，因时代的不同，“作者—功能”也会有相应的不同变化。这些媒体系统影响了整个文学创作链，或更笼统地说，影响了整个知识生产链：从作家的形象到文学“圈”（milieu）的形成，然后再到读者的阅读方式。而如今，以公务化和“卫星轨道化”（satellisation）为特点的文学圈，则让“文学自主”变得越来越成问题。“作者—功能”的发展史，也是一部权威机构的发展史，而权威机构也让“作者—功能”成为可能。在发展的历史过程中，存在一个或多或少的无意识“参数”或媒体因素，它可以用来解释很多事情。但如果我们忽略这个因素的话，那么很多事情我们可能将不会看到[1]。

初露端倪 22

所谓**加拿大姜汁汽水**模式的作者，也可以理解为，在无形中渐渐被禁止的书写文化变成了一种抛头露面的文化，尤其变成了一种电视文化。而且这种文化在今天，又因互联网不可或缺的数码技术，以各种可能的形式延伸。因此，很快就会出现以下状况：一位不在**照片墙**（Instagram）上晒**自拍**（selfie）的作者，一位不在**脸书**

---

[1] 这一媒体无意识，其本身可以说是也是隐藏着的，甚至没有存在的可能，它应该被罗列在理论幻觉的范畴。为了宽慰自己，我可以援引一些不再让我感到孤独的作者，更何况这些作者都非常出色。他们似乎患有同样的幻觉。但就如同大家所说的，当幻觉被分享后，就说明我们已经接受了它。首先从媒体研究之父马歇尔·麦克卢汉（Marshall McLuhan）开始，因他患有理论性耳鸣，所以写了《古登堡星汉璀璨》[（*The Gutenberg Galaxy*），多伦多：多伦多大学出版社，1962]，《理解媒介，论人的延伸》[（*Understanding Media*：*The Extensions of Man*），伦敦：劳特里奇（Routledge & Kegan Paul）出版社，1964]。当然还有让人着迷但又鲜为人知的维兰·傅拉瑟（Vilém Flusser），比如可以参看他的《记忆》（“Gedächtnisse”），收录于让·鲍德里亚（Jean Baudrillard）、汉纳思·波恒那（Hannes Böhringer）、维兰·傅拉瑟（Vilém Flusser）、汉斯·冯·福斯特（Heinz von Foerster）、德里希·基特勒（Friedrich Kittler）、彼得·韦伯尔（Peter Weibel）：《新兴技术哲学》（*Philosophien der neuen Technologie*），柏林：默弗（Merve Verlag）出版社，1989。维兰·傅拉瑟的部分著作已被译成法语，大致可以参看：《媒体文明》（*La Civilisation des médias*）和《摄影的哲学》（*Pour une philosophie de la photographie*），贝尔瓦：赛丝（Circé）出版社，2004、2006。我们还可以提及贝尔纳·斯蒂格勒（Bernard Stiegler），经过多年的研究，他也得到了类似的结论，但他的方法要比我的更具哲学性，我们可以看一下他的《数字知识型药理学》（“Pharmacologie de l'épistémè numérique”），载贝尔纳·斯蒂格勒主编《数码研究，知识有机体和认知技术》（*Digital Studies. Organologie des savoirs et technologies de la connaissance*），里摩日：FYP 出版社（FYP Éditions），2014；《技术社会时代最宝贵的财富》（“Le bien le plus précieux à l'époque des sociotechnologies”），载贝尔纳·斯蒂格勒：《社交网络，政治文化和社交网络工程》（*Réseaux sociaux. Culture politique et ingénierie des réseaux sociaux*），里摩日：FYP 出版社（FYP Éditions），2012。

(Facebook)或**推特**(Twitter)平台回复读者、和无数读者朋友交流分享的作者，就不能成为一位严肃认真的作者。更何况，只有当您接受这些读者成为您的朋友时，他们才会成为您的读者。面对这
23 些读者朋友，作者通常越来越积极地，或尽量不消极地去回答他们提出的问题。甚至有时，作者并不希望读者的介入，但还是会接受他们参与下一部小说的章节撰写，来证明他是与时俱进的，证明他很时髦、他在网上，总之证明他很**酷**(cool)。想象一下，曾经让人头疼的普鲁斯特为了可以继续靠伽利玛出版社维持生计而去回答这样的**推文**："嗨！马塞尔，我觉得艾伯丁(Albertine)睡觉那段非常精彩，但你是否可以把它搞得短一点？吻你。"

曾几何时，作者选择写作，恰恰是因为他们对交流并不特别感兴趣，甚至根本没有兴趣。他们宁可对语言进行再创造。他们想象自己可以其貌不扬，可以做隐士，可以与世隔绝，甚至可以醉醺醺地出现在电视演播室——而这段时光，已经结束了。如今，作者不可以厌恶人类，不可以自杀，也不可以心术不正，他们必须有头有脸，最好是年轻的、上镜的，已经变成**加拿大姜汁汽水**型的作者——这就是作者为了继续存在而应该付出的代价。因为时代变了：从一个适宜写作的年代，变成了一个只用眼睛为所能看而看的时代；变成了一个只用眼睛为看到而看的时代；变成了一个只看名人的时代。而名人所拥有的注意力资本或公众关注度资本，一方面是通过电视体现出来的，另一方面则体现在"脸书"的朋友圈，或者"推特""照片墙"的粉丝圈。就像雷吉斯·德布雷(Régis Debray)所说的：当"印刷书写域"(graphosphère)在转换成"视听图像域"(vidéosphère)①的过程中，后者拥有它活蹦乱跳的同

---

① 雷吉斯·德布雷(Régis Debray)：《通用媒介学教程》(*Cours de médiologie générale*)，巴黎：伽利玛出版社，1991。

谋——“超媒体域”(hypersphère)为它保驾护航。而以数码形式出现的这一“超媒体域”,也正在成为注意力或公众关注度经济的新核心。

所以,有时让人觉得晦涩难懂的那些作者们,他们头上的“灵晕”(aura)已被电视节目主持人的光环取代,而近来,又被社交网络的魔力取而代之。对此,我们才刚刚隐约察觉未来的作者将会遭遇的一切。与此同时,我们还要对诡异的算法(algorithmes)做 24
一番仔细研究,因为它们开辟了一个辅助创作的时代,甚至开创了一个自动化创作的时代。电子也好,数码也好,注意力经济主导着一切,它“配置”权威,它决定权力的等级、先后顺序和出现的时机,一旦涉及公众关注度,注意力经济就像过去某些执行大赦或颁发学院大奖的有权之士那样,有决定“生”与“死”的权力。“作者—功能”变了——如果再这样继续重复,将会显得平淡无奇。但是否还是应该去仔细研究一下它是怎么改变的?正因为“作者—功能”只是一个与时而化,一个因话语构序(les ordres du discours)改变而改变的“功能”,我们还应该考虑到媒体“构序”,它们也是“作者—功能”变化的可能条件①。

所有这些又是从何时开始的?早在所有人沉迷于数码世界之前就开始了,即便大家已经忘记了当时让人喘不过气来,如今却依然非常现实的,对视听领域的掌控。所以,不要太醉心于新鲜事物,不要被最新一代的触摸屏这样的小玩意所蒙蔽。而恰恰相反,应该试着用客观的眼光去观察:这些变化和发展,并不是几个月或几年的时间就可以决定的,而往往需要几十年的时间。大概是从二十世纪七十年代开始发生变化的,但那时,变化还相当缓慢,还

---

① 除了前面援引的《什么是“作者”》之外,我们还可以参考米歇尔·福柯的重要著作《话语的构序》(*L'Ordre du discours*),巴黎:伽利玛出版社,1971。

不至于被大家察觉。媒体演变从来都不会像一座墙的倒塌或一座摩天高楼的坍塌看上去那么让人惊心动魄，所以我们依然可以说没啥变化，或者根据雷普法则（loi de Riepl）[1]，从**表面上**看，一切都
25 没有改变。但如果需要为这场文学演变提供一个确切的时间，我们可以说那是在1975年，在法国。那个时候，黑白电视才刚刚变成彩色电视，由贝纳尔·毕佛（Bernard Pivot）主持的**《责问》**（*Apostrophes*）节目也才刚刚推出，当然，在这之前也存在其他类似的节目[2]。

《责问》？如此普通的一档节目，真的有必要再去讨论它？是的，因为那正是作者平凡化的开始，而本书的主线之一就是：作者趋于平凡化。就一般情况而言，平凡化并不会像特殊事件那般具有轰动效应，但不管怎么说，1975年是一个转折点：它为最后一批先锋人士画上了句号。同时，在这个转折的过程中，便出现了诸如作者的象征性权力被剥夺这样的现象。作者不再待在家里收看自此（差不多）人人都可以收看的电视，而是走进了电视演播室，并尽量在那里为大家留下一个好印象。那是一个关键时期，尤其是这一时期即将导致广义上的（法国）文学“自传体”（autobiographie）的转向，也就是说：从今往后，自传体中不但包括一切形式的自我书写，诸如自述或几十年来定义纷多的“自我虚构”（autofiction），而且也包括无数或多或少的自传体小说。

我的假设是：自传体的转向与电视生态系统的产生有关，它是

---

① 沃尔夫冈·里佩尔（Wolfgang Riepl）在1931年因提出以下这条“法则”而闻名于世：新媒体从来都不会将旧媒体淘汰，而是将旧媒体重新分配。一个世纪后，这条法则经常会被某些认为应该是这样的，或害怕不再是这样的人所引用。

② 帕特里克·图哆热：《牺牲的作家，文学节目的生与死》（*L'Écrivain sacrifié. Vie et mort de l'émission littéraire*），洛尔蒙特（Le Bord de l'eau）出版社，2009。

电视在媒体领域占据主导地位的结果。在我看来，不应该忽视电视，因为它并没有被淘汰，它继续实施着它的决定权，依然要求“自传体的”或“个人的”(personnel)这样的东西出现在屏幕上。此外，26
尽管我们说现在已是数码技术时代、网络时代，尽管这些也在轮番“换牌”，但电视依然具有权威性。电视仍然，或者说它依然占据着重要的位置，至少在公众空间，它体现的是权威和优先权，它不停地将权威和优先权授予它认为应该可以抛头露面的人。所以，当我们在这里探讨“作者—功能”的当代变化的同时，如果忽视电视，那将是错误的。

我所说的自传体转向，就像过去大家所说的结构主义时代的**语言学转向**(linguistic turn)，当视听媒体和紧随其后的数码技术出现后，**语言学转向**也就被淘汰了。生活在电视和数码技术体制下的作者，不再是“语言游戏”(jeu de la langue)中的主要角色。“文本主义”(textualistes)先锋派时期，作者对“语言游戏”深信不疑，他们勇敢地将雅克·拉康(Jacques Lacan)的**《全集》**(*Écrits*)像勋章一般系于上衣的纽扣。而如今，作者成了为注意力经济服务的公务员，就好像各种各样的屏幕将他们从语言游戏的视线中转移了出来。既然作者在那里，在舞台上，既然他必须在那里，那么他最好的选择便是尽可能多地、直接地讲述他自己。与此同时，他不能用太多的字眼或冗长的句子来模糊他的透明度。这就是电视对作者的要求，也是电视对所有人的要求。电视对此相当在行：直接的、情绪化的、个性化的——当某处爆发了地震，电视会让我们看到一位绝望的幸存者；当某家工厂倒闭，电视会让我们看到一位绝望的工人；当电视关注文学时(当然，在它看来，文学并不是文学本身那个样子)，至少在关注文学时事时，它让我们看到一位作者或一排作者，当然这些作者看上去最好不要太让人绝望。

于是，属于美好的结构主义时代和先锋派时代的那些曾经“死

去”的作者，直至八十年代初，不是被要求靠边站，就是被要求体面
27 地起死回生。电视要求我们活着，至少要求我们假装活着，钟情于表象。今天，当我重新回想起《责问》这档节目时，浮现在我眼前的是可以被互相取代的，从四面八方蜂拥而至的作者，他们挖着先锋派独立小团体的墙角，把墙角挖得越来越大；他们对“作者之死”、语言游戏、无意识、自我反思（autoréflexivité）和文本关系（intertextualité）这些“新批评”（nouvelle critique）和各种理论思潮曾经所关注的问题满不在乎。而贝纳尔·毕佛（Bernard Pivot），也正是让曾经死去的作者起死回生的理想主持人，他必然会询问他们的作品是不是自传。“是的，也许，有点，有一部分是，但我也许不会告诉您具体是哪一部分。不管怎么说，这是我的想法，我的想象，我在这里露面便证明了这一点，证明这些是出自这位在场的、有头有脸的作者之手，我用我的‘在场’来证明这一切的真实性。”这样的回答在当时几乎也是所有人的回答。随之悄然而至的，便是模棱两可的“自我虚构”（autofiction），我们会在后面会再讨论这个问题。但现在，我们要记住的是：“自我虚构”这个概念出现在 1977 年，也就是在《责问》开播的两年之后。

不管怎么说，自那几年之后，即便在小说中已经出现了可能的自传体维度，作者还是会奇怪地去习惯性地谈论他们笔下的人物，就好像他们对这些人物很了解，就好像他们通过钥匙孔在观察他们。作者变得顾虑重重、不知所措，对未来神情专注却又充满迷茫。当故事结束时，作者会快乐吗？他们是否能够从故事中走出来？是否能在悲剧后重整旗鼓？也有一些作者在小说结束的时
28 候，觉得自己被自己所创作的人物抛弃了，而曾几何时，他们也已经习惯和这些人物生活在一起了，所以要说再见的话，还真有点恋恋不舍。我，如此孤寂，重新回到了我的市郊小屋，喝着我的矿泉水，伴随我的是我的妻子、孩子，还有那个市政游泳池。也许，这些

作者从来都没有研究过热拉尔·热奈特(Gérard Genette)[①]以及其他人的思想,并不知道叙事有着不同的叙述层,也不知道作者、叙述者和人物之间的起码的区别。大家可以认为这些问题并不涉及本质,或者认为作者应该有权力去钟爱他们笔下的人物。但是,当作者为了完成在传媒中抛头露面的任务而尽量和笔下的人物打成一片时,或者当他希望和笔下的人物保持一种文学修辞意识上的距离时,那么他是否还会用同一种方式去创作小说?所以,我们完全可以打这样一个赌:文学将失去一些东西,比如它将失去属于它的讽刺,因为讽刺并不是景观的绝活,也就是说,景观不具备良好的反思意识。所以,文学不再是从前那个样子了。

如果我们所关注的不仅仅是文学人士,如果我们也关注一下知识分子,那么我们会发现,他们之中也出现了变化。与其将这些知识分子称为**加拿大姜汁汽水**模式的作者,我们还可以以类似的方式,将其称之为 BHL **型作者**[②]。贝尔纳·亨利·莱维杰出地胜任了“公务化”知识分子的职位,在这里我们向他表示致敬,因为他是第一位变得“公务化”的知识分子,至少在法国他是第一位。**《责问》**,以及属于“新哲学运动”的哲学家,二者言谈平庸、陈词滥调——我恐怕从中找不到什么出路,当然我也不会为此而驻足。如果说,BHL **型作者**也出现在 1975 年左右,这也并非巧合,因为他们也是随着电视的出现而出现的,他们也是贝纳尔·毕佛的同辈人,他们曾经争先恐后地在他的节目里亮相,当然,之后还有其他人。他们取代了六十年代至八十年代打着(后)结构主义旗号的

---

① 热拉尔·热奈特(Gérard Genette, 1930—2018),法国文学评论家兼理论家,也是叙事学(narratologie)的奠基人之一。他在《叙事话语》(*Discours du récit*, 1972 年)中指出,叙事学是在叙事(récit)、故事(histoire)和叙述行为(narration)三者的区别之上建立起来的。——译者注

② BHL 是法国新哲学运动代表人物贝尔纳·亨利·莱维(Bernard-Henri Levy)的简称。——译者注

德高望重的前辈。而那些前辈很少和电视接触，究其原因，应该很多，但更多则是因为他们深信：在拉康、福柯，或者巴特（Barthes）的作品里，很少会出现现在已经见怪不怪的有关作者或主体的真
29 相。我们在电视演播室里，既不能谈论史实性的问题，也不能谈论“作者之死”，当然也不能去解构主体，更不能将“我”说成是他者——如果真要这样做的话，那我们又会是什么样子？可能还得为此道歉，电视里可不兴这么做。

不管怎么说，属于新哲学运动的哲学家们完全明白这些，而且当其前辈还在继续探讨即将被所有人认为是空洞无用的问题时，他们很快就知道，另辟蹊径的最好办法就是“从操旧业”。于是，这些新哲学家们决定抛头露面，至少也要以一个真正的主体，以一个真正作者的样子出现在大家面前。他们就好似生活在往昔的美好时光，为众多真正的光荣事迹辩说，为无可辩驳、确确实实的压迫者辩护。如果我们不太留意的话，我们会以为他们是出现在电视里的作者，但事实上，这只是一种错觉，因为他们是为了电视而存在的作者，为了电视而被打造的作者。他们占据着电视演播室，（重新）扮演着像加缪或萨特那样的作者，他们谈论人世的不幸和世界的不公，直至感到“恶心”。观众聆听他们，也许也崇拜他们，因为他们是真正的作家，真真切切的知识分子，他们的身份被他们手持的书本所证实，也被封面上不容置疑的名字所确认。可事实上，这些书本大体来说，只是他们出现在电视里的一些托词，而并不是什么理由；这些书本就是进入电视演播室的“门票”，没有人会阅读它们，它们也很快会被遗忘；这些书本只不过是让他们可以受到众人关注的“密码”。而公众关注度则成了所有事情的衡量标准，至少也成了衡量所有威望和权力的标准。从今往后，这些书本

的存在就是为了“打造作家”(faire écrivain)①。

最富有的人和高度受到公众关注的人，好像拥有“门票”也有 30
那么一段时间了，因为我们经常接二连三地邀请他们，我们也不要求他们什么，甚至更不会要求他们来演播室向观众介绍他们的新书。“作者—功能”好像和我们用各种方式去尊重的书籍也越来越没有关系。我还记得，几年前曾经看到一档由法国电视一台在12月31日举办的跨年晚会节目，这期间所有的员工、嘉宾和被大家叫作“哥儿们”的人，都在尽量地装作一副很开心的样子，他们看上去无所事事，只是为了向观众道一声晚安。他们中间，有一个比较出名的作家，名叫弗雷德里克·贝格伯德(Frédéric Beigbeder)，和往常一样，他依然长发飘飘，他有半个小时可以浪费，或者在半个小时内，他可以将所赢得的公众关注度储存起来。他应该是以作者的身份应邀出席这场晚会的，因为如果不是我搞错的话，他既不是电视一台的员工，也不是优秀运动员，更没有获得“法国小姐”称号。他出现在节目里，开了些玩笑，也没有找到什么合适的口吻，就走了，甚至没有人想到要问他是否写了书，是否在筹备一部影片，是否在制作一张歌曲专辑。他只是在那里，这就足够了，因为大家都认识他。由于公众关注度经济不停地在原地兜着圈子，所以它经久不衰，它也让面临威胁的森林得到了应有的尊重，因为它最终会取代无用的书籍，也会取代印刷书籍所需的纸张。

---

① 本书主要研究纯文学，所以有关知识分子的历史在本书中占据的篇幅不多。有关这个问题的著作很多，其中某些不乏是划时代的作品，我们可以特别阅读一下雷吉斯·德布雷(Régis Debray)，很久以来他就知道应该如何从媒体因素的角度出发，去看待知识分子的发展史：《法国的知识权力》(*Le Pouvoir intellectuel en France*)，巴黎：拉姆塞(Ramsay)出版社，1979；《法国知识分子：完结篇》(*I. f. suite et fin*)，巴黎：伽利玛出版社，2000。

31 对诺伊尔·热瓦兹的赞许

有一部让我倾心的小说，是诺伊尔·热瓦兹(Noëlle Revaz)写的**《没有尽头的书》**(*L'Infini Livre*)①。除此书之外，热瓦兹也在法国伽利玛(Gallimard)出版社发表过其他三部小说。**《没有尽头的书》**由瑞士一家小出版社出版，究其原因，大家可以去追究一下。出版社为我们提供了以下这段小说梗概："珍娜(Jenna)和乔安娜(Joanna)，两位成功的作家，她们平静地游离于各自的家庭和电视演播室之间。在属于她们的简单生活里，书本变得平淡无奇，它们的价值和意义仅限于封面。节目主持人、购买者或者作家，没有人再想打开书本。"打开书本"这个动作被人遗忘。这种简单化也渐渐遍及生活的每一处：音乐变成了一件东西，孩子可以是一张贴纸，朋友只是一个词，再也没有任何内涵。的确如此，诺伊尔·热瓦兹所讲述的故事也是我试图通过我的诠释方法要阐述的：作家的境遇一方面被束缚于"视听图像域"，另一方面又受到数码技术的牵制。作者在二者之间颠簸不定，因为他的"公务化"，因为他臣服于剥夺其权力的媒体系统而失去了主观性。自从我阅读了这部小说，我不再感到孤单，因为至少还存在一个和我有着相同幻觉的人。

继续阅读诺伊尔·热瓦兹的这部小说，我们还会看到，所有人，包括出版社都把珍娜或乔安娜所写的书混淆在了一起。而大家真真切切看到的，也只不过是著书封面上的颜色。书只是物品，

---

① 诺伊尔·热瓦兹(Noëlle Revaz)：《没有尽头的书》(*L'Infini Livre*)，日内瓦：佐伊(Zoé)出版社，2014。

它们有着或多或少让人愉悦的色彩，它们可以让作者信步于电视演播室，并且履行他们电视公务员的职责。不过这项职责，并不像 32
我们表面所看到的那么简单，因为它要求作者能说会道：谈论自己、谈论其他作家、谈论雨天、谈论晴天，等等，但就是不谈论他们从来都不想关心的书本。在没有太多证据的情况下，我们大概可以猜到：出版社通过算法提供现成的句子，来完成著书出版的任务。我们对**《没有尽头的书》**中出现的现成句子也无需大惊小怪[①]，那些习惯走进电视演播室的小说主人公，一度也决定放弃句法，而只用感叹词来表达自己。总而言之，这些感叹词就是各种即时通信工具慷慨热情提供给大家的**表情符号**的口述版，既省时又贴切。从今往后，我们满足于惊呼“漂亮！”“难过！”“幸福！”……

可能发生在珍娜和乔安娜身上最糟糕的一件事，莫过于有人在电视演播室里“翻开”了一本书，这是大家能够想象得到的最不得体的一个动作。除此之外，乔安娜也因儿子不停地想去翻阅陈列在客厅里的她写的书而深感惶恐，或许她更希望儿子像所有人一样，在平板电脑里看一些情色的东西。最让人尴尬的，是在一档电视节目中，有人想翻开一本无法翻阅的书——事实上那只是一只用纸板箱做的外表精美的盒子。这种情况的确难得一遇，于是 33
这位经常被邀请的老作家被大家认为是在故弄玄虚。故弄玄虚本身并不算什么，但不能泄露机密，不能去打开一本书。

《没有尽头的书》娓娓道出了**加拿大姜汁汽水**模式作者的尴尬处境，我们也将在后面对其再作讨论，因为这种尴尬处境正是本书涉及文学景观化的重点。不过，我可以再举一个例子，就像大家所说的，来个**预览**(preview)。德国广播电视联合会(ARD)电视台每

① 作者在小说中尽量使用了简单而现成的句子。某些习惯“文学”风格的评论家对此做出了批评，认为作者抹杀了优美的文字，然而很明显，行文优美并非作者的意图。

月呈现给观众一档名为“Druckfrisch”的文学节目——应该将它翻译成“刚出版的”，但按照其字面意思则是“新近印刷”，这好像暗示了在景观制度下，一本好书必须和早餐的羊角面包一样新鲜。在**加拿大姜汁汽水**的模式下，书本就像酸奶一样会过期。我们知道书店所售之书的平均寿命为四到六个星期，所以作者必须在**“快速约会”**（speed-dating）中尽快说服观众。

由一位名叫查克（Scheck）的先生主持的这档《**新近印刷**》节目有一项特别专栏，就是评估被德国《**明镜周刊**》（*Der Spiegel*）杂志列入畅销书榜首的十本书——这个畅销榜在德国是很具权威性的。查克先生在每本书上所花的时间大约为一分钟，于是几句刁钻恶毒的话便可以对一本书做出“赦免”或“处决”（德语我们说zerrissen，就是“撕碎”的意思）。而“恶毒”则是电视里最精彩的部分，大家从来都不会为之倦怠。受到赞赏的书仍然可以留在桌上，被“判刑”的书则被扔进演播室一角的垃圾桶里。这些被判了刑的书，有时会通过传输带危险地旋转到电视观众面前，然后落入垃圾箱，发出沉闷的一声“哐啷！”还好有电视屏幕可以抵挡来自查克先生的**宣泄**（acting-out）①，否则这些书早就砸在您脸上了。

34 这一切是否让人震惊？并不然，因为今天我们几乎不再出版“著作”（livres），而是在作者同意的情况下出版“闲书”（bouquins）。而他们也喜欢说自己写的是“闲书”，或至少，他们不再敢说自己撰写的是一部“著作”——这就好像在结婚之前宣布自己是纯洁的，太过时了，也不**酷**。扔闲书没啥坏处，而“著作”变为“闲书”则体现了**加拿大姜汁汽水**文学的开始。闲书看上去很像著作，从技术层面的角度来说，它和著作一模一样，但它不是著作，而是闲书。谢谢您的光临，谢谢您的故事，下一位！一部著作和一本闲书的区别

---

① 这是一个精神分析学概念，通常被译作“见诸行动”。——译者注

在于：从某种程度上来说，闲书就是用来被扔的，然后我们可以继续下一本。闲书就是一次性餐巾纸，就是被扔进垃圾桶的“哐啷”，就是“脸书”上的“赞”。拇指向上、拇指朝下、表情符号、感叹词、我赞、我踩、我拍砖、我分享，这就是闲书的“天职”，或它存在的全部意义。在文化工业（笨拙）伪装下的现代罗马马戏团里，闲书永远可以被其他推荐产品所取代。如果换作过去，那个时候，我们还活在理想的世界里，书本文化完全可以忽视电视的放荡不羁，没有人会想到美好的印刷文明会受到数码的阴险威胁，那么想必查克先生也不会斗胆扔书。在皮埃尔·杜玛耶（Pierre Dumayet）和皮埃尔·德高浦（Pierre Desgraupes）[1]的时代里，阅读就是生活，（显然还是官方的）电视还会亲自去作家家里“做客”。当然，最好是去大作家的家里做客，去拍摄他的办公桌或者花园，中间再穿插一些手稿特写，或者插入作者亲自朗读手稿的片段。那个时代，我们从来就不会将书本送上传输带，也不会将任何一本小册子遗弃在电视屏幕的一角。这只手、这个嗓音体现了作家近乎神圣的本真，我们
为此而五体投地。而电视所带来的奇迹则突然可以让更多的人看 35
到这种神圣，可是大家并没有意识到，通过电视的方式在向书写文化致敬的同时，也给了书写文化“致命一吻”，而作者越来越频繁地在电视里亮相也就意味着他将不再神圣，他将无可救药地走向平凡。您写书？一本闲书？太平凡了，所以让人倍感亲切。欢迎来到我们中间。我们可以在帕特里克·图哆热（Patrick Tudoret）激动人心的**《牺牲的作家》**中看到有关这一变化的细节。[2] 我在这里仅对书名做一下评论，我觉得作家并没有为电视而牺牲，更准确地

---

① 两位都是记者，早在 1953 年就推出了有关文学的电视节目。——译者注

② 帕特里克·图哆热（Patrick Tudoret）：《牺牲的作家，文学节目的生与死》（*L'Écrivain sacrifié. Vie et mort de l'émission littéraire*），同上。

说，应该是作家被电视平凡化了、公务化了：首先是二十世纪六十年代在作家面前卑躬屈膝的“古电视”（paléotélévision）；之后是以贝纳尔·毕佛为标志的“新电视”（néotélévision），后者摆脱了电视最初的“奴性”，获得了自主权并责令作者必须成功地在观众面前**亮相**（prestation）、作秀；后来才是再也识别不出真正作家的“超电视”（hypertélévision）。

从今往后，电视邀请作家去参加的只是一些作秀节目，就像弗雷德里克·贝格伯德参加的那台晚会，也就是说，大致就是邀请作家在节目里扮演小丑。可是在这样的节目里，作家将与演员、歌手、运动员、“法国小姐”、反对派议员、部长，以及退役的色情明星一争高下。他和那些人一样，在那里是为了作秀，为了炫耀属于他的景观，但他也更多受到了任务的束缚和电视维度的限制，因为自此，他要维护他的景观。而属于他的景观也定会遭到社交网络的恶毒攻击，因为网民也想得到一份属于自己的公众关注度。如果作者成功过关的话，如果他和节目主持人以及其他嘉宾趣味相投的话，那么他将会再次受到邀请；如果他说话结结巴巴，那就完了，永远完了。

第一章
媒体边缘效应

一部阐述数码技术是如何影响文学的书，在必要的时候应该 37
是蛮酷的。但是，一本关乎视听领域和文学的书，是否有点过时了？就像帕特里克·莫迪亚诺（Patrick Modiano）所说的，书、电视、景观让我们回到了**六十年代**，或者让我们想起了用塑料编织出来的小玩意儿（scoubidous）[①]。我们可以肯定，社交网络也为会因此无所谓地“噗嗤”笑出声来，至少如果它们了解这些的来龙去脉。但是社交网络就像其他普通媒体一样，在“自我炫耀”的同时也很健忘，它们绝对不会提醒大家，注意力和公众关注度经济是有历史渊源的，也不会让大家知道这段历史并非无中生有，更不会让大家知道这段历史和数码世界无关。即便“谷歌”（Google）或“脸书”（Facebook）已经成为注意力经济的大赢家，但是世界并不是因它们而始，也不会因它们而结束。

也许我们还并没有从这个陈旧的被电视磁化的景观社会中走出来，如果我们停止关注景观的话，很有可能景观反过来会不停地

① 用纤细多彩的软塑料管编织出来的钥匙扣或手链等等的小玩意，曾风靡于二十世纪六十年代。——译者注

38 关注我们。“忘却”一直为景观利益而服务，就像居伊·德波(Guy Debord)在多年前就曾观察到的[1]：景观是如此痴迷于永恒的“此时此地”，同时它也如此健忘，而现在，并不是我们应该忘记这些的时候。我们就此可以打赌：一些作者因为忽视了注意力经济这个因素，而满怀真诚地认为自己就是作者，他们真的没有意识到自己已经成了**加拿大姜汁汽水**模式的作者。总之，为了弄清当代作者究竟是怎么一回事，我觉得有必要将我们所生活的环境看作是一个由拼图零片或各种媒体拼凑而成的拼版，更何况，这些零片或媒体同时以追溯既往、先发制人的形式彼此依赖、互相影响、相互作用。至少，本章的目的是要搞清作者在媒体中的境遇。

生活在媒体域的作者

让我们先来做一个小小的回顾，我希望这对那些不太了解媒体历史，以及媒体域历史的读者来说是有用的。更何况，前面我们也曾多次提到“媒体域”(médiasphères)[2]。根据雷吉斯·德布雷(Régis Debray)的理论，一个媒体域就是一个媒体生态系统。在这个生态系统中，有一种特定的媒介(médium，一种载体 support，通常说来，就是一种讯息和交流的技术)，它通过它的特殊交流方式来执行它的统治权。从威望、权威和权力的层面上来说，以及从
39 建构世界、筹划机构和构架文化等的能力来说，这种特定的媒介在

---

① 居伊·德波(Guy Debord)：《关于景观社会的评论》(“Commentaires sur la société du spectacle”)，载《作品全集》(*Œuvres*)，巴黎：伽利玛(Gallimard)出版社，“Quarto”丛书，2006，第 1601 页和之后几页。

② 部分学者也将此概念译成“媒介圈”，但译者认为这很容易和“médium”(媒介)混淆。

这些方面上都占据着主导势力[①]。雷吉斯·德布雷还认为，人类在“文字域”(logosphère)[②]里已经沉睡了四千多年，而文字域的主要特征是通过文字的经济性和策略性而体现出来的。诚然，人类曾经发明了文字，但大致来说，那个时候，人类只将文字用于非常重用的场合，特别是用文字来让上帝开口说话，让自称是代表上帝的人说话。

我们知道，古腾堡(Gutenberg)发明的印刷术对于这些大多数代表上帝的人来说，是一场致命的打击。这一打击将我们突然切换至“印刷书写域”(graphosphère)[③]，之后我们又经历了“宗教改革”(Réforme)和“启蒙运动”(Lumières)，而且很快便走向了民主。当然在某些地方，比如在地中海的另一端，至今都没有这样的变革。在长达五百年的时间里，越来越多的作者撰写了越来越多的书籍，但同时他们也越来越少地去征得他人的同意。之后，我们又经历了从文字域步入“视听图像域”(vidéosphère)[④]的六十年代，而在这段时期里，鉴于传统视听技术采用的**自上而下**(top-down)的传播手段，民主进程也并不见得总是一目了然。当然，在无线广播出现的时候，有些人就对这种传播手段做出了指责，而某些人则

① 雷吉斯·德布雷(Régis Debray)：《通用媒介学教程》(*Cours de médiologie générale*)，巴黎：伽利玛出版社，1991。

② 也可被译作“逻各斯域”，是指从文字的发明一直到印刷术发明之前的阶段。——译者注

③ 它是继“文字域”之后的一个阶段：从印刷术的发明到彩色电视机的出现。——译者注

④ 指彩色电视机出现之后的阶段。——译者注

很好地利用了它。据专家分析，电视在1970年左右成了主导媒
40 介[1]，它取代了印刷文化。自此，印刷文化的威信也每况愈下。

于是，印刷文化被另外一种媒体生态系统越来越机械性地“配置”，它必须紧跟占据主导地位的注意力和公众关注度经济体制的步伐。而在1970年左右，这种经济体制才刚刚起步，后来在二十一世纪初始，数字“超媒体域”（hypersphère）便以双倍的速度赶上了视听图像域，可谓气势磅礴[2]。“闲书”便是视听图像域和超媒体域时期的书的代名词，当书失去威信和权力时，取而代之的便是这个名词，这也是**加拿大姜汁汽水**模式的名字。视听图像域让贝纳尔·毕佛（Bernard Pivot）的节目势不可挡，但在那段时间，至少一开始大家还谈论书籍。可是到了蒂埃里·阿尔迪松（Thierry Ardisson）[3]以及其他节目主持人的时候，电视节目便以“超电视”

① 想要知道哪种媒介占据主导地位，有一个简单的方法，就是追随政客，至少追随那些有成就的政客，他们通常具有先见之明。他们会带领您直赴“现场”。如果他们偏好写作，那么书写便占据了媒介的主导地位。不过，那是很久以前的事了，那是法兰西共和国总统为他的“回忆录”或他的诗歌文选签名的时代。如果政客出现在电视屏幕里，那是因为他们有必要在那里出现。迄今为止，这种情况也已有四十余年之久。在法国，自1974年以来，出现在电视已经是**必需**（must）的了（两位共和国总统候选人之间的第一场电视辩论发生在1974年，总之要比美国晚十年或十五年。在美国，这样的电视辩论是在1960年出现的）。而如今也依然如此。所以，电视辩论也让我们觉得应该适当地去评估新兴通信技术的重要性。诚然，新兴通信技术是必要的，但还不具备决定性。很多人坚持认为，奥巴马总统如果不借助社交网络，是不会赢得美国大选的。但是，通过社交网络获得的上亿资金，如果没有被投入于电视插播广告，那他肯定也是会输的。看上去好像过了时的“视听图像域”，显然韧性可嘉，即便有些人声称它将会被数字性的“超媒体域”所取代。只要“排他性”依然是电视的特权——这与互联网的“包容性”恰恰相反，那么我们可以肯定：视听图像域会继续抵抗互联网的威胁。不管怎么说，奥巴马总统的现任接班人既不会否认也不会埋怨电视的功效。而这位接班人政治生涯的先决条件，也可被概括为电视真人秀节目主持。

② 就媒体史或媒体域历史来说，这就是我们时代的特点：这个时代既属于“视听图像域”，也属于“超媒体域”。部分有思想的人，也许有理由去摒弃德布雷的有关“域”的分类，但这很遗憾，因为这些领域分类给我们带来很多好处，并且拥有可以被分析的潜力。

③ 法国知名电视节目主持人兼制作人，生于1949年。——译者注

(hypertélévision)的全胜姿态出场，于是如果大家仍然还在谈论书籍的话，那么充其量也只能说是在谈论“闲书”。

我们可以通过作者来重新审视这个问题，并最低限度地将作 41
者定义为：某些拥有一定权威(autorité)的写作之人。一位没有权威的作者，总得来说是没有什么意义，除非我们从法律的角度来看待这个问题(比如，法律可以让我们成为一封信的作者，而这样的作者并不是我们这里所说的作者)。就作者本身的特殊性而言，按照福柯的意思，作者的权威也将决定“作者—功能”的必要性的有无，以及一种社会背景和一种特殊经济[①]。文字域时期，除了古希腊罗马时代，占主导地位的权势是一种来自神学意识形态的外部权威(autorité externe)。为了写我所写的东西，我多半会参考我的先辈，他们比我先获得权威。于是，在雄伟的金字塔顶端，我们时常找到的是上帝，也可能会找到他的儿子，还可以找到所有的誊写人和见证人。

而内部权威(autorité interne)，则是随着印刷术的发明而真正开始占据主导地位的，也就是说，属于个人的内部权威以自己的名义说话，用自己的才能、思想、技术、灵感、天赋等来获得大家的认可。与外部权威相比，内部权威更需要得到各种特殊机关或机构的承认，比如被研究院人士认可，被法国**《世界报图书专刊》**(*Le Monde des livres*)的文学评论家认可，当然，还要得到出版社的认
可。不管怎么说，所有这些人、这些组织机构，都应该被看作是作 42
者的同行。皮埃尔·布尔迪厄(Pierre Bourdieu)也许会说[②]：这些

---

① 有关这个问题也可以参看让·斯塔罗宾斯基(Jean Starobinski)：《作者与权威：关于权威持久性和变化性的随笔》(“L'auteur et l'autorité. D'un carnet de notes sur la permanence et les métamorphoses de l'autorité”)，《写作》(*Écriture*)1985年第24期，第31—35页。

② 皮埃尔·布尔迪厄(Pierre Bourdieu)：《艺术的法则》(*Les Règles de l'art*)，巴黎：塞伊(Seuil)出版社，1992。

同行都是专业人士，作者是否可以进入“圈内”或“领域”，就得和他们协商。所有这些人和这些组织机构都要为“话语秩序”(ordre des discours)负责，他们共同授予作者一种权威，如果没有他们的授予，那么这一权威也不会存在。的确，自己说自己有权威，通常是一桩不太可能的事。

伴随印刷工业出现的是工业文化，当我们想到这些时，会觉得还是蛮合乎逻辑的。工业文化也就是大众文化，随之便出现了一种新的权威：市场权威或公众权威。于是，纯文学(belles-lettres)被分裂成两部分：一部分炫耀其在商业市场上的成功；另一部分则得到了同行的认可。或者，按照皮埃尔·布尔迪厄的话来说，就是商业性资本获益者和象征性资本获益者之间的势均力敌。而这位社会学家所定义的文学领域，便建立在这一二元论的辩证关系上，这种关系是文学存在的可能条件①。但在今天看来，这一辩证关系的形势不太妙，因为二元之一的象征性资本，已经明显受到了沉重的打击。

通过算法，无论是被谷歌(Google)、亚马逊(Amazon)数字化的市场，还是被二者强化的市场，总之是“市场”说了算，当然，必须以市场供应充足为前提条件。于是市场本身也开始被兑换成“注意力”这样的“货币”。因为在多数的情况下，“注意力”可以被转化成金钱，所以注意力也正处于象征性资本和商业性资本之间。在当代文学领域里，注意力不仅取代了象征性资本，也替代了商业性资本。所以我们说，当代文学领域不再建立于陈旧的，关乎商业成功和同行认可的二元性辩证法，而建立于通过不同策略捕获而来

---

① 皮埃尔·布尔迪厄(Pierre Bourdieu)：《艺术的法则》(*Les Règles de l'art*)，巴黎：塞伊(Seuil)出版社，1992。

的注意力①。从当今无所不在的注意力经济的角度来看，一种还没有受到公众认可的先锋派策略是完全不合乎逻辑的，甚至是荒 43
唐的：从马拉美到**《如此》**（*Tel Quel*）杂志，“不可阅读性”（illisibilité）这一被确定的文学价值，在如今 140 个字符的“推特”（Twitter）世界里没有任何机会，它仅仅意味着放弃任何可以获得大家认可的形式（而在波德莱尔或马拉美时代显然不是这样）。

直至二十世纪末，作者被时而扩散、时而集中的外部权威、内部权威，以及市场权威所“配置”。随着数码技术的出现，更确切地说，以网民参与或互动为特征的 Web 2.0 的出现，整个局势又再次发生了变化。一方面，亚马逊和谷歌通过算法明确强化了市场（或公众）的权威，而与此同时，二者又通过杠杆效应创立了超级畅销书（super-best-sellers）的时代，或它们至少也伴随了这样一种时代的诞生②；但另一方面，数字性参与（numérique-participatif）也同样，或者可能矛盾地构成了一种新权威：网民权威。在我们所研究 44
的范围内，网民权威同样可以被描述为一种作者和活跃的网民读者（lecteur-usager）之间的融合。这种融合产生出一种中和，而我

---

① 乔治·弗兰克（Georg Franck）：《自主、市场、注意力：传媒在当代文学和文化领域中的策略》（“Autonomie, Markt und Aufmerksamkeit. Zu den aktuellen Medialisierungsstrategien im Literatur-und Kulturbetrieb”），载马库斯·尧（Markus Joch）、约克-哥达·米克斯（York-Gothart Mix）、诺贝-克里斯提安·沃夫（Norbert Christian Wolf）、妮娜·别克纳（Nina Birkner）主编，《媒体兴奋？当代文学领域的自主和注意力》（*Mediale Erregungen? Autonomie und Aufmerksamkeit im Literaturbetrieb der Gegenwart*），图宾根：麦克斯·尼迈耶（Max Niemeyer）出版社，2009。

② 大家曾经将希望寄托于像亚马逊那样的 long tail（长尾）效应，它由克里斯·安德森（Chris Anderson）提出，并在 2004 年受到广泛关注[参看：《长尾理论》（*The Long Tail: Why the Future of Business Is Selling Less of More*），纽约：海佩里恩（Hyperion）出版社，2006]。大家曾经非常期待这种长尾效应，小型出版社也对它十分看好。可是几年后，大家都很失望：“长尾巴”变成了“胜者为王”（*winner takes all*）。一方面，一些畅销书抢走了长尾巴的头部；另一方面，长尾巴变得越来越长，也越来越细。总之，多亏有了亚马逊，两世纪内每年只卖两本书的情况已经成为可能。

们则恰恰可以将其定义为“网民”(usager)。

我们之后还会谈到的这种新的权威格局，似乎可以让大家看到一股越来越大的、来自网民的影响力，而(出版社)所提供的产品是否可以轰动一时，以及产品的生产本身，便取决于这种影响力。新兴技术可以完全让产品独立自主并与出版社脱钩，于是出版社不再具备**把关人**(gatekeeper)的作用。如今，也有部分人甚至梦想用算法来制造文本，就像某些新闻领域也已经将撰写的任务交给了“机器人”(robots)，也就是说将任务交给了软件。这种体制性的变革，在英语国家里被症候性地称作：**self-publishing**(自助出版)、**crowd-sourcing**(众包)、**crowd-funding**(众筹融资)等。决定者是网民，也就是“我自己”。从这个角度来看，数字媒体是直接而即时性的：它有权力消除所有的距离，有权力取消所有的中介。数字媒体将读者和作者重叠在一起，同时又导致出版商、发行商、书商、评论家和教授的技术性失业。而曾几何时，在这个小世界、小圈子(领域)里，这些人物曾客客气气地分享着权威和相关的授权任务。

传染和感染

大家忧心忡忡：网民和他们的“网络”是否会吞噬文学界里所有的职业？就好似网民和网络即将侵吞新闻领域中的传统角色，
45 或许某些传统角色，无论如何还是会死里逃生？我们经常谈论数码技术所带来的破坏性，它导致了我们美好的印刷文明的终结。不仅仅是印刷文化中的传统角色受到了威胁，也不仅仅是这些角色拥有的旧的权威体制受到了威胁，而是离我们似乎越来越遥远的印刷文明，以及属于这一文明的主要著作、成就、价值、民主意识、启蒙思想、杰出的知识分子、有文化的或者知识渊博的读者，正在被疯子般的敲击键盘、点击屏幕的**极客**(geeks)所取代①。但或许,恰恰相反,我们并不为此而惶惶不安,因为某些数据表明,书籍的状况良好,它们的市场也基本稳定,而且特别幸运的是,电子书和平板电脑读物并不像某些人预计的那样发展迅速,所以世界末日还可以再被推迟几十年。

可是,我并不确定游离在惶恐和慰藉之间是一个好办法,这就好像我们要参加一场决一雌雄的决斗:一方是昨天还兴旺发达的图书文明,另一方则是数字食人魔——大家怀疑它想让我们从我们最私密的空间和习惯中"搬出来",并且让我们的主观去服从于冷酷的算法定律。如果我们还按照这样的二元逻辑去思考的话,就好像书还是书,作者还是作者,而并没有看到长期以来,某些书只是提供多样化服务的闲书,也没有看到作者已经在二三十年前就变成了**加拿大姜汁汽水**模式的作者。大家在被载体、生产数量、 46
销售额和市场纠缠不清的同时,又一如既往,试图将过去的事物神圣化,当然大家也忘记了这些事物曾经在亵渎方面表现得相当出色。也许我们会把一部袖珍型版本的惊悚小说落在飞机上,但是用平板电脑去阅读同一部惊悚小说难道就是一场文化革命?一种亵渎?很久以来,我们一直在扔书,就好像出门度假前扔下我们的猫猫狗狗,就好像书没有灵魂,就好像书不再是我们心灵的寄

---

① 比如,可以参考《书之谋杀者》[*L'Assassinat des livres*,塞德里克·比亚吉尼(Cédric Biagini)汇编,巴黎:拉查皮埃(L'Échappée)出版社,2015]。此书的标题,就像书中某些作者的文章一样,很具症候性:《电子书不是书》["Le livre numérique n'est pas un livre"),让-吕克·库德瑞(Jean-Luc Coudray)];《阅读的黄昏》["Le crépuscule de la lecture"),乔治·斯坦纳(George Steiner)];《书和机器的对峙》[("Des livres contre la machine"),皮埃尔·提塞(Pierre Thiesset)];《书的人性化与非人性化》[("Humanisation et déshumanisation du livre"),丹尼尔·科安(Daniel Cohen)];《为我们所承受的暴力而起义反抗》[("Une violence nous est faite qui demanderait quelques insurrections"),马丁·阿尔诺(Martin Arnold)与罗伦·艾佛阿德(Laurent Evrard)的访谈];《数码的忧伤》[("Tristesse du numérique"),伊夫·德斯瑞查(Yves Desrichard)],等等。

托所。

更笼统地说，如果数码技术让图书出版工业陷入困境，难道这真是一个问题吗？更何况，如今的图书出版业基本不靠产“著作”为生，而是靠产“闲书”生计；而且，那么多年来，这些“闲书”是注定要被遗忘、被丢弃的，注定被我们、书贩商、发行商等等遗忘丢弃。大家是否知道，被宗教裁定烧毁的书籍，甚至被德国纳粹焚烧的书籍，与“经济性焚烧”（autodafés économiques）相比，简直是小巫见大巫？[①] 所谓“经济性焚烧”，也就是说，每月有数百万图书被捣碎，这就是今天书籍产业的逻辑，甚至也是必然的结果。如果数码技术正在吞噬我们宝贵的印刷文明，那么有必要指出的是，长期以
47 来，好像被掺入劣质酒精的印刷文明也只是一个永远的神话，更何况近半个世纪以来，这一文明已完全被改变、被“配置”，但并非被当时还处于起步阶段的数码技术改变和配置，而是大规模地被电视和景观经济改变和配置。而电视则促使了景观经济的发展，或至少说，景观经济因电视而巩固了它的地位。

自从数码技术充斥着整个世界，似乎没有人再去关心：书籍文化和“作者—功能”所发生的变化并不缘于互联网，而缘于电视。一切在继续，就好像所有的问题才刚浮出水面，**此时此地**（*hic et nunc*）；就好像从来就没有发生过什么；就好像如今面临数码技术挑战的作者，是从来都没有受到视听媒体影响的作者；就好像作者重新振作了起来；就好像自维克多·雨果和让-保罗·萨特之后，

---

① 皮埃尔·朱尔德（Pierre Jourde）：《捣锤之噩梦》（“Le cauchemar du pilon”），《新观察》（*Le Nouvel Observateur*）2008 年 10 月 30 日。文中最重要的一点，是要让大家意识到捣锤是书籍“价值链”（value chain）的一个元素，也是不可缺少的一个环节，因为它起到了调节（新书）供应和需求的作用。读者们，您们没有其他选择，这是纪尧姆·米索（Guillaume Musso）的新书，他上一本不好也不坏的书已经被下架了。这也是为什么毁书是一种工业活动，它所受到的监视程度几乎等同于对银行纸币印刷的监视。设想，如果转卖商收购所有将被捣碎的书，那么整个市场将落入“伪钞制造者”的手中。

就再没发生变化。或者相反,就好像所有这一切都是陈词滥调,太滥了以至于无须再提及;就好像我们都知道文学在影像球域的统治下所发生的变化。不管怎么说,自二十世纪三十年代起(无线广播和法西斯主义同时出现),尤其是五十至八十年代,大家就一直因“大众媒体”(mass media)而惶恐不安,而现在我们好像也已经厌倦了再去分析电视对印刷文化所造成的曾经被认为是破坏性的后果。所以,也许正是到了谈论其他话题的时候。

但从媒体史的角度来说,也就是说,从“前瞻性”和“未来学”(futurologie)的角度来说——不可否认,“未来学”这门“艺术”随着数码技术的到来而兴旺发达——我们应该要学会避免两个错误。第一,不要太快就被其他事物吸引,不要太热衷于一些过于简单的片段和一些接二连三发生的事,也不要寄希望于崭新的变革,更不要对陈旧的过去太过信任。文字域、印刷书写域、视听图像域和超媒体域,所有这些域并不是以线性的历史形式展现在我们的面前,它们将我们置身于全球传媒环境下的一幅拼图或一盘大杂 48 烩。这些域的分类虽具历史性,但更具分析性,我们不应该忘记:域和域之间纵横交错、相互作用,其中有些可以很好地被衔接在一起,而某些则无法并存。诚然,我们一只脚陷于数码技术,另一只脚则陷于视听技术,但当我们坚持认为一本书只能有一个价格,或者当我们维护学院式的传统教学方式时,我们的一只或两只脚趾却依然黏附在印刷书写域。而至于那些以往昔手写的圣书为名,禁止女孩子上学的人,他们的很多脚趾则还黏着文字域。

对于上述作者或权威也是同样一个道理:处于神学文化中心地位的外部权威,却也在共产主义政权下的马克思经典主义的庞大图书馆里很好地幸存了下来。如今,外部权威在学术言论中重整旗鼓,因此很有必要将它看作一门“新经院哲学”(néoscolastique),于其最重要的,便是页面底部的征引和参考资料的数量。至于内部权威，它在印刷书写域中是如此特别，尽管它受到了某种侵蚀，但还是以各种可能的形式反抗着，它在公众关注度经济体制中是可以被循环利用的，我们将在后面对其再作讨论。如果某些人在近期通过数码自助出版的形式而变成了作者，那么大家要记住的是：自助出版并不是一件新鲜事物，更何况大部分以数码形式出现的作者，一旦成功，便急忙掉头，回到传统的书本形式，因为从“注意力”的角度来看，传统的书本形式依然有利可图。这些作者很少和出版商怄气，面对“滋滋冒油”的合同所给予的承诺，也不会闷闷不乐，当然，更不会在电视演播室里摆架子。

49 另一种常见的错误——但大家也可以质疑是否也是同一个错误——也是由媒体的前瞻性所造成的。不管这种前瞻性是让人愉悦还是焦虑，总之这种错误，是将某种媒介或载体**孤立**（isoler）起来，让它从生态系统中脱离出来，将其本质化。比如，我们将书和电脑对立，认为书还是以前的书，将电脑纳入数码技术；或者，我们将书和电视对立，但同时又忽略了数码就像之前的书和电视一样，也是可以被分解成一系列错综复杂的技术和实践的。这些技术和实践的干涉程度有大有小，虽然有些看起来好像只是一些细节、一些微不足道的进步，可最后还是导致了差异，导致了一场变革①。或者，我们也忽略了电视，它在被数码化之前，也借鉴了新闻、戏剧、广播和电影技术，而数码技术虽然再次改变了电视的格局，但只改变了它的一部分。孤立载体，孤立技术，认为它们好像乖乖地排着队一个接着一个地出现，认为新技术就是新技术，旧技术就是

---

① 对于印刷术的发明者古腾堡（Gutenberg）来说，发明的细节就是葡萄酒压榨机，它起到了决定性作用。不管怎么说，这也就是喝啤酒的人无论如何也不可能发明印刷术的原因。从（印刷的）报纸到网上新闻报道，从“舒适”的角度来说，起决定性作用的细节可能是平板电脑，它克服了台式电脑或手机阅读的不便和不适，所以它有可能会加速报纸的死亡（但至今，死亡被不停地延期）。

旧技术,这就是所有“先知”的思维模式,无论利弊,他们总以为“这个会杀死那个”(ceci tuera cela)①。

但是,“这个会杀死那个”的情况很罕见②。一般来说,当“先 50
知”疲惫不堪时,当他们在炒冷饭时,我们就有必要用追溯既往的方式去看待问题。当然,一个媒体通过逆反、直接或间接的方式**传染**(contamine)了另一个媒体,这也是相当常见的。媒体就像病毒,在回到源发地之前,不停地在发生变化。“著作”变成了“闲书”,作者变成了眼见为实的作者,那是因为印刷文明不得不去迎合电视的要求,印刷文明被电视传染了,就好像在今天,比如它不得不去迎合社交网络这样的大环境。社交网络为作者所提供的就像为读者所提供的,不仅为二者提供了更大的活动余地,而且也赋予了二者其他的职责和义务,而这些职责和义务便形成了新的“感染”形式。

反过来说,社交网络自身也是“接触感染”的结果,因为当它们不模仿,或不做一味地重复时,则愈加强化或延伸了与电视一起崛起的注意力经济或公众关注度经济体制。一位将自己的种种表演通过视频上传 YouTube 的网民,一位在“照片墙”上晒自拍的网民,他们会经常参考电视里的专业人士,或模仿杂志上搔首弄姿的明星。他们就像当初模仿绘画的第一代摄影师,模仿着电视或电影里出现的明星。那么,如果具体涉及的是作者和作者权威的话,我们可以说,社交网络有条不紊地发展了公众权威(autorité du public)。公众权威,它与意识形态或神学系统赋予作者的外部权威是对立的,也和受到圈内或“领域”(champ)认可的内部权威相对立。

---

① 此句出自维克多·雨果的《巴黎圣母院》。——译者注

② 雷吉斯·德布雷:《媒介学引论》(*Introduction à la médiologie*),巴黎:法国大学出版社(PUF),2000,第 69 页和之后几页。

公众权威，也就是网民权威，如今它被一致公认为衡量所有事
51 物的新标准。但确切地说，这一新标准也不是近期才出现的，几十年来它就已经是影响消费和“收视率”（作者必须贴近观众）的景观文化的核心，更何况它在工业文化初始，或者说，在十九世纪的流行文化中就已经出现了，那个时候，也只存在印刷文化。所以，从技术性的角度来说，公众权威“病毒”和轮转印刷机的发明是同时出现的。一开始，这一病毒让大家对注定衰落的文化未来忧心忡忡，之后，它又不停地通过一个又一个新媒介被传播开来，以特别恶毒或异体的形式，再次传染给了必须面临数码技术挑战的当代书本文化。

如果要真正理解新旧事物，而又不受新兴技术导致的积极或消极信念的影响，那么就要衡量一下事物的内部组合，也就是布鲁诺·拉图尔（Bruno Latour）①所说的“行动者”和“物”之间的复杂脉络，尤其应该抓住这些组合之间的媒体相互性（intermédialité），以及媒介之间的“交叉感染”②。这里，我们可以想象存在一种媒体**边缘效应**（effets latéraux）逻辑，或甚至就像我们所说的“附带损害”般的（也就是说，不是故意的，但总是无法避免的，等等之类的损害）媒体**附带效应**（effets collatéraux）逻辑。我们无论是在过去还是现在，都可以观察到这样的效应。

所以，近二十年来，我们会谈到比如像乔治·弗兰克（Georg
52 Franck）所说的，注意力经济理论，它的出现和互联网的崛起是分

---

① 布鲁诺·拉图尔（Bruno Latour）、史蒂夫·伍尔加（Steve Woolgar）：《实验室生活：科学事实的建构过程》（*La Vie de laboratoire. La production des faits scientifiques*），巴黎：发现（La Découverte）出版社，1988（译自英语版：*Laboratory Life: The Social Construction of Scientific Facts*，1979）。

② 这个理论和德里希·基特勒（Friedrich Kittler）提出的“传媒（生态）系统”（Medienverbund）相符。参看德里希·基特勒：《留声机、电影、打字机》（*Grammophon, Film, Typewriter*），柏林：布林克曼 & 博斯（Brinkman & Bose）出版社，1986，第8页及之后几页。

不开的①。互联网是注意力经济发展的主要因素：自从网络出现，我们都在拼命希望得到其他网民的关注，可与此同时，根据互联网和其他网络的信息膨胀现象，网民对我们的关注也越来越吝啬。但是我们忘了，乔治·弗兰克有关注意力的初步想法始于二十世纪九十年代，而那时，互联网的使用还处于起步阶段。但也就是在这段时期，私人电视台、有线电视台或卫星电视台的发展可谓神速，仅几年的工夫，免费的六个地面频道就发展至数百个电视节目组成的卫星频道，所以这十年里，电视的日新月异至关重要。这才是“注意力经济”的真正开始，用帕提克·勒·莱（Patrick Le Lay）②的那句让人无法忘却的话来说就是：将（观众）大脑的空闲时间卖给可口可乐③。

当我们思考这个问题的时候，我们有充分理由相信，即便世界上存在各式各样的社交网络和博客（事实上也是因为它们的存在），电视才是注意力经济的“中央银行”或者“金本位”。我们并不能说，电视目前的这种优势是暂时的，也不能说它放弃这种优势只是一个时间问题。电视之所以能保持这样一种优势，首先是因为它自身因数码化而产生了变化，这种变化，会导致在今后的几十年里，没有人可以分辨出电视、电脑和平板电脑之间的差别；其次是因为从媒体边缘效应理论来看，我们可以相反地认为，正是由于互 53
联网信息的无穷传播而使电视注意力“中央银行”变得愈加稳固。没有排他性，就没有公众关注度，这一点，我们之后也会再作讨论，

---

① 乔治·弗兰克（Georg Franck）：《注意力经济》（*Ökonomie der Aufmerksamkeit*），慕尼黑：卡尔·汉泽尔出版社（Carl Hanser Verlag），1998。

② 帕提克·勒·莱，工程师兼高层管理人员，于 1988 至 2008 任法国电视一台的总裁。——译者注

③ 这句话也可以理解为：如果要让观众的大脑接受广告讯息，他们的大脑必须处于一种空闲的状态。所以，为了让观众的大脑保持这种空闲，电视应该播放娱乐而轻松的节目。——译者注

因为它是理解“作者—功能”当代经济特殊性的关键，更何况，电视的排他性也正是互联网和社交网络无法做到的。此外，任何一位政客，无论他在社交网络上的天分有多高，都不会忘记这一点：社交网络的确是蛋糕上的那颗樱桃，但这只蛋糕本身必须能让大家在电视里看到。

我们还可以再举一个可以让我们回到“作者”问题的例子：笔名为 E. L. James 的埃里卡·伦纳德（Erika Leonard），是英国广播公司摄像师的女儿，她的第一份工作是在英国一家影视学校担任演播室监督。可以说，她打小就“掉”进了视听传播领域，甚至可以说，她在这个领域待过；或至少，她差一点在这个领域待过，因为后来事情发生了变化。从 2009 年开始，她以一个**同人小说**（*fan-fiction*）（小）明星的身份出现在互联网。之后，她又专门为幻想系列小说**《暮光之城》**（*Twilight*）撰写情色续篇——但是，斯蒂芬妮·梅尔（Stephenie Meyer）笔下的传奇故事中，担任浪漫角色的苍白善感的吸血鬼好像并非很擅长“情色”。这个不错的消遣让埃里卡·伦纳德在相关的互联网上拥有了一定的知名度。但是，难道我们从来就没有听说兰登书屋（Random House）对此现象也很关注吗？兰登书屋是一家比较有名的出版社，其主要的投资计划还停留在模拟技术，而不是数码技术。就像其他出版社一样，兰登书屋机械性地在同人小说明星中寻找最出色、最符合潮流的新秀。于是埃里卡·伦纳德便获得了一份撰写小说的合同，那就是后来自 2011 年开始出版的三部曲**《格雷的五十道阴影》**（*Fifty Shades of Grey*）。

畅销书经济体制下的一个数码式参与（numérique-participatif）的**副产品**（spin-off，**《暮光之城》**的情色续篇），又再一
54 次让我们回到了原来的畅销书经济体制。而这种经济体制本身，又因日新月异的 Web 2.0，而同样成为**同人小说**的**副产品**。这一

格局后来又因小说三部曲被搬上银幕，然后又因互联网等等**流媒体**(streaming)的播放形式而被搞得愈加复杂。一开始属于视听领域的埃里卡·伦纳德，在社交网络历练之后，又回到了完美而陈旧的印刷文化，成了 E. L. James。不管怎么说，我们永远无法证实：如果埃里卡·伦纳德没有参与同人小说创作的话，也会成为 E. L. James。所以我们会说，成了畅销书作者的 E. L. James，依然保留着几乎完全集体式的数码作者身份。换一个角度来说，她被这种身份，以及被同人小说惯用的参与性写作"传染"了。大家甚至可以做出这样的一种假设："数码式集体性创作对作者的影响"和"受到(几乎)所有人欢迎的《**格雷的五十道阴影**》的平庸风格"有着某种关系。这种崭新的，却毫无价值的写作语言，就是**所有**网民好像都认同的语言。此外，网民好像也同样接受这种矫揉造作的、闹剧式的、随大流的内容，而这样的内容就是在言情小说①里添加一些施虐和受虐的情节。

如果真有"集体智慧"这回事，如果它因社交网络而成为可能，如果它因此又得到了空前绝后的发展，那么我们可以说，集体式的创作风格和虚构情节好像还没有达到一定的高度，至少，我们在《**格雷的五十道阴影**》看到的是：完全没有独创性，所有关乎性虐恋幻想的大量枚举，都是大家完全可以猜到的。而性虐恋幻想的特点就是：它们是所有人的幻想，所以应该不存在其他什么幻想。于是，出现了这样一个关键问题：独创性(也许是个人主观性)和数码技术之间究竟有何关系？我们将在本书的最后一章对其再作讨 55
论。通过这件(让人垂涎的)事，我们暂且可以认为，媒体边缘效应或媒体附带效应的确存在。媒体之间不断地相互作用，与此同时，

---

① 原文为"阿勒甘选集"(la collection Harlequin)。阿勒甘是一家加拿大出版公司，1978 年在法国巴黎建立分公司，专门以出版言情小说著称。——译者注

新媒体也在不断地以追溯既往的方式影响着旧媒体。而且不管怎么说，通过这件事我们似乎可以看到：数码技术和景观是兼容的。居伊·德波将景观分为（美国的）弥散景观（spectaculaire diffus）、（苏维埃或纳粹的）集中景观（spectaculaire concentré），以及之后的（法国、意大利等的）综合景观（spectaculaire intégré）[①]。而这样的分类，从今往后可能会在色情景观（spectaculaire pornographique）中消失——也许这就是对 E. L. James 个案研究所得出的结论。

① 《关于景观社会的评论》，同上，第 1597 页—1599 页。

第二章
即使是景观，它也在变化

可景观还是景观

就前一章的阐述来说，大家会觉得我舍不得放弃景观这个概念；或认为我舍不得放弃与景观概念传统性联系在一起的大众媒体（尤其是电视）；又或许认为我舍不得放弃注意力经济体制，以及最终和景观概念有关的公众关注度经济体制，因为不管怎么说，无论利弊，我们都将身临于一个像数码般的崭新世界。诚然，我并没有忘记互联网、搜索引擎、社交网络，以及可以疯狂收集大数据（big data）的算法，而这一切也不得不让大家“重新洗牌”，于是，作者也被分配到了新的地盘，他们有了新的任务。但我们是否就此走出了景观？一切都不太好说，因为即便出现了那么多东西，即便有那么多的人开始在“网络”上另辟蹊径，他们还是会不停地回到陈旧的景观世界（前面提到的埃里卡·伦纳德就是一个例子）。即便不是这样，即便他们不能回到景观世界，他们还是会感到自己没有成功。而这种失落感，则让我们开始去衡量景观的重要性，就好像景观总是要比我们快几拍。

58 所以还需重起炉灶。当我将居伊·德波早在《**景观社会**》(*La Société du spectacle*)①里就提出的问题迁移至“作者”问题时，这种简单的迁移可能会让读者觉得，我这个曾经研究过德波的人是在炒冷饭；又或许，读者会认为我为了得到一个仓促而耸人听闻的大结论，就用“极左”理论家(居伊·德波)来做挡箭牌，的确，有些人也是往往这么做的。相反地，大家也会批评这种肤浅的使用，更不用说这种使用并不具革命性，因为所有人都知道，景观并不只局限于当今社会的电视领域，也不仅仅局限于我们通常所说的“交流沟通的社会”(société de communication)。

但我依然希望可以摆脱这样的批评。我本人并不喜欢多愁善感的抱怨和诅咒，而且我一开始就认为电视体现的只是一种征兆。同样地，将文化效应从数码领域或任何一种技术领域中孤立出来是有问题的；同样地，电视对文化、社会和经济的形成，从化学的角度来说，起到的只是催化作用，而景观即使没有电视也会照样存在。电视具备催化的作用，但它不是唯一拥有这种作用的媒体。除此之外，电视也不能代表一切：不管我们怎么想，电视里播出的所有节目不一定都能体现景观。但反过来说，某些“征兆”之所以存在，就是为了让我们去注意它们，诠释它们。精神分析学家也曾经告诉过我们，正是这些“征兆”可以让我们去理解隐藏着的现实。所以在今天，我们有充分的理由去思考作者景观化、文学景观化的问题。

59 在过去的三四十年里，出现了某些这样的东西：它们不仅仅是新生事物，而且从某种程度上来说，它们是隐藏着的，隐藏在能够看到的表象之后，就像诺伊尔·热瓦兹小说里的那些展示在电视

① 居伊·德波(Guy Debord)：《景观社会》(*La Société du spectacle*)，巴黎：布歇-斯泰尔(Buchet-Chastel)出版社，1967。

直播室里的假书。此外，热瓦兹也恰到好处地通过电视和数码技术抓住了问题所在。所以，我们需要重新审视景观，因为它在不停地变化着，从这个角度来说，我们可以根据它体现出的征兆，作为研究的出发点。当下也正是重新审视景观的时候，因为即便数码技术（还）没有让我们从“视听图像域”中走出来，但至少我们可以和这一领域保持一定的距离，进而更好地去描述它。我们可以去描述这样一个“水族馆”，因为我们不再将我们所有的生命都浸泡在里面，因为如今的“电视水族馆”飘荡在一条充斥着新兴技术的长河中，而这条长河并不平静。

那么，究竟该如何理解“景观”（spectacle），或者理解“景观化”（spectacularisation）？居伊・德波（Guy Debord）之所以发明了这个概念，或者说他重新启用了这个概念，是为了描述一个被驯服的社会。这个社会，从各个方面来说都受到了商品的统治，于是被剥夺了真实的社会关系，也就是说，这个社会被异化了，它陷入了商品拜物教（fétichisme de la marchandise）的泥潭。所以，可以把以上这些看作某种社会性的组织，同时，这种社会性组织所体现的意识形态也证明了这一组织的存在。作者景观化、文学景观化好像也是按照这样的逻辑推理出来的，不管怎么说，很多研究也是这么认为的。但是，如果这里涉及的仅仅是作者和文学在市场营销规律和广告面前的百依百顺，那么我们完全可以只停留于“商业化”（commercialisation）这个概念，或更糟糕地滞留于“商品化”（marchandisation）这样的概念。更何况，这种百依百顺也并不是什么新现象，最迟在十九世纪就出现了，而且自此，也没有什么能够制止它。

皮埃尔・布尔迪厄也许会说：象征性资本和金钱资本二者势均力敌，后者以牺牲前者为代价而得到了发展。于是，从某种程度上来说，从波特莱尔、洛特雷阿蒙（Lautréamont）一直到最后一批 60

先锋派人士，“文学”史也就是对愈演愈烈的景观所做出的抵抗。因此，文学景观化可以被认为是作者的象征性资本的彻底贬值，这也是当今的趋势。不管怎么说，一个“晦涩”(obscurité)的，甚至是“不可阅读性”(illisibilité)的时代好像已经结束了，曾几何时，“晦涩”和“不可阅读性”是文学作品在私底下被接受的一种保证，这种“接受”要比在民众面前获得的商业成功更值得让人欣赏，更何况商业成功总是让人怀疑和鄙视的。而如今，却很少有批评家会大胆地对民众的选择做出质疑。读者—消费者—观众，他们的懒惰和非常异化的萎靡消极态度曾经备受指责，可如今他们变成了积极且骄傲的网民。您必须尊重他们，否则，您还没有把话说完就会立即遭到**屎尿风暴**(shitstorm)的袭击。

我们可以对皮埃尔·布尔迪厄的思想提出质疑，也许它太法国了，应该还存在其他“文学领域”(champs littéraires)，它们还没有，或较少受到皮埃尔·布尔迪厄所提出的象征性资本和商业文学这一著名二元论的影响，比如美国，甚至德国的文学领域，它们并非比法国文学更具景观性，景观史也不如法国的那么久远，甚至恰恰相反，在美国，文学领域与主要视听媒体的关系，与法国相比，则相当少，甚至可以说并不存在。在美国，从来就没有**《责问》**这样
61 的节目。因此，商业效应并不足以让文学变成一道景观。此外，如果只考虑大众媒体的推荐，或电视节目里的推荐，即便这些推荐也的确不容忽视，那么“景观性”(spectaculaire)这个概念还是不能说明什么问题。在其他领域也是如此，电视营销的威力绝对不是造成“景观性”的唯一条件，尽管它和景观性一样，也很重要。

那么，近两个世纪以来，如果商业化和市场销售是构成文学领域框架的条件之一，而且它们从来就没有停止对文学的影响，那么为什么不引用其他现成的概念，却还偏要提出“景观化”(spectacularisation)这一概念呢？提出这个概念的原因，也促使我

想去进一步完善“景观”(spectacle)这个概念，就像我在前面所说的，将景观与注意力或公众关注度经济所造成的问题结合在一起。我敬佩居伊·德波，我曾经用一本书来阐述我对他敬佩的理由[1]。但在当时，我也不得不承认我对他作品中的“理论性”部分并不十分热衷，或者说，我并不崇拜“理论家”德波，况且他本人也曾经断然拒绝成为理论家[2]。所以我曾尽量将景观这个概念融入德波的生平传记，也就是我们曾经所说的，写作实践。我想，我大致明白德波所说的景观，我也可以在马克思主义思想的基础上，重新理清德波眼中的景观之来龙去脉，因为某些人也是这样做的(甚至比我做得还好)。

所以，轮到我重复说：景观是马克思主义思想有关异化(aliénation)、商品拜物教(fétichisme de la marchandise)和意识形态的综合概括[3]。一天天，好心情，坏心情，好境遇，坏境遇，我都 62
可以这样说服自己：是的，景观还在，它就是它，所以生活在继续。但我也不停地对自己说：如果我这样想的话，那么，其他很多作者或研究人员也会是这么想的，而这也并不会妨碍他们在各个领域中独出己见，并提出非常中肯的分析。于是，我变得多疑。人类喜欢模仿的习性，通常让我将自己归于另类。

---

① 樊尚·考夫曼：《居伊·德波——诗歌革命》(*Guy Debord : la révolution au service de la poésie*)，巴黎：法雅(Fayard)出版社，2001。

② 居伊·德波(Guy Debord)：《我们一起游荡在夜的黑暗中，然后被烈火吞噬》(“In Girum imus nocte et consumimur igni”)，载《作品全集》(*Œuvres*)，巴黎：伽利玛(Gallimard)出版社，“Quarto”丛书，2006，第1353—1355页。

③ 安塞勒姆·加普(Anselm Jappe)：《居伊·德波》(*Guy Debord*)，马赛：瓦莱里亚诺(Valeriano)出版社，1995。

自主独立的景观

如果我竭力要求重新启用"景观"这个概念，那是因为我觉得某些这样的(像景观的)东西最终还是出现了，但这样的东西并不完全是德波所描述的，那是因为他在二十世纪六十年代还无法系统地去把握一个才刚刚出现的现象，而且我也不能肯定马克思主义思想中的"异化"或"商品拜物教"这些概念可以让我们去察觉这一现象。德波无法深入地去研究这个现象，那是因为在当时，整个社会形式，尤其是以视听领域为主导的生态系统还处于起步阶段。而"某些这样的东西"就是：**景观变得自主独立了**(le spectacle devenu lui-même comme autonome)。景观不再要求大家去遵从商品规律，而要求大家去听从景观的自身规律，也就是说，去听从注意力经济规律。而注意力经济规律本身，也变成了不可或缺的商品，或者如果引用乔治・弗兰克(Georg Franck)和其他学者的话来说就是：注意力经济规律变成了一种崭新的通用交换货币。

按照居伊・德波的说法，景观唯一可取之处就是它让人渴望。但是，为什么景观是这样的？为什么景观变得让所有人都渴望它？
63 为什么不仅仅是商人，还有其他人，甚至是作者，为了赢得一丁点儿尘埃般的公众关注度而相互厮杀？为什么有那么多的人，为了能在阳光下占有一席之地，或更确切地说，为了能够出现在摄像机镜头前[最理想的，莫过于出现在充满阳光的镜头里，比如出现在《兰达岛》(*Koh-Lanta*)电视真人秀节目，即便双手倒立行走或吞吃蟑螂，也在所不惜]，而时刻准备着做出最让人出乎意料的，通常也是最让人恶心的牺牲？我们将在后面再讨论这个问题。六十年代，景观或多或少是消费型社会的"代言人"，确切地说，它支撑了消费型的社会，避免了它的崩溃。而今天，景观也许是它自己的代言人，它为它自己的公众关注度代言，因为无处不在的“注意力”占据着主导地位。而且“注意力”的主导地位显然更适合于信息消费和物质财富消费，它已经取代了传统的商品统治，以及商品生产和消费的统治。

所以，构成景观的媒体系统，它们的最终目的就是要不停地进一步肯定注意力和公众关注度的统治地位。马歇尔·麦克卢汉(Marshall McLuhan)就曾经提醒过我们：永远不要忽视媒体潜在的自我指涉性维度(dimension autoréflexive des médias)。总而言之，这就是我们面临的局面，它构成了围绕“作者—功能”的新的框架条件。景观之所以存在，不仅仅是为了让大家成为鲁莽而幸福的消费者，也是为了让大家成为注意力经济体制下的参与者、商品和对象。在大家允许或热情参与的情况下，景观怂恿大家去消费。 64
达尼-罗伯特·迪富尔(Dany-Robert Dufour)曾经比较哲学性地认为：这种消费体现了消费本身的变态或色情[1]。从小说性的角度来说，虽然谈论消费的作者不是很多，但这里我们可以特别提及米歇尔·维勒贝克(Michel Houellebecq)[2]。

所有这一切，居伊·德波当然都预感到了，也写进了他的论文，将它们搬上了银幕。于是，电影版的**《景观社会》**(*La Société du spectacle*)明确阐明了消费社会的情色或色情。而我也不禁想到，年轻的德波在五十年代初，为其第一部影片**《为萨德疾呼》**(*Hurlements en faveur de Sade*)取名时，就有这样的预见了：后达

① 达尼-罗伯特·迪富尔(Dany-Robert Dufour)：《神圣市场》(*Le Divin Marché*)、《变态之城》(*La Cité perverse*)，巴黎：德诺埃(Denoël)出版社，2007、2009。

② 大家尤其可以阅读一下米歇尔·维勒贝克的《平台》(*Plateforme*，巴黎：弗拉马里翁出版社，2001)。我认为，这是迄今为止最棒的一部体现景观达到色情阶段的小说，但我真的将所有的小说都读遍了吗？

达式的漫长篇幅，某些场面既没有声音也没有图像，漆黑一片，体现了消费型社会诞生那一刻的灰暗幕后，就好像预示了达尼-罗伯特·迪富尔在**《变态城市》**(*La Cité perverse*)中所提出的理论。迪富尔在此书中，也谈到了亚当·斯密(Adam Smith)和萨德(Sade)二者令人不可思议的、哲学性的相似见解。

德波想要表达的这些，在当时还不算是他的主导思想，只是之后，才变成了他的核心思想，并体现在他最后的几篇文章里，但这些文章并不具备理论性。比如在**《颂词》**(*Panégyrique*)中，他明确地对当时景观性的自传体(autobiographique-spectaculaire)**惯习**(habitus)做出了反面攻击，他阻止读者在作者决定的内容里添加任何东西，也就是说，内容里不流露丝毫属于景观逻辑的东西①。德波在**《颂词》**中，就像在之后的其他作品一样，拒绝让读者拥有一切**看的权力**(droit de regard)，同时他也对景观作为监视制度，甚至作为审查制度做出了阐释。这就是这位“极左”理论家让广大文
65 化消费者感到忍无可忍的地方。文化消费者热衷于窥探隐私，他们将忏悔和坦白看作美德，而为了实现这一切，不仅要等到景观真正可以控制消费产品，而且也要等到景观彻底可以笼络人心。被笼络的民众为了出现在景观里，笨拙、蛮横甚至变态地互相竞争。于是，景观的本质变了，正因为它变成了这副样子，它首先涉及的便是作者。作者要学会成为一名能够自导自演的专业人士，要学会将自己的公众关注度转化成金钱。而如今，公众关注度也和作者的市场价值息息相关。不管怎么说，大家也许和我一样，很难想象如果德波有幸成为社交网络的同时代人，他会在“脸书网”上注册。

---

① 居伊·德波：《颂词》(*Panégyrique*)第一卷，载《作品全集》(*Œuvres*)，同上。

被衍射的景观

但是，一些乐观派和某些社会学家认为，“网络”恰恰可以让我们摆脱景观，尤其可以让我们摆脱它的强制权。网络不仅可以恢复被剥夺的民主，同时也让我们在（政治、文化、市场，等等）广泛的参与性活动中成为活跃积极的网民，而且也可以让我们从个性的、社会性的角度出发，去表达自我、表现自我、重新塑造自我。伴随着网络出现的，是崭新的自由空间、新新人类、新新团体，以及可以摆脱权力机构和景观的各种办法，比如摆脱旧式的“话语秩序”——如今，它大规模地被美好的“话语无序”所取代。所有这一切，可以用一个无法被翻成法语的词汇来形容：网民的**增强权力**（empowerment）。这种让人欣喜，甚至让人觉得救世主降临的说法，我们曾经听得很多，至少在阿拉伯之春爆发之前。但是，春天过后是冬天，当成倍的、充满“魅力”的数字监控被曝光后，我们开始失望，甚至看破一切。忙于“自我炫耀”的社交网络，并没有推翻各式各样的独裁统治。而且，好像这些看似自由的庞大虚拟空间， 66
这些让我们在其中**畅游**的空间，这些让我们出色挑战“重心定律”的空间，又确确实实地让我们重新回到了忠实的消费者位置，就好像我们从普鲁斯特笔下的盖尔芒特家族（Guermantes）又回到了斯万家族（Swann）。

我们把自己看作是骄傲且自由的网民，但事实上，我们却是数码文盲。我们中的大多数，无法对数码语言进行“编程”（programmer），甚至无法理解算法的运作过程。算法不停地编程、衡量——编程为了衡量，甚至也许还对我们隐秘或公开的一举一动进行“配置”，让它们变得循规蹈矩。我们以为自己是自由的，而我们只是在使用程序，而并不知晓程序的秘密和结构。而与程序相反的，则是语言，至少我们学过它的语法、它的句法，等等。程序不停地让我们重新回归消费者的角色，让我们去赞美这种角色，并且鼓励我们将这种角色在各种各样的社交网络中体现出来。“脸书”刚刚决定禁用可以拦截网上广告的软件，从今往后，广告是必须的，但那是为了大家好——“脸书”公司也是这么说的，因为广告可以如此慷慨地确保“脸书”可以被超过十五亿人免费使用。

近期，围绕这些话题的讨论非常多[1]，但或许也应该看看摆脱
67 景观的进程，这一进程可谓相当缓慢。我们可以将景观、媒体和大众消费联系在一起，我们甚至可以将景观看作唯一可能给大家带来好处的减少个人被动性的（大众）消费舞台。所以我们可以认为，新兴通信技术让旧世界一去不复返，让我们重新恢复了个性，让我们变得独特，甚至让我们重新找到了长期以来一直被景观邪恶势力压制的自主性。可也许，景观只是将自己“皈依”于充满魅力的“个性化”。

前面我们看到，景观变了，它就像注意力经济或公众关注度经济（我们将在后面区分这两个概念），变得自主独立了。而当景观再次发生变化时，它便让我们以一个独特的网民兼消费者的身份出现了，而这种身份本身，则随时都可以被监测和分析。总之，景观之所以可以运作，依靠的是群众和大众媒体，这也是这个时代最为有效的运作方式：大范围撒网，用广告去赢得50%的消费者，但并不知道这些消费者究竟是谁。但如果景观“光顾”了一位网民，而这位网民也一贯积极地以各种方式在网上留下不会被所有人忽视的个人记录和资料，那么这对景观来说是一件好事。就好像往

---

① 比如可以参看伊夫·西同（Yves Citton）：《我们的数码无意识》（“Notre inconscient numérique”），《呐喊者杂志》（*Revue du crieur*）2016年第四期。

昔宏大的（或民众共同的）景观被衍射成数十亿“微景观”，而微景观平台就如同具有代表性的“照片墙”：如同尘埃般或水滴般的公众关注度终究汇聚成一片汪洋大海，在这片大海里，那些知道如何寻找想找的东西的人，不费吹灰之力就可以将其找到。所以作为一名作者，他应该要学习如何在这片汪洋里游泳，而我们则应该去了解他是怎么游的。

第三章
“我”不再让人憎恶

69

非专业化

前面我们看到：这个世界，这个变化的世界要求作者变成一位能够自导自演的专业人士。这项崭新的，几乎相当专业的任务，则自相矛盾地导致了“作者—功能”的非专业化。当作者渐渐放弃属于他的“专业性”（professionnelle）权威时，也就意味着作者景观化的开始，而专业性权威，它是由福柯所说的“话语秩序”（ordres du discours），以及属于后者的特殊知识及技术、规则、禁令、排斥和教育所决定的。于是，受到同行认可（或不认可）的权威，则被体现销售金额、注意力资本或公众关注度的资本的公众权威所取代。从这个角度来看，公众权威之所以具有当代性，也是因为书写形式的政治、文化和知识权威走向了视听形式，也就是说，作家形象或权威形象，因大家所说的具有传媒气场的专业人士和节目主持人而消失。传媒专业人士和节目主持人便是公众关注度“沙龙”里的主人，谁可以抛头露面，谁可以“出庭”，由他们说了算。

诚然，作者依然存在，而且从来都没有像现在这么多，但他们

是否依然具有权威性？大家是否可以不去谈论**加拿大姜汁汽水**型 70
作者的隐私问题，而去谈论点别的？读者往往期望作者在他们面前，流露出某种情感和某种心境，可是却很少期望作者将重大问题摆在他们面前，比如奥斯威辛的集中营，比如“伊黎”组织的摧毁性，更不期望作者为他们提供思考问题的方式。在公众关注度经济体制中，作者为了得到大家的赞同，必须考虑到电视效应，必须让自己属于电视(甚至成为电视的一桩买卖)。于是作者往往自己都没有意识到，他的一举一动已经受到了与文字书写完全不同的媒介的影响，而且，从权威、声望或**灵晕**(aura)的角度来说，电视要比文字更胜一筹。

于是，文字书写和公众关注度被混为一谈，而公众关注度的特点就在于它吸引人，而且只有当我们**付出自身代价**(paie de sa personne)时，公众关注度才会存在，我们将在后面再讨论这个问题。这里，我们可以以电影为例，但与电影恰好相反，早期的电影受到戏剧或摄影的影响，而摄影一开始也曾受到绘画的影响。一位想要被阅读的作者，首先要能够被看到，即使以不被听到或不被阅读为代价。至于会不会写作，可能已经无关紧要了。戏剧曾经是电影早期发展的阴影，视听系统是今天书写文化的阴影，而电影在那时处于起步阶段，但是现在的书写文化则走到了尽头。不过可以肯定的是，这一尽头有别于先锋人士在二十世纪六十年代所说的尽头。早在六十年代之前，当先锋人士对愈演愈烈的作者景观化做出挑战时，他们就已经想到了书写文化的尽头。

我们可以再做进一步的思考。以上我们重新确定了作者在某
种程度上**献身于**(voué)景观的背景。如果作者有志步入重要作家 71
的行列，或者有志在有影响的知识分子中占有一席之地，也就是说，如果作者决定成为一位有权威、有名望的作者，那么他实在别无选择。而那些隐居在群山或孤岛的智者，想要成名的话，已经晚

了，也许太晚了。因为现在的情况是这样的：在人类的历史长河中，成为一名法律意义上的“作者”，从来都没有像现在这么容易，而制作书籍的成本，也从来没有像现在那么廉价，我暂且还不考虑制作和发行费用几乎为零的电子图书，也不考虑成千上万的作者所写的博客（其“作者”的法律身份还并不明确）。有时我们会说：痴迷于民主化“功能”（fonction）的**所有作者**（tous auteurs），即便是精英，也许也无法再像过去那样，将这样的“功能”废除，或将其精心分配，而在那个时候，书本还是有价的，规定书籍价格的出版社也还是存在的。

但如果从公众关注度或权威性的角度来看，问题是明摆着的，用安托万·孔帕尼翁（Antoine Compagnon）一针见血的话来说就是：一个人人都是作者的世界，也就是一个没有作者的世界[1]。所谓作者的权威（也就是泛指的权威），它是一种专有财产。拥有权威，总是以牺牲那些拥有很少，或根本没有权威的人为代价的。从这个角度来看，权威性就像公众关注度，它之所以金贵，因为它是排他性的，因为不是所有人都可以从中牟利的。也就是说，我因拥有权威而取代了他人；也就是说，大家看的是我，而不是他人，而且很多人想看的是我，而不是看他们自己[2]。正因为如此，权威性和公众关注度在某些领域才能相得益彰，尤其是在文学领域或知识界，这就是今天的格局。

72 我们会说，不仅仅存在公众关注度，也存在另一种形式的权威，就像皮埃尔·布尔迪厄（Pierre Bourdieu）所说的，一种和象征

---

① 安托万·孔帕尼翁（Antoine Compagnon）：《一个没有作者的世界》，收录于让-伊夫·莫利尔（Jean-Yves Mollier）主编《书，何去何从？》（*Où va le livre?*），巴黎：拉·迪斯普特（La Dispute）出版社，2000。

② 娜塔莉·海因里希（Nathalie Heinich）：《公众关注度，传媒制度下的卓越与独特》（*De la visibilité. Excellence et singularité en régime médiatique*），巴黎：伽利玛（Gallimard）出版社，2012。

性资本有关的形式：就像来自先锋派和其专业人士同行团体的，或多或少的地下实践活动。但这还有可能吗？就先锋派产生的先决条件来看，希望渺茫。当初，先锋派之所以存在，是因为它被印刷工业文化置于边缘，或者说，先锋派就是边缘。那个时候，印刷成本尽管可以被一小部分团体接受，但同时对于先锋派来说，又相当昂贵。所以，先锋派依然是先锋派：被排斥在外，高人一等，确切地说，就是前卫。先锋派之所以存在，是因为在印刷历史的某一阶段，小团体或中小型出版社，可以在不破产的情况下，出版相对属于地下的刊物。但随着几乎绝对民主的出版方式的出现，所有人都可以变得前卫，所以再也没有人是前卫的。与此同时，也没有人再有理由去创办一份（前卫）刊物。于是，一种稀有性经济或先锋派固有的地下性的格局再也无法运作。

这并不是说刊物就此就消失了，也不是说，就再也没有有意思的刊物出现了，但如果所有人都可以拥有象征性资本，也就是说，如果所有人都可以出版书，那么阅读它们的人会变得越来越少，那么象征性资本投资的收益也将会接近于零。先锋派人士以及同类人士已经出局，因为在今天看来，宣称自己拥有象征性资本，已经成为一种孩童般的游戏。所以可以肯定的是：没有什么能比象征性资本更不民主的了，所以“作者—功能”的民主化和非专业化也是不无道理的。此外，如果先锋人士在酝酿革命情操和培养雄心 73
勃勃的民众的同时，也同样培养了一种有点贵族式的**惯习**（habitus），那也并非巧合。从浪漫派主义、波特莱尔、马拉美、一直到情境主义，这种**惯习**就一直是抵抗文化资产阶级商品化最令人满意，也是最有效的方式。

诚然，就像当初先锋派人士近一个多世纪所做的，抵制景观的作者还是存在的。也有像米歇尔·维勒贝克（Michel Houellebecq）或菲利普·索莱尔斯（Philippe Sollers）那样完全抓住景观利害关系的作者，但我们也可以认为，越来越多的作者，正计划着如何去迎合注意力经济和公众关注度经济的期望。当我们思考文学，并将其想象成一个自主而真实的空间，甚至将其想象成一个作者的主权性空间，就好像在这个空间里，我们的主体在与作者的对话中孕育而生，在这样的情况下，我们当然希望这位作者是“真的”(véritable)。也就是说，我们既不想与一个“团队”(équipe)打交道，也不想和软件交流——我们在最后一章对其再作讨论，因为这两种形式可能永远只能制造出一些反实验性的、反边缘性的文学，或制造出一些我们已经看到的，像 E. L. James 或其他很多那样的浮泛滥调①。

但如今让我们进退两难的，是曾经处于“自治领域”(champ autonome)的“真实的”(authentique)作者，大家现在想要看到他。更确切地说，只有当他主动出现，只有当他在竞争力极强的公众关注度经济中主动亮相时，大家才会关注他。
74 换句话说，象征性资本的大门被再次关上了，它既不符合当今的技术要求，也不符合如今的生产模式需求，更不能和注意力经济并存。更何况“注意力经济”概念的发明人乔治·弗兰克(Georg Franck)就曾经指出，“注意力”这个概念，确实体现了**另外**(autre)一种象征性经济。而这一另外的象征性经济也让皮埃尔·布尔迪厄(Pierre Bourdieu)的理论黯然失色②。并不是金钱资本被民主化了(千万别妄想)，而

---

① 参阅第八章和第九章。

② 乔治·弗兰克:《自主、市场、注意力:传媒在当代文学和文化领域中的策略》(“Autonomie, Markt und Aufmerksamkeit. Zu den aktuellen Medialisierungsstrategien im Literatur-und Kulturbetrieb”)，载马库斯·尧(Markus Joch)、约克-哥达·米克斯(York-Gothart Mix)、诺贝-克里斯提安·沃夫(Norbert Christian Wolf)、妮娜·别克纳(Nina Birkner)主编《媒体刺激？当代文学领域的自主和注意力》(*Mediale Erregungen? Autonomie und Aufmerksamkeit im Literaturbetrieb der Gegenwart*)，图宾根：麦克斯·尼迈耶(Max Niemeyer)出版社，2009。

的确是象征性资本的性质变了；或至少，大家以为象征性资本从此变得民主了，变得伸手可及了。可这只能是一种幻觉，但如果要依靠先锋派思想来解决这个问题，也是不可能的。

自传体的必要性

让我们回到历史，或再回到那个时间段。我在前面说过，文学领域中的自传体转型出现在二十世纪七十年代末至八十年代初，这一转型不仅涉及曾经打着旗号誓言消失的作者，也包括曾经准备为 1968 年“五月风暴”诞生的无产阶级集体利益而牺牲（作者）权力的作者。于是，象征性资本开始崩溃，尤其是当它放弃应该和
它并存的生命，或至少应该和他相伴的舞台的璀璨灯光。八十年 75
代初期，他们中又有多少人被（重新）发现？曾经在相当长的一段时间里消失的他们，原来也有生命。

于是我们知道，原来阿兰·罗伯-格里耶（Alain Robbe-Grillet）在小说里叙述的只是他自己[1]。曾用略带自传性质的小说**《女人们》**（*Femmes*）来预言自己风格的菲利普·索莱尔斯（Philippe Sollers），在**《游戏者的肖像》**（*Portrait du joueur*）中详尽地勾勒出一幅和书名相呼应的自画像，自此，自画像里的姿态也是他惯用的姿态：一个真真切切的玩者，他的右手不知道他的左手在干什么，他一边在叙述自己，另一边则表示自己不会因自我叙述而上当受骗，总而言之，捉摸不定[2]。变成玩者的索莱尔斯，想逃离景观，或

① 阿兰·罗伯-格里耶（Alain Robbe-Grillet）：《重现的镜子》（*Le Miroir qui revient*），巴黎：午夜（Minuit）出版社，1985，第 10 页。

② 菲利普·索莱尔斯（Philippe Sollers）：《女人们》（*Femmes*）和《游戏者的肖像》（*Portrait du joueur*），巴黎：伽利玛（Gallimard）出版社，1983、1984。

起码要和它周旋，这至少也证明了他意识到了景观，将景观融入了他的策略，与景观打成一片又反对景观——只有德波(Debord)才会完全反对景观。这里还需指出的是，当索莱尔斯对德波和景观产生兴趣的时候，也是他自传体转型的时候，或者也许他也受到了德波自传体转型的影响。八十年代，德波的自传体转型也以电影的方式先后体现在**《我们一起游荡在夜的黑暗中，然后被烈火吞噬》**(*In girum imus nocte et consumimur igni*)和**《颂词》**(*Panégyrique*)。

另一位让人捉摸不透的作家便是玛格丽特·杜拉斯(Marguerite Duras)，她中了头彩，也就是说，她的**《情人》**(*L'Amant*)在1984年赢得了龚古尔文学奖(le Goncourt)[1]。小说涉及杜拉斯的某段真实故事，以自传体的形式出现在其中，而以这
76 种自传体形式获奖的小说，史无前例。"自传体女士"得到了"**版权**(copyright)先生"的支持，二者唱起了双簧。之后的几年里，杜拉斯因与**《情人》**导演让-雅克·阿诺(Jean-Jacques Annaud)的不睦之争而创作了再版**《情人》**：**《来自中国北方的情人》**(*L'Amant de la Chine du Nord*)。其中的故事尤为露骨，且以乱伦作"彩蛋"(bonus)[2]。版权所有，更为隐私：无论是让-雅克·阿诺，还是其他导演都无权将其改编成电影。玛格丽特和弟弟的乱伦，预言了当代文学中其他类似主题的出现，它不能被搬上银幕，因为目前这个主题依然属于作者的私有(知识)产权。但总地来说，这并不影响作者起死回生的景观效应，在这件事上，也的确如此。

曾几何时，我们的确很激进。被巴特和福柯广为普及的"作者

---

① 玛格丽特·杜拉斯(Marguerite Duras)：《情人》，巴黎：午夜(Minuit)出版社，1984。

② 玛格丽特·杜拉斯：《来自中国北方的情人》，巴黎：伽利玛(Gallimard)出版社，1991。

之死”，在七十年代初还有其存在的价值。那时，“我”还是令人憎恶的，更何况，“我”从来都不说话，而是语言自己在说话，是无意识、结构、“他者”（Autre）和其他人……在说话。往昔，作者的权威，指的是他有能力消失在“某些东西”背后的“功能”，但在今天看来，这近乎不切实际。而“某些东西”，就是我们曾经将不属于作者的各种声音编织在一起的文本。近几十年来，某些曾经拼命死去的作者起死回生了，鉴于这种令人震撼的能力，我们可以说，当初为了抵制作者景观化的“作者之死”这一“命令”正在发生变化——我在前面也谈到过这一点。总之，当时的情况是：情愿牺牲作者也不愿意接受平庸，以此来避免瓦尔特·本雅明（Walter Benjamin）——波特莱尔“迟来的弟弟”在另一个语境里所说的“灵晕”的陨落[①]。

一位初出茅庐的作者，也许恰恰相反，我们期望他褪去“灵 77
晕”；期望他近在咫尺；期望他是看得见的、就在我们身边；期望他很快只凭在电视演播室里玩游戏的能力就可以让人感到与众不同；期望他在那里的一言一行“就像您，就像我”（comme vous et moi），一种完美的反纨绔风格；期望他很快会和大家一样，拥有一个电子邮箱，拥有“脸书”“推特”和“照片墙”的账号。总之，那种死气沉沉的招式似乎已经过时了。如何想象那些苟延残喘的作者居然出现在电视演播室里？观众定会厌倦无聊。如何想象那样的作者，他们霸占着演播室却又说自己不在，说是语言在说话，结结巴巴地说他们的东西是无可名状的、无法言说的、虚而又虚的东西？传媒的存在与“作者之死”水火不容，而且传媒的魅力开始让“死去的作者”的“灵晕”经受严峻的考验：起来，死去的作者！振作起来！

---

① 瓦尔特·本雅明：《技术复制时代的艺术作品》（*L'Œuvre d'art à l'époque de sa reproductibilité technique*，1939 年），巴黎：帕约（Payot）出版社，2013。

要么活着，要么从演播室、从出版社的策划安排中彻底消失！

民主的迫切性(关于自我虚构)

景观化的征兆：自我虚构(autofiction)。请记住，**《责问》**这档节目始于1975年。1976年，BHL**型作者**突然窜进电视演播室。于是，这些作者在开创知识分子景观化时代的同时，也将结构主义或后结构主义思潮“打入冷宫”。当然我们可以说，这股思潮是让书本得到最后一次敬仰的思潮，但更重要的是，这也同样解释了它也是最后一股对全权代表它的写作、语言和话语进行彻底研究的思潮。1977年，塞尔日·杜布洛夫斯基(Serge Doubrovsky)发明了“自我虚构”，至少他发明了这个词。他在小说**《儿子》**(*Fils*)①封
78 底上给出的一段有关“自我虚构”的定义，曾经被广为评论。自我虚构是否存在？它是否可以和其他范畴、其他文学体裁区分开来？它是一种形式现象，还是一种历史现象？……这里，我不打算对这些问题再做一番新的讨论②。但随着时间的推移，我觉得现在可以认真考虑一下为什么“自我虚构”一开始是以一种过渡式体裁出现的：“是自传？不是。自传是为这个世界上的伟人而准备的，为

---

① 塞尔日·杜布洛夫斯基(Serge Doubrovsky)：《儿子》(*Fils*)，巴黎：加利利(Galilée)出版社，1977。

② 针对这个问题，我们可以参看以下资料：樊尚·科罗纳(Vincent Colonna)：《自我虚构和其他文学谎言癖》(*Autofiction & autres mythomanies littéraires*)，奥赫：特里斯特拉姆(Tristram)出版社，2004；菲利普·嘎斯帕尼(Philippe Gasparini)：《自我虚构，语言的冒险》(*Autofiction. Une aventure du langage*)，巴黎：塞伊(Seuil)出版社，2008；菲利普·嘎斯帕尼：《他是“我”吗？自传体小说和自我虚构》(*Est-il je? Roman autobiographique et autofiction*)，巴黎：塞伊(Seuil)出版社，2004；热拉尔·热奈特(Gérard Genette)：《虚构和措辞》(*Fiction et diction*)，巴黎：塞伊(Seuil)出版社，1991。

其生命中的星夜，为其优美的文体而准备的。虚构，它是由严肃真实的事件和事实组成的：如果我们希望的话，就是自我虚构。它将一种冒险的语言托付给一种自由语言的冒险。这种自由的语言在明哲之外，在传统小说或新小说的体系之外。汇聚、串词、叠韵、谐音、非谐音、文学之前或之后的具体书写，就如同我们所说的‘具体音乐’。”

显然，任教于纽约大学——美国接受**法国理论**（French Theory）的重要圣地之一——的塞尔日·杜布洛夫斯基教授的一只脚还扎根于奄奄一息的先锋派“文本主义”，但先锋派是否知道自己已危在旦夕？杜布洛夫斯基通晓先锋派传统的“交错配列法”（chiasmes）：冒险的语言瞬间变成了语言的冒险。他对能指[（signifiant）“叠韵”“谐音”“非谐音”]的魅力和诱惑力也并非无动于衷，在这里就如同在其他地方，能指作为一种“文学之前或之后”的写作“矢量”。这种写作就如同遵循了先锋派的规则，从已建立或已被承认的文学体裁里摆脱了出来。

但同时，**《儿子》**封底上的这段话也宣布了与写作工作的神圣化的决裂，与本应时常和作者联系在一起的“言语消失”
(disparition élocutoire)的决裂。**《儿子》**里的“我”相当执着，但也 79
并不十分让人讨厌，至少杜布洛夫斯基是这样认为的。他敢于写自传，即便这也是一种拒绝自传体的方式。这不是一部自传体，因为自传体是为“世界上的伟人”和“其生命中的星夜”而准备的，很明显，“我”荣幸地将自己置身于自传体之外。当“自我虚构”这个词被发明时，自我虚构就以一种被修改的自传体的形式出现了，从某种程度上来说，它是一种有意识的随心所欲，或一种虚假式的体裁。杜布洛夫斯基自娱自乐：他就像索莱尔斯以玩者的身份“登场”，他阅读过属于他的经典，甚至阅读过属于他的文学理论，他并不会被我们曾经认为幻象的语言参照性维度所愚弄。此外，在很长一段时间里，这便是“自我虚构”可能的官方定义之一：非天真的自传性体裁，它用语言作赌注，而不用任凭语言左右的，聆听语言本身的语言参照性维度作赌注。从这个角度来说，自我虚构和先锋派的思想体系是相融的。而加利利(Galilée)出版社推出**《儿子》**也并非偶然，之后它还接受了有关德里达(Derrida)思潮的作品。

以上是自我虚构的第一个定义，它假定了虚构的存在，甚至假设了可以对自传体有意识地进行虚构，同时，因为某种“语言工作”(travail de la langue)的关系，自我虚构便和自传体拉开了距离。之后，便出现了自我虚构的第二个定义，它愈加强调了自我虚构和
80 自传体的区别：在自我虚构中，作者无须遵守菲利浦·勒热纳(Philippe Lejeune)所提出的著名的“自传契约”(pacte autobiographique)[①]，所以也就无须说真话。按照这第二个定义，自我虚构的特点是：将虚构和事实结合在一起，甚至将事实或多或少地乔装打扮，从而获得编造杜撰的权力。如果大家继续按照这个逻辑思考的话，如果将**《背德者》**(*Immoraliste*)甚至**《追忆似水年华》**(*À la recherche du temps perdu*)这样伟大的自传体小说列入自我虚构，将会引出很多的辩论话题。

专家们花费了大量精力，灵活机智地根据一些形式上的评判标准去区分虚构、自我虚构和自传体，但这些评判标准不是含义隐晦就是模糊不清。我认为，他们好像忽略了**《儿子》**封底文字所表达的有关“民主的”(démocratique)维度，他们没有看到这一维度的突然到来。与(杜布洛夫斯基眼中还相当传统的)自传体恰恰相反，自我虚构并不是为这个世界上的伟大人物而准备的，它是每个人都可以掌握的一种文体，它事实上是一种让所有人都可以去急

---

① 菲利浦·勒热纳(Philippe Lejeune)：《自传契约》(*Le pacte autobiographique*)，巴黎：塞伊(Seuil)出版社，1975。

功近利的文体，它同时也让批评家别无选择，只能对其做出第三种定义：“世俗的”(vulgaire)自我虚构，它什么都不考虑，它既不和语言参照的可信度较劲，也不向“能指”挑战，更谈不上尊重或不尊重任何一条“自传契约”。总之，杜布洛夫斯基呈现给大家的“有文化的”(cultivée)自我虚构，掀起了一股浪潮，成打成打的自我虚构作者被卷入其中，但保守地说，他们并不都会流芳百世。

自我虚构在经历了它的先锋派式的初期之后，便很快成为人人都可以涉足的文体。大家无须阅读普鲁斯特就可以对自己的旧情人吐槽一番。同时，自我虚构好似也以“精华”自居，或至少也体现了与景观息息相关的“作者—功能”当代民主化的征兆。从这个
角度来看，自我虚构让作者走向了非专业化。创作自我虚构，无须 81
成为“VIP 会员”，也无须是一位大作家，更无须知道应该如何写作，但恰恰相反，最好不要太老。从电视上镜的角度来看，一位年轻的，最好能够揭露自己隐私的二三十岁的女作者，无论如何要比一位大作家更受欢迎。诚然，大作家德高望重，但他可能会用相当冗长的句子说出一些相当复杂的东西，这会导致收视率的下降。我们暂且先不考虑那些趾高气扬，以羞辱往昔权威作家为快的节目主持人，换句话说，他们通常并不会邀请这样的作家。我在电视里，让大家看到，但并不像老卢梭(Rousseau)那样，让大家看到我真理(vérité)的本性，而是让大家看到我真实(authenticité)的本性，有血有肉，有幻想，有梦想，有想象的生活，我用我的“在场”证明这些都是属于我的。这就是电视，近几十年来，它让自我虚构变得卓有成效。

我们也可以琢磨一下，当自我虚构体裁还处在最初的过渡阶段时，精神分析学又是如何为其辩护的，或更确切地说，精神分析学在扮演“辩护者”的过程中，又是如何自我演变的。弗洛伊德(Freud)，甚至拉康(Lacan)曾经证明了语言或能指实践的合理性，

那么我们就先从曾经受到这种思想启发的理论出发。我们是否还记得，那是一个关于“能指，就是对其他能指而言的主体”[signifiant (qui) représente le sujet pour un autre signifiant]的美好时光？这句话虽然有点神秘，但暗示了在无论什么情况下，主体的命运关乎他和语言的关系，关乎他驾驭语言（或在语言中驰骋）的能力。而二三十年后，我们得到的却是一个非常模糊的理论，以及一种机械性的依附于对幻想再现无可判定的写作实践。

拉康或同时代的莱里斯（Leiris），都各自把主体的命运交付于语言。简言之，后来出现了一位杜布洛夫斯基（Doubrovsky），随后又
82 出现了一位名叫索菲·卡达朗（Sophie Cadalen）的精神分析师，也算是一位作者。她的**《长沙发》**（*Le Divan*）问世迄今也有二十多年，我们在互联网上可以看到这样一段相关文字：“一位性感的年轻女子，用露骨和过激的字眼，讲述了她最为肆意放浪的艳遇，同时又通过挑衅其心理医生，让其不安来解闷寻乐。”露骨和过激的字眼：的确，如果这些事没有被一位精神分析师听到，没有被她记录下来，那么我们可能很难区分它们和情色、色情小说有什么区别。从过渡式体裁的角度来看，无论怎么说，这几行字说得很妙：精神分析学受到“露骨”的打击；理论受到小说的打击；叙述者兼精神分析师受到“过激”的打击。受到（年轻性感女子）索哈亚（Soraya）攻击而屈服的叙述者，不管怎么说，以非常吝啬的分析结束了小说，但对其丈夫的外遇则只字不提，而他却是温柔索哈亚的首选目标。

精神分析学是否在为一种非神经质的、非象征性的，或者说非审美性的文学辩护？这种文学导致了作者的非专业化。而杜布洛夫斯基所说的“文学之前或之后的具体书写”——自我虚构，便是作者非专业化的征兆之一：粗糙、实在、露骨、过激、不崇高、无审美，您所看到的“我”，道出了一切的一切。从幻想体验的角度来

看，精神分析为游离于现实、经历或虚构（我是我所想象的，我是生活在我想象中的我）的自我虚构提供了“阳奉阴违”的辩护。鉴于精神分析学文化在法国的重要地位，那么自我虚构的诞生地是法国，也就不足为奇了。自我虚构的作者说：这并不（仅仅）是我、我的经历，这（也）是我的幻想、我的虚构，但既然这些构成了我，既然它们曾经被经历过，或庄重地被一个主体，我，写了下来，所以这涉及的毕竟还是我。于是，所有的自我虚构好似都持有一种双重态度：一旦坦白就矢口否认。当然，大家也知道这种态度的合法利 83
益。我们还记得热拉尔·热奈特（Gérard Genette）曾因这个问题而倍感不安，他说这是一种欺诈性写作，或者是一种非法的自传体写作，又或者是一种可耻的自传体写作[①]。从这个角度来说，精神分析学有着离奇的命运，六七十年代，它为文本主义革命而服务，以各种可能的方式去攻击“我”和“想象”，三十年后，它却成为倾向于享乐自恋的当代个人主义的载体之一。

景观化、民主化、自传体转型——这就是代表当代作者的三角区，但不是黄金三角，而是百慕大三角，因为很可能作者因**加拿大姜汁汽水**模式的作者而消失。而这种模式的特征，就是作者必须真实地出现在电视里。这里，请允许我向那些运用数码技术研究文学的爱好者，建议一些小型的公立研究项目，它们主要是用来测量近一两个世纪以来著名作者所撰写句子的长度。研究结果表明：大概在经历了十九世纪某个恒定期之后，也就是普鲁斯特式的**高峰期**（*peak*）和后来的文本主义时期[菲利普·索莱尔斯或克劳德·西蒙（Claude Simon）放弃标点符号，让整部书成为一句句子——试想，如果他们在电视里**说**如此冗长的话，那实在是邪了]之后，一切表达彻底趋于简单，倾向于短句，就如同诺伊尔·热瓦

---

① 热拉尔·热奈特：《虚构与措辞》，同上，第86—87页。

兹在小说中提到的，最理想的莫过于将短句并置。

在景观性的体制下，不管怎么说，没有位置留给那些写长句的作者；当然，也没有位置留给那些往昔依靠写长句而拥有威望和权
84 威的大作者，因为拥有持久性的权威，如今属于景观，也属于景观策划人。拥有权威的，是脱口秀节目和电视游戏节目主持人，从今往后，他们才是真正的明星，他们在那里不是为了让别人强占他们的风头，也不是为了让作者高谈阔论霸占他们的位置、占用他们的媒体时间。在视听图像域的时代里，作家并不需要伟大，而是要走过场，有多少人曾经前赴后继，现在终于轮到作家走进电视演播室了，只为了安迪·沃霍尔（Andy Warhol）曾经的那句名言：十五分钟的名人。成千上万的人在《**责问**》里走过场，当然是主持人贝纳尔·毕佛最终成了明星，我们只记得他，正因为是他，正因为是他的节目，所以今天大家才会回顾这档节目，才会称颂这档节目。

对于一个要出镜的作者来说，如果只给他十五分钟，他一定得高效，或仅仅从逻辑性的角度来看，为了巩固他的传媒知名度，他得通过讲述自己来将其塑造成为一个受到现场关注的人。对他来说，最理想的就是要不断反复证实他就是在场的那个人，或者证实他就是那样的一个人。德波也早就觉察到景观根深蒂固的这种套路逻辑：景观只拿自己来作秀，就好像这才是唯一可能的益事。这非常有效，不管怎么说，作者就是被要求去这么做的，这就是视听领域的规则，这一规则变得成熟、自由，对其自身权力深信不疑。

这就是影像规则，是文化民主化的规则，也是伴随文化民主化规则的个人化规则。从大作者被小作者取代的那一刻起，如果不谈自己，那又该谈些什么？如今，作家的“神圣”，无论其性质，都很难平分。“作者—功能”的民主化，戏剧性地减少了作家的话语维度，他们曾经习惯——也被允许——以他人的名义说话，为他人说
85 话，即便那些“他人”通常并不知道自己竟如此被关注。如今的文

学领域有点拥挤：如果您没有维克多·雨果那般的终身荣耀，甚至永存的荣耀，而只有十五分钟的荣耀，那就不必为他人说话，或在谈论他人方面浪费时间。所以，还是让他人自己去作秀吧！

第四章
区别与详解：注意力、公众关注度、景观

87 注意力：一种新的经济体制

我们在前面曾多次提到注意力（attention）、公众关注度（visibilité）和景观这三个概念，现在让我们来分析、区分它们。其实，我们可以用一个同心圆系统来形容它们，从最大圈（注意力经济）到最小圈：作者的景观化。注意力是一个总概念，大概在二十年前，乔治·弗兰克（Georg Franck）就已经对这个理论做了一番勾勒。但还需重申一下，注意力经济在那个年代的主杠杆还是电视，而不是刚崛起的互联网。当放宽管制或私有制电视市场将所有精力都集中在“大脑的空闲时间”（temps de cerveau disponible）时，当这些体制又与有线和卫星的传送方式相结合而让节目变得越来越丰富时，注意力经济的发展趋势就变得越来越明确了。从1980年到1990年，电视频道由五个增至五十个，之后又增至五百个，于是，观众的注意力对于传媒公司来说变得越来越金贵，同时它们又把大家的注意力卖给了广告客户。

“注意力经济”这个概念也便是在这样的一种情况下出现的。

按照乔治·弗兰克的观点，注意力经济意味着“注意力”已经变成 88
一种真正的兑换货币。而且，当工业经济被切换至信息经济时，或更笼统地说，被切换至无形资产经济时，那么注意力则变得愈发重要。可以说，我们的注意力在信息经济中扮演着一个重要的角色，而社会学家布尔迪厄（Bourdieu）所说的象征性资本（capital symbolique）则在文学领域扮演着重要的角色。而象征性资本和注意力的本质区别，则让布尔迪厄的整套理论系统完全失效：注意力与象征性资本恰恰相反：一方面，注意力在无论什么时候都可以被转换成商业资本；另一方面，注意力对任何人来说都伸手可及，它并不取决于具体话语秩序“教规”的内部授权程序——或者用布尔迪厄的话来说，就是某个领域（文学、艺术，等等）自身的竞争规律“教规”。所以，大家的注意力总是可以通过销售方式、合同方式，以及各种专利权方式被“兑现”，而且也被即时兑现成荣耀。且我们依靠大家的注意力而赢得的这份荣耀，通常情况下，在我们死后便会消失，而且这份荣耀并不一定需要我们等到事业有成，或等到事业尽头时才会出现。

当牵涉到作者话，那就意味着，如果他可以引起别人的注意，不仅他的书籍销售状况会很好，而且同时，他也可以期待签署额外的专栏作家合同或电影剧本合同，又或许，他以这个或那个头衔被媒体盛情邀请。反过来说，无论什么人，只要赢得众人的注意力，便可在一段特定的时间内成为**作者**，并出版一本最好是和他个人有关的**闲书**。歌手、演员、政客，以及在YouTube网站上介绍化妆品的少女们，如果他们期望的话，都可以成为作者。最新一则例子：非常年轻的柔伊拉（Zoella）小姐（真名为柔伊·萨格 Zoe
Sugg），因在YouTube网站上发表有关时尚的评论而拥有650万 89
粉丝（基本是少女），而她的第一部——注定取名为**《网上女孩》**

(*Girl Online*)[1]的小说，在一个星期之内就售出了75000本。这第一个星期的销售量，显然要比丹·布朗(Dan Brown)、J. K. 罗琳(J. K. Rowling)和E. L. 詹姆斯加起来的销售总量还要多。**《网上女孩》**之所以被企鹅出版集团(Penguin Books)接受，那是因为这家出版社首席执行官的十三岁女儿的推荐：这对专业审稿人员来说，是一个坏消息，他们有可能会面临技术性失业。所以说，作者不得不在注意力经济规律面前低头，这种境遇不仅涉及各种营销力度和营销能力，而且也涉及作者从注意力资本中获得的权威和身份。从这个角度来说，福柯(Foucault)的"话语秩序"的关键："作者—功能"，如今却变成了注意力资本的**副产品**(spin-off)，而注意力资本也越来越系统化地和话语中的所有权威脱钩。

注意力经济体制因目不暇接的互联网的发展，而明显变得愈加坚不可摧。数十亿网民——暂且不考虑成千上万"有道德底线的"或往往没有道德底线的人——都在寻求被关注，这就是今天的趋势。诚然，大赢家是那些有能力去赢得别人注意的人，但正因为"注意力"常常像一个"过客"，所以真正的大赢家是筹划和主宰注意力的人，也就是说，搜索引擎，它们之中，毋庸置疑，"谷歌"遥遥领先。谷歌企业已经成为民众"注意力"的重要管理人，它有能力管理注意力，或更确切地说，有能力将注意力分成等级，将其分配，并且按照一种权威原则将其调配。谷歌吸引广告客户的能力，以
90 及向广告客户兜售"注意力"的能力，就是谷歌的成功所在，而民众的"注意力"则被变幻莫测的算法进行着分析[2]。

---

① 伦敦：企鹅(Penguin)出版集团，2014。

② 多米尼克·卡尔顿(Dominique Cardon)：《算法在梦想什么》(*À quoi rêvent les algorithmes*)，巴黎：塞伊(Seuil)出版社，2015，第24—29页。卡尔顿特别指出：谷歌算法实施的是一种精英化体制，也就是一种史无前例的权威原则，它的本性就是让话语秩序的权威失效。

其他赢家：社交网络（“脸书”“推特”），它们如鱼得水，因为在注意力的“海洋”里，一方面它们以片言只语的交流作为赌注；另一方面又依靠杠杆效应，以成倍增加的交流次数作为其运作的关键[①]。“推特”和它不超过 140 个字符的推文就是这个方面的最好例子，它是注意力经济体制的标志性体现，也完全符合这种经济体制，因为它要求人家集中注意力时间极为短暂。800 页的**《存在与虚无》**（*L'Être et le néant*），曾经为其作者带来了可观的威望，或至少它让人叹为观止、局促不安，尤其对于那些从来没有阅读过如此佳作的人来说，可在今天的注意力经济体制下，成为这样的作者会显得荒谬，或至少就像在用竹篮子打水（在数字海洋中）。

如今，如果您想努力改变世界的话，您必需在您的“社交网”（réseaux）上将您所发表的短信精简为 140 个字符，这不会给您多少空间去开始一句从句，也不会给您多少机会去向后人解释是选择存在还是虚无，更不会给您多少机会去解释二者之间的关系。先决条件是要拥有一些**粉丝**（followers），然后他们再把您的推文分享给他们的粉丝，那就事半功倍了。知识分子还没有完全弄明白这一点，至少他们要比天主教会慢半拍。多亏红衣主教詹弗兰科·拉瓦西（Gianfranco Ravasi）的从中“做媒”，天主教会没有错过赢得大家关注的机会，于是，耶稣基督成了第一个“言简意赅” 91
（avec des formules brèves et pleines de sens）的推文人，至少我们也可以说，他的推文具有里程碑的意义，数十亿粉丝对其做出了回应（“你们要彼此相爱”“将脸转过来给他”[②]，等等）。“推特”好像确实领悟了耶稣基督的真谛：当书本还是价值连城不易翻阅的卷

---

① 多米尼克·卡尔顿（Dominique Cardon）：《算法在梦想什么》（*À quoi rêvent les algorithmes*），巴黎：塞伊（Seuil）出版社，2015，第 29—33 页。

② 《马太福音》的原文是：“不要与恶人作对，有人打你的右脸，连左脸也转过来由他打。”——译者注

册时，当识字的人还屈指可数时，耶稣基督的“言简意骇”是最为有效的。当书籍过剩而毫无价值时，当有朝一日大家再也没有时间去阅读时，“言简意骇”又会再次回到我们的身边。

公众关注度：排他性和不平等性

“注意力”是一件很金贵的东西，就像在“谷歌”、在“脸书”，它们被计算、被出售、被登记入账，但“注意力”往往会昙花一现。YouTube 平台上会突然出现数百万人都在关注的视频，但三天后，它们就被所有人遗忘。在平台上也会出现各式各样、相互攻击的“屎尿风暴”。“注意力”是稍纵即逝的，尤其当它“关注”的不是人，而是事件，因为所谓事件，就是无须重复，也无须得到大家的认可。当“注意力”涉及的是人，那么我们就不仅仅只会讨论注意力，我们还会谈到公众关注度。就像娜塔莉·海因里希（Nathalie
92 Heinich）所说的，公众关注度不仅关乎自己吸引别人的能力，而且还关乎得到大家认可的能力。诚然，这是在注意力经济体制下出现的情况，但也不仅仅限于这种体制[①]。

从本质上来说，公众关注度建立在一种不平等的关系上：无数的“观众”（spectateurs）看到的是垄断公众关注度的**少数幸运儿**（*happy few*）。其实，早在注意力经济发展之前，公众关注度经济就已经开始发展了。依然按照海因里希（Heinich）的观点，公众关注度是跟随摄影出现的。当一个人的副本可以被多次复制时，尤其是，当一个人独一无二的脸部被多次复制，直至大家都可以将其

① 娜塔莉·海因里希（Nathalie Heinich）：《公众关注度，传媒制度下的卓越与独特》（*De la visibilité. Excellence et singularité en régime médiatique*），巴黎：伽利玛（Gallimard）出版社，2012。

认出时，公众关注度也随之出现了。之后，公众关注度又受益于电影，它象征性地体现了好莱坞，体现了遥远、神秘，但又备受关注的明星。接着，公众关注度又因电视而被推广，也许随后便“沦落”于互联网——我们可以作出这样一种假设：互联网完全和公众关注度的经济规律背道而驰，因为互联网是民主的，它没有排他性。

公众关注度经济和排他性经济恰恰相反。于个人而言，公众关注度是最为金贵的东西，因为它具有排他性；因为它不是所有人都可以拥有的；因为我们不打造也不复制所有人的形象，这就是为什么从互联网获得的公众关注度是模棱两可的：因为从技术性层面来看，所有人都可以获得公众关注度，所以它并没有真正的价值，是微不足道的，也是民主的。诚然，我们可以通过互联网被看见，甚至有时还可以［像贾斯汀·比伯（Justin Bieber）或柔伊·萨格（Zoe Sugg）］那样成为一位明星，但这就像中彩票而变得富有一样，只是一些无法逾越的规则中的某个特例。而且，好像YouTube网站也的确比较适合某些活动，这些活动一方面具有非专业化的特征，另一方面也拥有很强的社会潜力。无须任何文凭便可成为时尚博客主、说笑博客主或音乐博客主，这三者涉及的都是社会性或社交性的即时实践，这些实践也因社交网络的杠杆效 93
应而获益。但如果要在YouTube平台上成为小说家、哲学家、艺术家或演员，那又是另一码事了。

此外，还要提醒大家的是：要想成为明星，还是需要得到传统媒体的认可，而这些传统媒体才是真正公众关注度的“驱动力”。社交网络和YouTube至多也只不过是一间工作坊、一间训练室，它们为专业人士提供了一个寻觅各式各样人才的空间。您可以通过YouTube引起别人的注意，数百万人可以通过您制作并上传的视频看到您，但荒谬的是，除了一些罕见的特例，您并不会因此**被看见**（visible），大家并不会因此认识您，而且您几乎总是会立刻被大家遗忘。诚然，数百万人会在几分钟内或几秒钟内观看您的视频，但同样也有数百万人，就像您一样在上传他们自己的视频。这就是公众关注度的悖谬。

为什么有那么多人在尝试？难道他们居然还没有意识到“赢”（什么？）的机会只比赢彩票的机会稍微多了那么一点点？也许也正因为这和玩彩票一样，唯一可以肯定的是：“不赌不会赢”，或许这也算是一种消遣，总之是让大家模仿的消遣。在互联网上赢得的公众关注度，从某种程度上来说，是在模仿“真正的”（vraie）公众关注度：大家在网上扮演明星，有意或无意地模仿着明星。很多时候，如果一条的的确确在模仿明星的视频可以招来**热议**（buzz），或者，一种模仿榜样或偶像的娱乐性文化越来越受到大家的关注，那也并非偶然。

94 比如，可以看一下 YouTube 平台上，数以百万模仿摇滚明星的少男少女所上传的视频，尤其是来自女孩子们的视频（她们更具模仿天赋？）——手持吉他的少女，模仿着《**明星学院**》（*Star Academy*）或《**好声音**》（*The Voice*）里参赛选手的样子，而这些节目本身就体现了模仿性的次等**明星制**（star system）。忽然，视频中的少女哈哈大笑，她们的声音走调了，她们唱错了，她们也明白，这种公众关注度是可以用来开玩笑的。她们非常清楚，真正的公众关注度是另一码事，是她们无法拥有的。

或者，我们可以看看来自“网络”（réseaux）的攻击，特别是对一位政界要人的攻击：大家好似都在鹦鹉学舌地竞相叫板，于是“网络”激活了现代版的狂欢节。同样，我们可以通过“照片墙”现象，来衡量一下两种公众关注度的不同。从表面上来看，大家使用的是同一个网络平台：既然所有明星都会出现在“墙”上，而且还时不时地晒一些**自拍**，那么渴望积攒面包屑般的公众关注度的人，也会像已经拥有公众关注度的人一样，出现在同一个平台。但也正是通过这个平台，大家可以立即辨认出拥有“真正”(vraie)公众关注度的人和其仿效者之间的区别，因为每个人的公众关注度都是用数字标出来的：安吉丽娜·朱莉(Angelina Jolie)或金·卡戴珊(Kim Kardashian)拥有五百万或一亿粉丝，而您只有三十多个粉丝，天壤之别。如果“富人”(riches)，通常是非常富有的人出现在“照片墙”上，那只是为了让众人知道他们是富人，以此显示他们的与众不同，显示他们的身价和资本。但他们的公众关注度是很长一段时间以来在别处锻造出来的。

从本质上来说，公众关注度涉及的是人，甚至可以说，涉及的是如何认出一张脸，所以必须得牺牲很多大家所不认识的脸。如果社交网络显然能够让已经拥有公众关注度的人引起更多人注意
的话，那么通常来说，社交网络往往无法让平民百姓拥有公众关注 95
度，这与电视节目，以及它严格的排他性选秀恰恰相反。电视与“脸书”——脸的书，拥有十五亿张脸的书——二者不可同日而语。设想，从前您走在路上，有人满怀热忱地对您说“我认识您，我在电视上看到过您”，难道今天大家会同样对您说“我认识您，您在‘脸书’上”？从这个角度来说，“脸书”的历史不乏讽刺意义，因为一开始其赞助商文克莱沃兄弟(Winklevoss)就想让它成为一个名副其实的排他性网站，但是后来，他们还是被马克·扎克伯格(Mark Zuckerberg)稍微忽悠了一下坐上了冷板凳。马克·扎克伯格逐渐创造了一股非排他性的、包容性的(inclusif)力量——这可是一种象征性的过渡，至少有关他的影片**《社交网络》**(*The Social Network*)是这样说的：哈佛和独家学生社团被搬至帕洛阿图(Palo Alto)，在那里，大家对您有没有文凭的事根本无所谓。

也就是说，对于作者来说，公众关注度才是至关重要的因素，而不是简单的注意力，至少当作者还是活生生的一个人时，但这种情况也许不会持续太久，或至少不会在所有的领域里持续太

久——**自动化写作**(narrative science)，我在这里首次提到您。作者不仅仅要被看到，还要被承认、要旷日持久、要有头有脸，总之要在公众关注的传媒中让人觉得赏心悦目。往昔的文学领域受到了传媒领域的束缚，这并非就意味着作者被判了死刑，而是意味着传媒领域让作者在必要的公众关注度面前屈服，让他必须“活着”。作者必须存在，必须出镜，有血有肉，不再死去。

而且作者也必须达到这种“境界”。公众关注度这种强迫式的
96 “命令”，就像拉康曾经提到的“绝爽”(jouissance)[①]：并不是当我们听到命令(j'ouïs“爽”)就能达到高潮。同样，不是所有人都可以拥有公众关注度的，获得它是要付出代价的，除非您是皇室成员(最好是英国的)，除非您美若天仙，又或许您具备像演员、运动员那样出类拔萃的天赋。娜塔莉·海因里希(Nathalie Heinich)曾经对拥有公众关注度的“神”，以及“神”与“神”之间不言明的等级做出了描述，在这些“神”和等级的背后，则有很多人在为公众关注度而厮杀：政客、主持人、各行活跃人士，包括作者，或至少包括某些非常上镜的作者。但我们不得不承认，作者还在挣扎，总地来说，他们还没有抢到最佳位置，因此他们还是属于那些还在不遗余力地努力的人。当权威和公众关注度扯上关系时，“作者—功能”，这条往昔通向权威的庄严大道好像荆棘密布。

景观：打造公众关注度

因此，我可以提出这样一个重要的观点：公众关注度是有价的，它同样也体现了一种象征性资本，它要求象征性地“付款”，或

---

① 也可以将 jouissance 翻译成“高潮”。——译者注

更确切地说，它需要**我们付出代价**（on paie de sa personne）。通常来说，想要被邀请走进电视演播室，想要参加电视真人秀，支票是无济于事的。您必须具备一些可以让您的公众关注度“升值”“赢利”的东西，比如，暴露隐私、蒙受侮辱，或者您很具侵犯性或挑衅性，等等。于是，我们来到了同心圆系统的最里圆，也就是景观，我们可以说，它由打造公众关注度的各种技巧所组成，就像过去我们 97
所说的文本生产力（productivité textuelle）。这里所说的景观，也就是我认为有可能在公众关注度经济体制下存在的景观，是某些非常具体的东西。这些东西指的是打造传媒产物的原则，也正因为这些原则，公众关注度经济才得以运转。所以，关键是要知道应该具备什么条件才可以让景观顺利运转，让它成为一道出色的景观，或让它和劣质的景观区分开来，所谓劣质的景观，就是不符合公众关注度经济规律的景观。

我的答案将再一次涉及马歇尔·麦克卢汉（Marshall McLuhan）的名言：“**媒介即讯息**”（the medium is the message）①。但因情况不同，我将这句话做了一番调整。尽管有时麦克卢汉的观点有点模糊，而且在理论上也不太严谨，但我们差不多完全可以原谅他，因为他直觉性地意识到了“媒体的自反性特征”（caractère réflexif des médias）。对于他来说，这句话的意思是：（新的）媒介形式体现在它所传达的讯息里，媒介形式不仅决定了讯息的意义，而且媒介以它的形式导致了结果（印刷酝酿了宗教改革、启蒙思想、民主，等等）。于我来说，这一直都很正确，但我们还可以进一步认为，媒介作为讯息，它不停地**自我炫耀**（se célébrer lui-même），不停地炫耀

---

①　马歇尔·麦克卢汉（Marshall McLuhan）：《媒介即讯息》（“The Medium Is the Message”），载《理解媒介：论人的延伸》（*Understanding Media: The Extensions of Man*），伦敦：劳德里奇及根·保罗（Routledge&Kegan Paul）出版社，1964，第7—23页。

自己会做什么，不停地明确或不明确地，有时又相当明确地证明自己是做得最好的，也是最称职的。

于是，几千年前，书一出现便开始“自我炫耀”，它的“登场”就如同上帝开口说话，如此恰如其分、从容不迫，以至于再也没有人胆敢发明另一种媒介将其取而代之①[也许除了史蒂夫·乔布斯(Steve Jobs)和他的第一代 iPhone，他借用米开朗琪罗让大家看到
98 的 iPhone，就如同上帝的手指，或更确切地说，就像您的手指，当它在崭新的**触摸屏**(touch-screen)划过时，突然变得神圣②]。随之出现的便是印刷而成的书本，它不再称颂神的权力，而称颂人类辩证的权力和说服的权力。所以这就是为什么在过去，成为知识分子是一件值得的事，因为那个时候的书本是一种拥有威望的媒介，而不像现在，书本只是闲书，可以被丢弃、被数字化，通常情况下，它既被丢弃又被数字化。

如今，各种社交网络在“自我炫耀”，尤其是当它们被用在近期的某些革命运动中，或用于阿拉伯之春的革命浪潮中，要不是“春天”戛然而止，我们还以为这些社交网络是为“推特”和“脸书”的发展前景而服务的。而电视也在不停地，不言而喻或态度明确地炫耀着它的手段，它的权力，或仅仅炫耀它最擅长的那部分。电视的优势就是直接、真实，就好像您在现场，很感人，有血、有泪、有刚经历的痛楚，就像大家所说的“现场直播”(live)，这一切就好像是为了强调电视的固有资本：亲身经历，至少也是受了“委托”的亲身经历。这个领域不乏一些经典之作：无尽垂死挣扎的直播现场，一个

---

① 雷吉斯·德布雷：《上帝，一段历程》(*Dieu. Un itinéraire*)，巴黎：奥戴尔·雅各布(Odile Jacob)出版社，2001。

② 大家可以在 YouTube 上找到史蒂夫·乔布斯是如何介绍 iPhone 的视频，版本有长有短。输入关键词“Steve Jobs”和“présentation de iPhone 1”，然后根据您的喜好选择适合您的版本。

慢慢被泥浆吞噬的哥伦比亚小女孩；或者，美国空军轰炸伊拉克的实况转播；又或许，CNN 新闻频道每隔十分钟就向大家展示一颗新型数字卫星的卓越技术，因为它可以全面观测海地的地震状况。然而，满目疮痍、遭受重创的海地，我们在重复的画面里却怎么也
看不到，但难道不正是这颗新型数字卫星，才让我们因为看不到而 99
倍感宽慰吗？难道不是多亏了地震，才让我们看到了这颗新型数字卫星的重要性吗？有多少能让电视自我炫耀的节目，就有多少成功的景观。有了景观，电视才有机会证明它对公众关注度经济体制的掌控。

以下是我对小小语言学思考的总结。从上述角度来说，任何一种媒介，可以被理解为一种特定权力的发展（生成），（就像我们所说的，一台马达可以生成多少马力）。从某种程度来说，这一特定权力是为那些能够驾驭它的人而准备的。媒介可以和精神分析学家所说的“冲动”（pulsions）相提并论，媒介除了自我肯定，无任何其他目的，它周而复始地重复着自己，就像在**爆炸性新闻**（breaking news）时段里，电视不停地重复播放毫无意义的影像，可往往已没有什么可（再）看的。而与媒介形影不离的，则是景观，它也在一味地肯定和炫耀公众关注度的无处不在。所以在大多数情况下，如果作者也无法逃离景观，如果他们根据类似语法规则的具体法则去适应景观，那也不足为奇。是的，于是便出现了景观语法，现在让我们对其做出具体的分析。

第五章
景观语法规则

101 语法，包括景观语法，有两大特征。第一，它以一种组合的形式出现，组合中包含一系列可能或必要的元素，它们之间必须保持协调一致：当我们以某种方式开始一个句子时，我们不能对其胡乱收尾。景观大致也是这样：它是由各种元素构成的无穷潜在组合，这些元素就像形容词，相互维持着必要的、基本合理的关系。第二，语法组合中的各种元素可以被有限地划分为几类（比如，从形态学的角度来说，被分成名词、动词、形容词等）。景观，从某种程度上来说，也是这样，它是由相对限量的单位构成的一种组合、一种连续性。由于没有更好的词，我将这些单位称作：景观文化基本单位（unités culturelles-spectaculaires de base）——这个术语指的是一些共享实践，对某些局限于特殊媒体系统的人来说，无论他们愿不愿意，共享实践并不是个人的。

目前，这只是一个类比，我们还未对其做深入研究，但于我来说重要的是：这里所要研究的景观，可以从多角度、多方面被呈现出来。景观形成的前提条件，是它需要好几个“配置”它的因素或
102 “端口”（portes d’entrée），一旦我们选择了一个端口，那么整个链路脉络可以让我们从一个端口进入另一个端口。从不同的分析角

度出发，景观可以被具体定义为出庭式文化（comparution）、坦白式文化（aveu）、真实性文化（authenticité）、透明度文化（transparence），甚至是牺牲性文化（sacrificiel）。其中，牺牲性文化无疑最为概括，也最为综合。如此概括景观文化，是否透彻？我并不肯定，但目前我也没有想到其他的。所以，让我们暂且试着对这些“端口”做出一一的分析。

出庭式文化

一切始于“出庭”，进入景观就好像意味着走向法庭[1]。出现在景观里，就好比出庭接受审判，但并不是因为犯了罪，而仅仅是为了在景观里征求一席之地。您在为自己辩护时会说些什么？也就是说，您必须提供您出现在景观里的理由，您究竟做了什么才可以赢得大家的关注，才可以不声不响地取代他人的位置？您有什么理由来赢得一丁点儿的公众关注度？为了博得大家对您的片刻注意，您准备付出什么代价、接受何种惩罚、承受怎样的侮辱？当别人取笑您时，您是否依旧泰然自若？您会暴露您的弱点吗？您会失态吗？而这些失态的表情或动作也将被收录在大家所说的**笑** 103
料集锦（*bêtisiers*），被反复播放，直到**让人作呕**（*ad nauseam*）。这一切，已经成为几乎所有电视节目里正儿八经的“制度”，它们就好像体现了景观的真理：总是会有人拿您的丑态、失态作为笑柄。景观的精髓和真理就是要让人发笑；就是在“法庭”上惹出的笑话；就

① 这也是伯恩哈德·波克森（Bernhard Pörksen）和沃尔夫冈·科氏克（Wolfgang Krischke）在（其所主编的）《社会试镜，沉迷于注意力和法庭的传媒》[*Casting-Gesellschaft. Die Sucht nach Aufmerksamkeit und das Tribunal der Medien*，科隆：哈勒姆（Halem）出版社]中提出的观点。

是您走进“斗兽场”，一不小心踏空了台阶；就是电视新闻节目主持人的口误，等等。

您是否因经受住了考验而会被再次邀请？还是，因为您的挫败；因为您让众人感到无聊；因为您不懂得如何让自己或其他嘉宾开怀大笑，而就此永远消失？反过来说，您是否可以将自己变成“法官”，如果需要的话，去竞相争夺“猎物”，去取笑他人，让其他嘉宾陷于尴尬的境地？您将如何羞辱那些期待荣耀的人？您会耻笑谁？您会揭露谁？如果给您机会，您又会“指控”谁？公众关注度经济体制的竞争性极强，因为它在本质上是排他性的。所有出现在景观中的人，无论他们看起来是多么和蔼可亲，都在相互竞争，他们将一些人驱逐的同时又要和另一些人分享同样的公众关注度、同样的舞台、演播室和摄像机。因此从本质上来说，这也是一个非常具有挑衅性的经济体制，而景观则将这种挑衅性变得不再抽象，或者说，将其搬上了屏幕。

媒介即讯息：景观不停地将构成它的可能条件搬上舞台，比方说，将竞争性和挑衅性搬上舞台。竞争性和挑衅性在众多节目中是不言而喻的，尤其是在众多的**脱口秀**（talk-shows）节目中，它们将节目变得仪式化，变得一目了然（某些节目为了搞笑，会整出一些恶毒的评论），但一目了然并非一直都有必要。我们甚至可以认
104 为，雾里看花会更有效果，更让人触目惊心。不管怎么说，对于那些寻求公众关注度的作者来说，这一首先要面临的境遇，往往促使他们去顺应大流，去顺应伪善的殷勤和善意。这当然也是不让自己遭受太多的攻击，到头来让自己安然无恙，甚至再次被邀请的最好办法。这是一个关乎残存的问题，而“残存”，就是公众关注度经济体制下大多数“演员”所向往的。总而言之，准备承担风险，准备在节目中表现得傲慢不羁或不怀好意的“演员”是非常罕见的。不过，一旦有这样的情况出现，那通常是“王子”的所为，也就是说，是

当下主宰电视的重要人物之所为。

最后的“判决”，就像一场网球或足球比赛的判决，或者就像渴望更高职位的政客之间的一场电视辩论的最终裁决。有赢者，有输者，也有评判员、调停人、边裁或仲裁人。赢者可以继续，他径直走向决赛，不管他是运动员、政客、还是业余歌手，如果他最终取胜的话，便赢得了公众关注度的头等奖。体育、政治辩论和各种具有竞争性的节目（烹饪、音乐、交友，等等），这些都是电视文化的花招，是电视的强项，它比其他媒体做得都好。这也是电视喜欢做的，也是大家喜欢电视的原因。如果可能的话，当电视以现场直播的形式，用“出庭”、竞争和挑衅这样的方式来经营公众关注度经济时，那么它就愈加名副其实，愈加体现自己的本质。

作为一名当代作者，如果他认为自己因很少参加“世界杯”“大满贯”或根本不参加任何“竞选”，而逃脱了以上境遇的话，那就大错特错了。这种不言明的“出庭”文化不仅变得愈发强势，而且也变得愈发露骨。只要想想那些朝上或朝下的拇指，它们如今不仅伴随着所有传媒事件，也伴随着互联网或社交网络上发表的所有 105
帖子，所以它们出现的地方还挺多。**我赞/我踩**（I like/I dislike）、拇指朝上、拇指朝下：只要我们在期待公众关注度，我们就变成了大型数字“竞技场”上的角斗士。我们将被赦免还是被处死？

坦白式文化

景观，也是一种坦白的文化，或至少景观系统地发展并巩固了这样一种文化，因为按照福柯的分析①，“坦白”文化比我们在这里定义的景观的存在时间还要久远，所以坦白文化让景观变得愈发完善，让其功成名就。更何况，与严密宗教裁判相去甚远的景观，正操持着变得越来越公开化的坦白文化，以至于消除了私人空间和公共空间的界限。通过坦白，通过暴露自己的隐私，主体越来越快、越来越容易地被转化成商品。在公众关注度经济体制下出卖自己，这往往意味着坦白、忏悔，将自己的隐私当作精神食粮呈现在观众和读者面前。

就像海关人员的盘问：您有什么需要申报的吗？为了让您通行，为了让公众关注您，您有什么需要承认的吗？您将“拍卖”多少
106 您的隐私？对于一个达到景观阶段的作者来说，当他不仅要在电视演播室里抢占一块弹丸之地，而且当他在写作时，也就是说，当他预先考虑在公众关注度经济体制中“买”到一个位置时，那么以上这些问题就会变得非常重要，它们已经被记录在作者的“工作任务单”(cahier des charges)上了。不管怎么说，当公众关注度可以将“看不见的”，或更确切地说，可以将“不可见的”(不能见的)隐私转换成“可见的”；当公众关注度有权看到它本不应该看到的东西，那么公众关注度的“日子”也就从来没有这么好过。正是这“看不见的”，也就是说“罕见的”，便是公众关注度的价值所在，也是它的悖论所在。用“货币”买来的或换得的公众关注度，这一“货币”本应是看不见的，或者说这就是公众关注度的“死穴”。从这个角度来说，坦白的“参数”与出庭的“参数”和笑料集锦的“参数”是紧密联系在一起的。小报上的一张明星照片，看起来不错；可如果这张照片是偷拍的，那更不错；但如果这张偷拍的照片暴露了这位明星

① 米歇尔·福柯：《认知的意志》(“La Volonté de savoir”)，载《性经验史》(*Histoire de la sexualité*)，第一卷，巴黎：伽利玛(Gallimard)出版社，1976。

流着汗的腋窝，或暴露了其因文胸脱落而惊慌失措的表情，那就更加棒了。而如今，明星们也往往故意松开搭扣、故意出汗。公众关注度体制下的失态行为越来越不计其数，越来越被精心策划，而所有人都知道其中的代价。

我的“通用货币”是我的隐私；我在公众关注度沙龙的“赌注”是我的隐私。然而，这一景观性经济（économie spectaculaire）的简单规则会很快变得愈加复杂化，其实就是因为它太简单了，或者也可以说，就是因为它太民主了。大致来说，暴露隐私、身体、私处，这一切对每个人来说都是可以做到的。如果个人隐私是一种货币，那么它必然会受到通货膨胀原则的约束。所以，需要暴露得更多，说得更多，这样才会有竞争力，才会像凯瑟琳·米耶（Catherine Millet）那样在量化上达到水准，不然的话，就得走向堕落，有时甚至得超越堕落。公众关注度经济的真实面目被揭开了：
它不仅仅是“罕见”经济，而且在未来也会是“猥亵”经济，有时甚至 107
是“卑劣”“残酷”经济，之后我们会对这些做出详解①。

越来越多的猥亵或卑劣，它们之间竞相叫板，然而有朝一日，它们的盈利也终究会被耗尽，那么如何避免过度通货膨胀这个难题？景观如何维持它的持久性？如何避免它自身的通货膨胀？这个问题的部分答案和景观自身的循环性有关，也和公众关注度经济体制的根本“排他性”有关（数码技术对公众关注度经济体制的颠覆只是我们的幻觉）。这样看来，出卖自己、暴露自己的隐私，是有必要的，但还不够。事实上，通过景观而赢得公众关注度的机会

---

① 事后诸葛亮：塞尔日·杜布洛夫斯基（Serge Doubrovsky）因其《儿子》（*Fils*，巴黎：加里利（Galilée）出版社，1977）而成为“自我虚构”的发明人。最近他出版了无删减版的《儿子》，也就是说，篇幅相当长，并以原件打字稿的形式出版，取名为《魔鬼》（*Le Monstre*，巴黎：格拉塞（Grasset）出版社，2014）。那么，“魔鬼”是作者所说的魔鬼，还是作者本人？直到今天，有关杜布洛夫斯基的这个问题在评论界里好像还没有断论。

很小，也就是说，因人而异，只有那些非常努力的人才值得拥有公众关注度。接下来尤其要做的，就是得让黄金般的公众关注度在其所有者之间散布，景观只为富人服务，也只属于富人。我们所关心的，并不是平民百姓的失态行为，也不是居住在法国小城利摩日(Limoges)的某个名叫基涅特·塔涵的女士的流汗腋窝或浓密汗毛，我们所关心的，是在“照片墙”和各类小报上可以看到的麦莉·赛勒斯(Miley Cyrus)的腋窝和汗毛。我们所关心的，也不是基涅特·塔涵的放荡聚会，而是艺术圈名人凯瑟琳·米耶(Catherine Millet)的放荡聚会，因为她是相当著名的某艺术杂志的主编。必须强调的是：公众关注度经济必然是选择性的和排他性的，任何一位作者(auteur)或期望拥有“功能”(fonction)的人都不能忽略这
108 一点。色情片爱好者徒劳地将他们的片子拍得越来越**过激**(hard)，这远远不够，也永远不会改变什么。能因色情影片而出名的演员非常罕见，而出了名的演员也知道如何走出这一行业，或许他们也知道如何将自己的才能在其他景观中“兑现”，而我们根本没有机会去认识其他色情演员。

值得指出的是，以拍卖的方式兜售自己的隐私会面临另一个困境，因为之后我们会看到，当作者揭露隐私时，他也将会很快面临对质。个人隐私并不是特别孤寂的东西，或至少，太过孤独的自娱自乐不会真正激起民众的亢奋。将隐私作为一种精神食粮公之于世并不容易，暂且不谈那些受到同样隐私牵连的其他人。当亲朋好友也想赢得公众关注度时，我们会说“没问题”，可以将电视真人秀节目做成家庭式的，就像金·卡戴珊“部落”这样的。一般情况下，这里我们对那些因互惠推广策略，或因某些亲戚关系(如国王、富人、演员和歌手的儿子或女儿，等等)而赢得公众关注度的人忽略不计。

但是，如果我们和那些不想“出卖”自己的亲朋好友扯上关系，

那就麻烦了。作者笔下的人物觉得作者侵犯了他们的隐私而对其投诉，这种情况也是会发生的。这就是“自我虚构”的境遇，作者唯有诡计多端才能够让大家皆大欢喜，因为一方面在虚构中要叙述自己（和亲朋好友），而另一方面又不能牵涉到任何人。照理可以是这样，但并不一直都是这样，自我虚构在投诉、损失赔偿和法院面前，并非受到庇护。但目前要强调的是：当必需出庭时，当因侵 109
犯他人隐私而被罚款时，这些并不意味着坦白文化就此结束或无法继续，恰恰相反，这意味着该将坦白文化进行到底。所以，坦白文化和出庭文化二者可谓相濡以沫。往昔，一位具有颠覆性的作者，其颠覆性的最有力的证据是受到国家的制裁，同样，在今天，一位当代作者必须去冒险侵犯他人隐私，才能在坦白文化中占有一席之地。

真实性

景观语法规则的另一个“端口”是“真实性”。“真实”这个词在今天，经常被大家挂在嘴边，尤其成为那些远离真实性的人的口头禅。景观是骗人的，是异化的，我们怎么说都可以，但景观披着一件“真实性”的外衣，掩盖了自己的真实面目。看一看类似**《明星学院》**（*Star Academy*）或**《好声音》**（*The Voice*）的真人选秀节目，听一听我们在近几年来又是如何称赞参赛选手的。这些让大家如醉如痴的，改进版卡拉 OK 节目，在关键时刻也会让大家热泪盈眶：“您就是您，您付出了一切，您是如此真实。”难道只能在真人选秀节目里才能听到这样的恭维话？当然不是。“真实”无处不在，在任何地方我们都要求大家是真实的。人力资源顾问将“真实性”作为判断他人的唯一标准，当他们为企业高管和政客组织培训班时，这些高管和政客也不停地亮出“真实性”和“真诚性”的底牌，这些底牌倒是可以取代曾经被称为“政治纲领”那样的东西。

很难想象，作者在这样的大环境下，可以摆脱这种强制性的
110 “真实”，事实上，在多数情况下，他们无法逃脱。所以，我们不仅要求作者真诚地，以这样或那样的方式来讲述自己——显然，“真实性”与当代文学的自传体转型完全同步——而且我们还要求作者用真实的、自然的风格去叙述。我们还知道，两行以上的句子，再加上一句可能的从句，这是绝对不自然的，也是缺乏真实性的。作为精神食粮的当代文学，非常讨厌写作技巧和冗长的句子。

这不得不让我再次想起几年前卡米耶·洛朗斯(Camille Laurens)和玛丽·达里厄塞克(Marie Darrieussecq)之间的一场唇枪舌剑，她们的作品分别在同一家出版社(POL)出版。这场论战在今天看来似乎有点过时了，但我们还记得，它很能体现问题。1995年，偶尔也会采用“自我虚构”体裁的卡米耶·洛朗斯，出版了**《菲利普》**(*Philippe*)，这部看似自传的叙述，讲述了一个新生婴儿临死之前，也是生命之初的独一无二的几分钟[1]。2007年，玛丽·达里厄塞克出版了小说**《汤姆死了》**(*Tom est mort*)，讲述了一个六岁孩子的死亡，也是从母亲的眼光出发，以第一人称叙述的[2]。两部小说并不完全相同，但卡米耶·洛朗斯还是用了一个蛮有意思的概念，指责玛丽·达里厄塞克是“心理剽窃”(plagiat psychique)。于卡米耶·洛朗斯来说，如果没有亲身经历过自己孩子的死亡，没有真实体会到这种死亡所带来的巨大痛苦，是无法讲述一个孩子的死亡的，所以玛丽·达里厄塞克的行为只能是剽

① 卡米耶·洛朗斯(Camille Laurens)：《菲利普》(*Philippe*)，巴黎：POL出版社，1995。

② 玛丽·达里厄塞克(Marie Darrieussecq)：《汤姆死了》(*Tom est mort*)，巴黎：POL出版社，2007。

窃,剽窃了她的自传体《菲利普》——当然,卡米耶·洛朗斯也好像迫不及待地将她的这种痛苦在其他小说中回收利用。

这种指控值得怀疑,也无法成立。此外,出版社也做出了反
应,将卡米耶·洛朗斯逐出旗下作者之名。但是,她并没有为此而 111
失去理智,因为她使出了浑身解数投靠了伽利玛(Gallimard)出版社,她的生活,尤其是她的文学生涯一如既往,就好像什么事都没有发生过一样。我们既没有关她禁闭,也没有不再让她出版,更没有停止对她的阅读,更何况,她也没有因道出如此骇人听闻的道理而遭到职业性的鄙视。从其他角度来看,在某些人的眼里,卡米耶·洛朗斯并没有什么不对,她的指责并非不**符合潮流**(dans l'air du temps),它不仅体现了文学实践逐步走向自传体,也体现了文学实践走向了"真实性",而且如果我们较真的话,那么我们最终会排斥文学创作中的虚构性维度,那么为什么不排斥想象力呢[1]?想象力受到了"监视":不仅是玛丽·达里厄塞克,甚至其他任何人,如果没有以母亲的身份经历过孩子死亡的话,那就没有权力去叙述一个孩子的死亡,因为在这场论战中,好像没有人想到要去征求一下孩子的意见,看看他对自己死后的命运究竟有何看法。如今,这种强制性的真实性非常普遍,即便不像卡米耶·洛朗斯所说的那么夸张,它也四处弥漫、无所不在。当然,这也是景观所期待的。

景观这个字眼尽管有"人工"的意思,但事实上它却本能地反对虚构,或确切地说,反对虚构和现实的结合,反对用虚构的眼光看待现实,也反对用现实的眼光看待虚构。以景观的角度来说,虚构指的是大家没有任何异议的虚构,也就是说,纯粹的虚构,就像

① 玛丽·达里厄塞克在她的《警察报告》(*Rapport de police*,巴黎:POL出版社,2010)里对这些事件做了评注。

如今"逃避现实"(escapistes)的冒险故事,无论以小说还是电视的形式出现,都可以。**《哈利·波特》**(*Harry Potter*)或**《权力的游
112 戏》**(*Game of Thrones*),毫无疑问,都是虚构的虚构,所以没有任何问题。好莱坞的大制作也没有问题,从虚构性维度的角度来说,好莱坞影片越来越枯竭,但从特技效果来看,则愈发强壮。当然,这些大制作的目的并不是营造一个可以让人想象、诠释的世界,而仅仅是要让大家感到刺激。让人笑、让人哭、让人呕吐、让人亢奋、让人害怕,如此众多的感受为景观增添了现实性和真实性的价值,而如果我们认为这些与当代文学创作无关的话,那也许是错误的。

景观非常讨厌悬疑和虚构,它依靠的是"真实性",但这并不意味着它自身有多少真实,但是它的一言一行让人觉得是真实的,它也是这样出现在大家面前的。从这个角度来说,景观会尽一切可能地去选择卡米耶·洛朗斯,或更确切地说,站在卡米耶·洛朗斯的立场。在论战中,并没有被化为乌有的卡米耶·洛朗斯所体现的立场①与玛丽·达里厄塞克所持的立场针锋相对,更笼统地说,也就是"自传体、真诚性和真实性"与"小说性和修辞学"针锋相对。

我现在可以对景观做出一个新的定义,这个定义要比居伊·德波在**《景观社会》**(*La Société du spectacle*)里的定义更加简练,但我觉得我的这个定义很中肯:**景观就是要眼见为实**(le spectacle, il faut le voir pour y croire)。正是因为我们只有亲眼看到才会相信,所以景观必须具备真实性。这个定义和基督耶稣的箴言一样,值得一**"推"**(tweetée)。

还应该指出的是,这个定义(再次)涉及景观的宗教性色彩,或至少涉及了景观的信仰维度——当德波从商品拜物教观点出发

---

① 卡米耶·洛朗斯在近期出版的《您认为的她》(*Celle que vous croyez*,伽利玛出版社,2016),不管怎么说,非常清楚地描述了真实性和(爱情)数码式的人际关系之间无法逾越的矛盾。

而得出景观概念时，就立刻将景观和信仰维度联系在了一起。我 113
的这个定义的优势在于，它解释了为什么景观必需制造真实性：如果景观不制造真实性，那么很简单，我们就不会相信它。景观，不是电影，更不是戏剧。景观需要大家去相信它，真实性是景观存在的可能。所以在艺术、写作、造型或视听的再现领域里，景观需要再现作者"亲身经历"的这样的"凸起点"(points de capiton)，而其中的"真实性"，就是男女作者决定在景观里所付出代价的证明。我出卖自己、揭露我的隐私、承蒙羞辱、遭受打击，因为这是体现我"真实"的依据，因为也许没有其他人，或几乎没有其他人愿意为了博得众人一乐或根本不为什么而被扒得精光。

如果玛丽·达里厄塞克让自己失去一个孩子只是为了消遣，或更确切地说，只是因为对虚构的迷恋，那我们可以肯定，"真实性圣殿"里的守护者将不会错过指责她的机会。从这个角度来说，"真实性"明显地被记录在当代作家的"工作任务单"上了，为了完成这个任务，可以将其列在"出卖自己的方式"(façons de payer de sa personne)一栏。除了隐私、艳遇、有价值的忏悔、各种蒙羞和随之而来的惭愧，"真实性"包括各种各样的痛楚，其中"失去孩子"被排在首位。"真实"的必要性，激活了我们过去所说的"文学痛苦有益论"(dolorisme littéraire)，它正在迈向创伤性文学，反之也亦然。

没有什么能比失去孩子更让人**震撼**(fort)的了，正是因为这样的一种痛苦而导致了对有关"心理剽窃"的控诉，这也完全符合逻辑。我的痛苦是属于我的，因为它是属于我的，所以构成了我这个主体，或者构成了一位真实性的作者。设想，如果痛苦是可以想
象的，如果那个叫玛丽的女士是第一个想象这种痛苦并将其记述 114
下来的人，那么整个"真实性格局"将会崩溃。鉴于玛丽·达里厄塞克的所有小说都具备相当的挑战性，也许也正是因为这个原因，作为精神分析学家的她，才会在业余时间，对想象力的功能做一番

仔细研究，才会选择去想象一个孩子的死亡：因为这是一种挑战，因为强制性的真实性不允许大家去想象。

透明度

“透明度”是“真实性”的邻居，它就住在隔壁，它的端口再次通向同一个景观世界。思考“透明度”，至少有两种方法。因某些显而易见的理由，在这里，我们尤其会着重讲述第二种方法，但首先让我们先来看看第一种。透明度的第一层意思，矛盾地说，就是缺乏可看性，也就是与我们感兴趣的恰恰相反。一个透明的人，就是一个大家不会去关注的人，有时，一个人为了不被大家看见而贴墙而行：也许他墨守成规；也许他是一个竭力隐藏其主观空虚的精神病患者；也许他得了妄想狂，尽量躲避或多或少想象出来的“老大哥”(Big Brother)，或躲避迫害他的人。

从这个角度来说，我们会说主观性，当然还有公众关注度，二者的初始，源于我们躲避“透明度”的能力，以及躲避“老大哥”监视的能力，或者始于保留自己空间的能力。这是一片失而复得的领地，躲过了普遍的、无处不在的注视。主观性和与之相关的公众关注度，始于这种不透明性，始于“老大哥”不易察觉的秘密。我引起了别人的关注，我不再透明，因为关于我的一些东西被曝光了，这就是透明度概念的悖论，也是它的第一层意思。

但是，还存在着另外一种关于透明度的思考方式，它与第一种并不矛盾，两种思考方式大体构成了当代社会景观格局的正负两面。大家知道，体现现代数字监控社会的“老大哥”要求我们大家是透明的，这种透明度(也许)恰恰相反，与热切渴望被关注的透明度不一样。一边是在监视的“老大哥”；另一边则是为“老大哥”赴汤蹈火，想赢得公众关注度的人。从（乔治·奥威尔［George Orwell］小说中的）“老大哥”到（改名为**《阁楼故事》**［*Loft Story*］电视真人秀节目的）**《老大哥》**，不情愿地说，也算是从暴政到奴性的过程，因为某些人为了顺从“老大哥”，为了赢得公众关注度而随时准备付出一切，他们就好似变态者，之所以可以屈服于折磨他们的人，就是因为变态。于是，我们从能不能引起别人注意，过渡到了对公众关注度的强烈渴望，而后者的关键就在于什么都不隐瞒，暴露一切。**《阁楼故事》**，日复一日，我没有乔装打扮，没有骗人，这是一个本性真实的我，一个日常生活中的我，一个不反对透明度的我。这里的透明度同时也见证了一种毫无保留的、彻彻底底的，被实现、被体现的真实性。

珍妮（Jenni），我想到了您。今天谁还会记得您，珍妮佛·林格莉（Jennifer Ringley）？1996 年，您二十岁，在宾夕法尼亚州上学，创建了 JenniCam. com 网站。您在网上，大家在任何时候都可以看到您。您出现在您的公寓里，一星期 7 天、一天 24 小时地让大家看到您的一举一动，包括您的性生活。之后过了一段时间，您安装了一个**收费墙**（paywalls）系统来区分大家想看到的。总之，116
大家要付钱才可以“进入”公寓里的某些特殊的、安装着又新又贵的高科技网络摄像头的房间。当您的关注度达到巅峰时（JenniCam. com 一直持续运行至 2003 年），好像您的网站每天有多达 400 万的访客。您自称是“网络艺术家”（webartist），您不认为自己是特别有裸露癖的人，您说您的所作所为并不是为了被别人看，而是因为被别人看到与否，对您来说根本就无所谓。

居心叵测？还是典型的美国文化言论？——别人的眼光并不重要，它不能干涉也不能决定我的选择和我存在的方式。珍妮之所以出名，这的确和她暴露隐私有关，但同时，我们不能说这种暴露是性暴露或色情暴露，因为她并没有暴露“这些”。对于痴迷珍妮的人来说，她还"暴露"了她的脏衣服、她的早餐、她刷得锃亮的牙、她的淋浴、她的对话、她寂寞的自言自语，更不用说她花上几小时的阅读，甚至她的无所事事。此外，某些访者因看到她周五或周六晚上洗衣服而非常感动，总之，因看到她和自己一样孤独，因看到她就像其他很多大学学生那般消沉而感动。

这正是透明度，这是我，如此真实，没有化妆，无可非议。珍妮在色情方面好像并不特别在行，当然，她的样子也不像是干这行的。更加讽刺的是，她**商业模式**（business-model）的崩溃完全是由于美国电视频道 CBS 造成的一场误会——所以传统媒体要比新
117 媒体更加"心怀鬼胎"。当珍妮被邀参加当时最著名的、由大卫·莱特曼（David Letterman）主持的**脱口秀**（talk-shows）节目时，CBS 将 JenniCam. com 说成 JenniCam. net：两个网站有着天壤之别，因为第二个的确是性交易网站。于是，确保珍妮收入的 PayPal 因害怕公司名誉受损而关闭了这位可怜艺术家的银行账户。可珍妮从来都没有想过要依靠色情来生计，不要混淆一切。

如今，我们依然可以在 YouTube 上找到珍妮佛·林格莉和大卫·莱特曼的这场谈话，其中有一段值得令人关注。主持人用我们可以想象的口吻，不停地对珍妮有失体面的行为进行质问，并且向她打听其父母和男朋友等人的想法。年轻的**网络艺术家**回答说，她不觉得她的做法有什么问题。每天有数百万的电视观众在观看野生动物节目，观看它们无时无刻不在进行的交配、彼此厮杀、相互吞噬，那么观众为什么不能观看她的所作所为呢？更何况，食人肉好像并不是她的日常所好。那么归根到底，有什么能比不隐瞒更**自然**（natuel）的呢？动物是透明的、真实的，它们不藏藏匿匿，它们暴露一切，什么都做，所以我们会日日夜夜地去拍摄它们。有关动物的节目在**黄金时段**（prime time）不同的频道被播出，其中包括大家最熟悉的频道，既然这样，那为什么珍妮不能也这样做呢？

走走走，这里没啥热闹可看，几乎没有。总之，这完全取决于我们如何区分动物和人类。我们可以认为二者没有区别，或者如果有的话，那也是人类文明的错，因为我们将人类文明和无视修辞手法的大自然的美丽通透相对立，而且最根本的是，我们将人类文明的象征性与大自然对立，毕竟，“象征”将人类和动物区分了开来。卢梭、摄像头，同样的战斗。或者，恰恰相反，根据弗洛伊德和其他某些人的想法，我们可以认为，人类回归兽性的能力是有限的，而且往往也是灾难性的。透明度，如果它的第一层意思让我们 118
想到的是精神病，那么它的第二层意思让我们想到的则是变态。

所以，CBS 电视台将 JenniCam. com 网站与色情网站混淆，根据任何一条行为失误逻辑，都不能算是巧合。总的来说，这一失误也不无道理：CBS 将网址搞错，因为它终究“感觉到”看似幼稚的珍妮佛・林格莉背后匿藏的变态。在不久的将来，当透明度被理解为对公众关注度的渴望时，有些人就会去扮演动物，当然有时就会包括交欢，还包括所有不同形式的直接交欢或隐喻般的交欢——这就是电视真人秀节目再现的景观精髓及其寓意。根据媒体边缘效应论，这些便会传染给当代文学创作中不容忽视的一部分。一方面，透明度会导致神经质的非主观化，另一方面则会导致变态性的非主观化，而后者则会将主体变成一头牲畜，有时变成一头魔鬼。

从一种非主观化到另一种非主观化，也许这两条“航线”：神经质和变态，要比我们想象的靠得更近，它们构成了景观现实的正反两面。景观让我们游离不定，让我们在“消失”和“反对消失”之间摇摆：消失，那是因为我们生活在公众关注度经济体制和被监控的社会体制下，我们因此而变得透明；如果要反对这种消失，就要选择一种变态式的公众关注度，同时也就选择了兽性、愚蠢，有时甚至选择了残酷。这种“非此即彼”存在于公众关注度经济体制的内部，也被这种经济体制“程序化”了。

最近由戴夫·埃格斯(Dave Eggers)撰写的畅销小说《圆圈》
119 (*The Circle*)①，以其特有的方式明确地将“消失”和“反对消失”的非此即彼、二选一的境遇重叠在了一起。当女主人公梅·霍兰(Mae Holland)加入一家集所有数码技术于一体的大型公司(“圆圈”)时，正逢此公司将互联网中的所有服务网站合并成一个名为“TruYou”的系统。这一系统要求每个人必须完完全全彻彻底底地真实和透明。为了尽心尽力地成为这个“系统”的一分子，梅·霍兰自愿将摄像头佩戴在身，让大家看到她一周 7 天、一天 24 小时的所有言行，就像珍妮佛·林格莉，这样做也让她成了公众关注度的明星。数千万网民成了她的粉丝，这也让她安排了一些不错的“追男计划”，其中的一个便是找回前男友。而这位前男友却对社交网络非常过敏，为了逃过那些想让他变得透明、变成关注焦点的网民，他从一座桥的顶端纵身跳下。一位自此变得透明的年轻女子，其背后隐藏着一个杀手的身份。从明星到魔鬼，只有一步之遥，二者不仅是景观的产物，也是(数码)公众关注度经济体制的产物。

牺牲性

景观，是一种出庭文化，一种坦白文化，一种具备真实性和透明度的文化。我们可以从以上任何一个“端口”进入景观，而每个
120 “端口”又和其他“端口”构建在了一起。所有这些“端口”都有一个

① 戴夫·埃格斯(Dave Eggers)：《圆圈》(*The Circle*)，伦敦：企鹅出版集团(Penguin Books)，2013(法语版：*Le Cercle*，巴黎：伽利玛出版社，2016)。

共同点，就是无论从哪个方面来说，它们都涉及牺牲性维度。出卖自己，购买一张进入景观的“门票”，从本质上来说，就是自我牺牲。在公众关注度的“女神”面前，我出卖我的隐私、我的内在、我的秘密，通常也同时出卖了我的尊严。我接受一切可能的、可以想象的羞辱，包括被大家扒得精光，包括放弃我那一层薄薄的人皮、我的衣装、我的饰物、我的修辞方式、我的象征性盔甲，我接受做牲畜，我同意让自己变得愚蠢。

有时字面意思上的“一丝不挂”，会出现在电视真人秀节目里，因为总地来说，大家好像并不知道在这个领域还应该发明一些其他什么新玩意儿。近期能够博得大家热议的节目，当属**《亚当寻找夏娃》**（*Adam recherche Ève*），它是一档**电视交友节目**（就像**《单身汉》**[*Bachelor*]，**《诱惑之岛》**[*L'Île de la tentation*]等），而这类节目的最大特点是：参赛选手在节目中循序渐进，直至脱得一丝不挂。从形式上来说，“脱”并不让人震惊，因为类似的情况很多，我们想看多少都可以，而让人震惊的，是在摄影机面前长时间地被羞辱，直至衣不蔽体，就好像您进入了集中营，在那里，我们将您变成了畜生，让您不穿衣服，让您答应被逐出人类，答应做出自我牺牲。在将来的**电视交友节目**里，参赛选手也许不仅会渐渐一丝不挂，而且会伏地而行，或许还会绳捆索绑地被牵出来散步。我们甚至惊讶，居然还没有人想到建立一个可以让大家看到人类处于自然状态的“动物园”，在那里，人类可以做一切想做的事，但可能只限于成人。

所以，字面意思上的“一丝不挂”，有时是对景观文化中彻底的牺牲性维度的最好比喻。从“人脉”的角度来说，牺牲性维度靠牺牲者和刽子手“维生”，而牺牲者和刽子手，从宗教的角度来说，则 121
强调了这一维度中的牺牲的现实性。那是因为景观是牺牲性的，它需要大家去相信它，我们也的确相信它。景观中的牺牲性维度，是在景观里注入“事件性”(événementialité),它需要主体不得不通过出卖自己来制造“事件”,于是这不再是一种虚构(fiction),而是成为一种再现(représentation),一种我们应该相信,而且我们不得不信的再现。因为即便我们知道,所有的电视真人秀节目中有一部分是通过我们所说的**脚本化的现实**(scripted reality)被导演出来的,但**《亚当寻找夏娃》**节目里的男女参赛选手连续几天几星期一丝不挂地散着步,这的确也是不可辩驳的。而这就是我们最终唯一看到的,也是我们在这种节目里唯一想看到的。这就好比色情电影,它们之所以受到关注,就是因为在所有过激或不过激的镜头里,都有实实在在地在做“这些”的人。总而言之,没有牺牲者,就没有景观,景观需要牺牲者,如果可能的话,需要他一丝不挂。

大家会说这一点都不新鲜,我们早就知道这些各式各样的牺牲。十九世纪,那些被诅咒的诗人,他们因自我毁灭的艺术而让我们感动,而艾尔维·吉贝尔(Hervé Guibert)或克里斯蒂娜·安戈(Christine Angot)也可算是现代版的自我毁灭。曾经为神圣而着魔的先锋人士,比如安托南·阿尔托(Antonin Artaud),为了戏剧的仪式化和宗教经验化,而不遗余力地将残酷注入戏剧,他幻想舞台上的瘟疫、谋杀和强奸,而这些突然变成了无法与事实区分的现实①。还有乔治·巴塔耶(Georges Bataille)和他的朋友们,他们想象将人类献祭于圣·诺姆·拉·波尔太奇(Saint-Nom-la-Bretèche)森林,以此与幼稚的超现实主义做一个了断。当然还有米歇尔·莱里斯(Michel Leiris),他选用了自传体将文学变成一只“公牛犄
122 角”(corne de taureau)、一种危险,一些也许意味着付出自身代价的东西,而这一切,以及在这些之后出现的,都不只是文学。

---

① 安托南·阿尔托(Antonin Artaud):《戏剧及其重影》(*Le Thé ? tre et son double*),巴黎,伽利玛(Gallimard)出版社,“Idées”丛书,1964。

我们了解“牺牲”，总而言之，我们曾经为之而付出，而且我们知道牺牲最终并非如此，公牛的犄角留下的只是一个影子，或甚至并不是一个影子，而且这一切还都是文学[1]。但也许，文学之所以还是那样，正是因为文学还是文学，它还没有根据“视听图像域”的要求被“编程”。视听图像域，自此将牺牲性的秘密书写空间和乌托邦空间，转变成了屈服于公众关注度经济规律的景观空间。“牺牲”，曾经为神秘、黑暗、暧昧、疑惑或惶恐增添了色彩，正因为如此，它一直拒绝抛头露面，而如今，“牺牲”是景观性经济的核心，也是它的原动力。而在景观性经济里，再也没有位置留给黑暗，也没有位置留给暧昧，所以，也许再也没有位置留给那种我们曾经知道的文学。

从这个角度来看，有必要对前卫艺术家牺牲性冒险的终极一刻做一番细究，比如六十年代末，游离于艺术和牺牲性色情维度的维也纳行动主义者(actionnistes viennois)，毕竟，他们通过景观这扇门从艺术中走了出来(尤其是奥图·穆厄 Otto Muehl)[2]。但要记住的是：当“牺牲”和公众关注度融为一体时，“牺牲”便越来越不会去效忠于一种以“文学”或“艺术”为名义的文化，这倒有点像当 123
初的先锋派人士，他们用辩证和神秘的东西来违背自己文学艺术的初衷。自此，牺牲源于一种单义原则(univocité)，这种单义性，一方面偏向宗教模式(要相信它、这是真实的，等等)；另一方面，我们说过，它偏向刺激性文化模式，就像当下好莱坞的电影工业便是以这样的文化模式为核心：“景观”让你哭、让你笑、让你亢奋、让你

---

① 米歇尔·莱里斯(Michel Leiris)：《将文学看作斗牛术》(“De la littérature considérée comme une tauromachie”)，载《成人时代》(*L'Âge d'homme*)序言，巴黎：伽利玛出版社，1939。

② 樊尚·考夫曼：《三角之恋：文学，医学，宗教》(*Ménage à trois. Littérature, médecine, religion*)，里尔：斯腾齐恩(Septentrion)出版社，2007，第187—196页。

害怕，等等。无论在何种情况下，只要景观在，就再也没有什么可说的了，也再也没有什么可期盼的。景观，无论它以什么形式出现，都源于一种即时文化，一种即时消费的文化，它要在“新鲜”的时候被消费，所以它经常需要新鲜的肉身，尤其需要那些准备就绪的演员的肉身。通常，这些演员会以这样或那样的方式，我们可以说，用跨媒体的方式（transmédialement）演绎着牺牲者或刽子手，他们选择何种鲜明的手法和表演的自然度取决于对媒体形式的选择，从这个角度来看，每一种媒体形式的优缺点并存。

第六章
走进电视真人秀

不入虎穴，焉得虎子。我必须提醒那些讨厌金·卡戴珊（Kim 125
Kardashian）的读者，要么您捏着鼻子将这章念完，要么您跳过这一章。根据我们所说的媒体边缘效应理论，电视真人秀节目其实对作者的景观化有着重要的影响，从某种程度上说，电视真人秀节目孕育了作者的景观化。或至少，电视真人秀起到了催化剂的作用，因为上述的文学自传体转型也的确是在电视真人秀之前出现的。媒体边缘效应有很多种，但它们的目的是一致的。我们可以说，二十世纪七十至八十年代期间，需要道出一切、暴露一切的想法与媒体选择（文字、图像、电影、电视以及之后的互联网，等等）毫不相干。所以，只是后来景观性才在电视真人秀里得到了真正的体现，以至于电视真人秀变成了景观的标志。

从互联网到电视真人秀

珍妮（Jenni），我又想到您，因为大家说是您发明了电视真人
秀。您自称是一位网络艺术家，您的意图并不色情，您只是决定利 126

用互联网和网络摄像头来做一些其他艺术家已经做过的，但可能还不太完美的东西，或者他们的手法和使用的媒体还不够好，不够系统化。在您之前，也有一些艺术家用影像来记录他们的日常生活，而另一些则用照片和没完没了的“行为”(performances)来记录，当然还有其他艺术家，他们则选择用书写来记录一切。总而言之，您的名字基本可以被载入先锋派的最后一章。几十年来，先锋派人士以众多不同的方式去展示一切，而曾几何时，这一想法被历史“锁链”的最后一“环”搞得神魂颠倒。而这条锁链，谁知道，也许从米歇尔·莱里斯(Michel Leiris)就开始了，要不然就是卢梭(Rousseau)。或许，这最后一“环”是先锋派模式和景观模式，至少是“付费模式”的衔接之处，因为只有付了钱才可以真真切切地看到您。因为您，我们改变了“商业模式”，先锋派模式被切换至公众关注度经济体制模式。至于那些将日常生活呈现在画廊或美术馆的影像艺术家，实在是太落后了。

所以大家说，是您发明了电视真人秀，但这很难得到证实，因为不管怎么说，之后的事情接踵而至，而且可能太快了。自1999年起便出现了第一个电视真人秀节目，它几乎在全世界被转播，它就是荷兰制作的**《老大哥》**(*Big Brother*)。大家说这个想法源自安德莫(Endemol)制作公司在1997年3月10日的一次**头脑风暴**(brainstorming)。安德莫员工是否一开始就很关注“JenniCam.com”？这也有待证实。如果真是这样的话，实在是高明，他们在这方面的确玩得很转。但如果不是的话，那也很高明，因为他们顺应潮流，他们知道如何抓住时代的潮流。而且，**《老大哥》**的发明，可能再一次证实了思想传播和私人财产的流转并不是一回事，尽管有“真实性”这一当代信条，但如果两个人在同一时间有着完全相同的想法还是可以被允许的，不算互相剽窃。

127　更何况，珍妮的想法和电视制作公司的想法不可相提并论，与珍妮当时简陋的网络摄像头相比，我们又回到了电视制作大公司所具备的质量和管理体制，它们不仅拥有最先进的技术，而且还拥有可以提供强大注意力资本的客户。不管怎么说，如果电视真人秀的发明部分归功于珍妮网或其他的类似网站，那只是为媒体边缘效应理论提供了论据。当然，这个理论在这里还要和“追本溯源效应论”(théorie des effets rétroactifs)结合在一起。

旧媒体常常对新媒体进行“编程”或“格式化”，至少在第一时间是这样。但这里我们看到的则恰恰相反。在电视对更早的媒体(文学)进行“重新编程”之前，新媒体(珍妮网 JenniCam)就先对属于旧媒体的电视进行了“编程”。按照媒体追本溯源边缘效应论：正因为珍妮网被曾经的先锋艺术和文学“编程”，所以从这个角度来看，珍妮网对旧媒体的影响与它自身受到往昔的影响是分不开的。媒体历史学家的生活的确不轻松，但也正因为如此，他的生活才多姿多彩。

所以我们永远无法知晓珍妮是否**真正**发明了电视真人秀，可事实上，这并不重要。但还是值得想一想，为什么一天拥有四百万访客的珍妮，居然在公众关注度的“数码大道”上，让自己的身体和财产消失得无影无踪，而她的首演曾经是如此出色。诚然，就如同我们在前一章所说的，因 CBS 电视台造成的误会而导致了 PayPal 公司的举措，然而这起突发事件并不能说明一切。很难想象居然会没有其他原因，我的假设是：“蛀虫”已经出现在珍妮的**商业模式**中，从这个角度来看，她并**没有**发明电视真人秀。事实上，电视真人秀是建立在公众关注度经济体制上的，而这种经济体制，只有当它同时也是排他性经济体制时，才能运作。问题是：紧接着，仅仅 128
在掏信用卡的观众面前展示自己，是远远不够的。将公众关注度转换为货币从来都不是一件容易的事。需要展示一些自己**独一无二的**东西，展示一些让大家觉得是值得掏腰包的东西，展示一些，就如同我们所说的，被牺牲的“灵晕”笼罩着的东西。

总而言之，珍妮的模式错就错在它适合所有人，没有任何排他性。只需一些微薄的投资，无论是谁都可以将自己的公寓改装成一间一周7天、一天24小时都可在互联网上被大家看到的工作室，但如果所有人都这么做，简直就是“大减价”，再也不会有人去做这样的事。与**《老大哥》**模式相比，珍妮的确抢先了一步，可是她的牺牲精神，还真不能震撼人心，她所暴露的隐私相当平常，因此吸引大家的程度也是相对的，更何况她什么都行，可就不是一位大美女。在公众关注度的经济体制里，就像在其他领域，我们白白唠叨“美”是占有决定性优势的，当然我们不会说“美”是不平等、排他性的根源。

象征性处决

诚然，在珍妮身上可以找到真实性，她也具备很多的透明度。而她的这种透明度，就像前面我们所说的，包含着两层意思，因为她在相当长的一段时间里都没有让我们看到特别的东西，而只让我们看到了她大致的全部生活，就像您的、就像我的。每周五在摄像头面前洗衣服，从牺牲性的维度来说，可不算什么令人震撼的事。要达到具有强烈震撼效果的“牺牲”，需要电视真人秀，需要
129 **《老大哥》**。二者的区别首先在于节目的名字，《老大哥》这个名字暗示着一种监控和暴力的气氛，所以也暗示了对牺牲的默许。区别还在于：《老大哥》在建构上，就像一个核反应堆，是排他性的，不仅参赛选手的数量受到限制：他们需要**试镜**（castings），这便构成了竞赛的第一关，或者构成了类似狂欢之前的竞争，而且这种形式，就如同几乎所有电视真人秀的形式，完全通过遵守排他性原则

来保障牺牲性维度。而牺牲性维度则以“排他性”和“牺牲性”的紧密相连和互相成全作为赌注。

每一期节目中，总有一个或多个参赛选手会被淘汰，会被剥夺公众关注度，会被打入镜头之外的黑暗“地牢”，被观众遗忘。这很正常，但还得提醒大家的是：在电视真人秀节目里，赢，就意味着留下，意味着被公众关注的时间要比别人多。当然，第一次取胜的好处也是为了可以被继续关注，比如某些电视真人秀节目是专门为曾经的胜利者或值得再次出现的参赛选手而打造的。对观众来说，象征性处决就像幽灵一般，为电视真人秀所带来的欢乐增添了一层阴影。大致每周一次不可避免的象征性处决，可以将电视真人秀提供的“浓缩版景观”定义为：为生存而**决一死战**的竞争[**《幸存者》**(*Survivor*)便明确地说明了这一点，这个名字在法国则“婆妈”地变成了**《兰塔岛》**(*Koh-Lanta*)]。这一竞争规则适用于所有**《老大哥》**式的节目，也适用于电视真人选秀节目，或更适用于所有**《幸存者》**式的节目，当然还适用于那些大家脱衣露体或衣冠楚楚地在节目里走来走去的**约会节目**(dating shows)。

电视真人秀节目是排他性的，尤其是：**媒介即讯息**——电视真人秀节目不停地“作秀”，不停地“宣扬”自己的专有权和排他性。电视真人秀节目允许自己这样去做，因为它知道它所提供的公众关注度，要比大家从网络摄像头、从 YouTube 上传视频得到的要 130
珍贵得多。从技术性的角度来说，事实上电视真人秀提供的是最重要的、最高质量的公众关注度——如果电视利用高清晰度这一发明来还击互联网，这并不偶然。其次，尤其重要的一点，是公众关注度很快就可以获得众多观众的支持，有时甚至是数百万观众的支持。即便节目一开始，参赛选手必须和他人共享被关注的空间，但参加一个拥有数百万观众的**《阁楼故事》**还是要比在 YouTube 平台上传视频更有收获。因为在 YouTube 平台，您仅是数百万用户之一，更何况只有二十名观众在看您。

根据前面提到的景观语法规则，我们可以说，电视真人秀节目是“牺牲性文化”和“出庭式文化”的完美结合，而不可避免的“象征性处决”则是这一完美结合的标志。此外，没有什么能比某人被淘汰、被判决，更具仪式感的了。在庄重的背景音乐的衬托下，评委切磋评议。这些评委也许由其他参赛选手组成，或由“景观”专业人士（也就是说，通常什么都不专业）组成，又或许由观众组成，所以后者的投票经常有作弊之嫌。当“宣读判决”时，大家的眼泪在流淌，同情在肆虐，我们拥抱那些“被判死刑”的人，然后我们将他们忘却。

如果我们可以将象征性处决比喻为一种象征性的象征，那么这样的处决原则被苏珊·柯林斯（Suzanne Collins）按部就班地写进了她的传奇冒险小说**《饥饿游戏》**（*Hunger Games*）。这部非常受欢迎的小说立即被改编成了电影，詹妮弗·劳伦斯（Jennifer Lawrence）在影片中担任了主角。这部三部曲式的作品，以返乌托邦的经典视角，描述了一年一度用电视真人秀节目对“公民”所实施的暴政，年轻男女真真切切地互相残杀，直至最后只剩一个。
131 我们会说，所有人都有能力区分“施惠国”（Panem）的真正暴力与“真实的”电视真人秀的象征性暴力之间的区别。也许，除了那个可怜的杰拉儿德·巴宾（Gérald Babin），在**《兰达岛》**真人秀节目的拍摄过程中，心脏突然停止了跳动。据精彩的法国八卦杂志《Closer》报道，他家人大约获得了几百万欧元的补偿金，这就是公众关注度的价位，或更确切地说，这就是为了“真实”而死在现场的明码标价。

又或许，还除了那位在年轻时被唤作“面包屑”（这可不是凭空捏造出来的），让人怜悯的萝安娜（Loana），她是**《阁楼故事》**（*Loft Story*）第一季的冠军，一颗陨落的明星，因善饥和厌食而身形浮肿，就像很多其他人，因好几次自杀未遂而崩溃。她最后一次的自杀曾让节目主持人“景观王子”阿尔迪松先生冒出这样一句讽刺的话：“天公不作美，也没有办法。”当然，那是在说笑。我们在法国，而不是在《饥饿游戏》中的“施惠国”，在那里还真有幸灾乐祸的人，他们认为的确存在像《**老大哥**》这样的可以真的将人置于死地的电视真人秀节目。

从明星到妖怪

象征性处决也存在破例。据我所知，让大家印象最深刻的，莫过于 2007 年在美国《E!》娱乐电视台开播的《**与卡戴珊一家同行**》(*Keeping Up with the Kardashians*)。每星期，我们在节目中可以看到丰满的卡戴珊，她是加州律师事务所“明星”的女儿，其父亲由于成功地为著名橄榄球明星辛普森(O. J. Simpson)辩护而出名。辛普森曾经被指控谋杀前妻和其男友：在《**与卡戴珊……**》中虽然没有象征性处决，但在这个家庭的背后，毕竟还是弥漫着一点 132
杀气。后来，卡戴珊又成了帕丽斯・希尔顿(Paris Hilton，公众关注度只属于富人，而且只属于最富有的人)的“闺蜜”，后者也是公众关注度经济循环体制下的纯商品。与此同时，卡戴珊又因一小段**性爱录影**(sex-tape)的公之于众而赢得了公众关注度，当然，性爱录影被公开显然违背了她的意愿。在《**与卡戴珊……**》中，她和她的家庭成员，尤其是她的两个姐妹，一起登台亮相。历经数十年繁重劳作的这对姐妹，因卡戴珊的公众关注度而受到“牵连”，她们因看上去要比卡戴珊年轻而开始在屏幕前抢她的镜头。这个小圈子里的所有人都在忙碌着：聊聊性事、谈谈感情；在阿玛尼和其他专卖店购物并得到丰厚报酬；偶尔在镜头前实况分娩(有时还真得付出代价)；谈论继父的变性手术，等等。这里，不存在排他性，因为涉及的是一个排他性的“俱乐部”，它完美地将所赢得的公众关注度在家庭内部回收利用。

在一些著名的电视真人秀节目里，我们还可以找到一些“极端秀”，它们将一些受挫的人，一些无能为力的人，甚至一些病人搬上屏幕，这些人无须经历每周一次的“处决”仪式，毋庸置疑，“处决”在这之前就发生了。他们就像基督，曾经受苦受难：这些出现在“秀”里的人是真正被(社会)排斥在外的人，所以不能再被排斥了，比如我们可以在被英美语唤作“**messies**”(**一片狼藉**)的真人秀节目里看到他们。这里的 **messies** 和“Messie”(弥撒)截然不同，这里是一些什么都舍不得扔，生活在垃圾堆里的，患有第欧根尼(Diogène)综合征的人。还有一些无力抚养孩子的、无力管理财务
133 或酗酒的人。所有这些人，我们不会对他们执行每周的处决，因为电视真人秀节目就是要让大家看到排斥、羞辱和卑劣，因为有了这些，节目才有可能耐看。

如此令人作呕、让人伤心的节目，它们想告诉大家什么？景观性文化中最理想、最真实、最本真的人物，到头来就是魔鬼，他远离人类，被排斥，被牺牲，他的存在就像往昔执行真正死刑的刽子手，为的是让大家惶恐。所以我们也许明白，如果某些特殊形式的电视真人秀节目中没有魔鬼，那并不意味着节目形式的初衷是善意的，而是因为魔鬼是我们，是我们在欢笑、在鼓掌、在评判、点赞和狂踩，就好像我们在观看过去的马戏团表演，就好像我们在观看一两个世纪前集市上的侏儒和长胡子的女人。

还需指出的是，电视真人秀节目涉及的就是前一章所说的几个因素之间的“配量”问题，它是一桩或多或少与透明度和出卖隐私有关的交易：在《**老大哥**》或《**单身汉**》(*Bachelor*)里这种现象比较多见，而在真人选秀中则少些。但是，“出庭”和“判决”般的手

法，则较多地被运用在电视真人选秀中，并且不停地将“真实性”作为首选标准。另外一些格局的节目则将“牺牲尊严”放在首位，这就是我在上面提到的**《一片狼藉》**，但同样的情况也出现在像**《幸存者》**这样的节目里，参赛选手的每日餐盘里会真真切切地出现蟑螂、山羊的睾丸或骆驼的阴茎。

此外，还存在另外一种能够成功概括上述不同风格的“浓缩版”：一些在美国非常受欢迎的**美容变形秀**（beauty-op show），比如**《改头换面》**（*Extreme Makeover*）、**《天鹅选美》**（*The Swan*）、**《我想要张明星脸》**（*I Want a Famous Face*）、**《沉迷于美丽》**（*Addicted to Beauty*）。参赛选手大为女性，她们的整容手术几乎是直播的， 134
我们跟着她们来到“诊所”，观看她们在手术前的准备工作，目睹她们的手术，然后查看手术结果。反反复复，**“牺牲即讯息”**（The sacrifice is the message）：电视真人秀节目让您看到您该牺牲点什么，在这里或那里需要割几块肉，在其他地方需要添加几块，一切为了您的俊美和秀丽，为了让您在公众关注度经济体制下拥有可以立足的尊严。也许，我们并不能做到真正出卖自己，因为最让人失望的，是没有人会再认识您，因为您换了一张脸或添了两瓣臀。您想成为明星，可是您变成了似人非人的妖怪。

至于“妖怪陈列馆”，我们可以就此打住，因为事实并非让人着迷，而且大家也会很快厌倦。但我最后还是要强调一点，这一离奇的现象并不仅仅局限于电视真人秀节目，即便它们集中体现了景观的语法规则。这一离奇的现象，以柔和的格局被“传染”到了其他很多电视节目，尤其是各种各样的**脱口秀**节目，它们在出庭、供认、取笑、羞辱，当然还有妖怪这些方面做得也相当出色。但于我而言，最重要的是，如今这些同样的实践也会出现在作者的“工作任务单”上，而让文学领域面临威胁。自此，构成景观的，来自它域的公众关注度经济体制决定了，或至少“感染”了文学领域，在这样的一种经济体制下，一种边缘效应酝酿了作者的身份。现在需要对其做进一步的探究。

第七章

影像定格

我首先不得不提醒读者，接下来的篇幅既不关乎文本分析，也 135
不关乎文学性评论，这里我并不打算对作品做出深入的分析。必须承认，当我研究文学时，我的眼光和我的回忆是有选择性的，所以我的观点，至少在某些人的眼里有时不一定正确。我采集一些小样，关注一些场景、文本片段和现象，它们被收集在一起后呈现出一些类似文学景观化的东西。它们是一些片段、迹象、空隙，这些让我们觉得某些东西是存在的，就好像景观很喜欢钻空子，我们只能在它的缺点暴露时，只能在它失控时，才可以察觉到它。所以大家是否能够看到景观，完全取决于个人的分析角度。我在本书一开始就提出，景观让人眼花缭乱，它无处不在，以至于大家再也看不到它的存在，有时在片刻之间才会瞥见它。要真正看到景观，就要将那些流动的、构成景观的画面停下来，让它们定格，仔细观察它们，放大它们，让它们给我们看到我们还没有看到的东西，因为我们还不太习惯看到这些东西。

正因为如此，我也承认，以下所展现的“肖像画廊”可能有点过
时了。那些是几年前，甚至是几十年前一些让我驻足的图像，它们 136
无法在我的脑海中消失。所以我非常清楚，当我再次提及二十世

纪八九十年代曾经发生的一连串事件，我并不处在时事新闻报道的前沿。过了那么久，难道我们还没有将艾尔维·吉贝尔（Hervé Guibert）和凯瑟琳·米耶（Catherine Millet）说尽？或更笼统地讲，难道我们还没有将“自我虚构”说透？某些人不是认为如今自我虚构日趋萧条，甚至某些人不是还预言自我虚构在不久的将来会消失吗？

还真不是。我觉得，我们还没有将自我虚构完全说尽，有时还要给它一点时间，或者给它一点时间让它自己呈现出一些征兆。最好是不热衷于热门话题，等它过去了，再来看看它在不“热门”的情况下是如何继续发展的，以此来发现一系列事件的隐秘的来龙去脉，因为每一次，景观都会让我们觉得这些事件是完全独一无二的，让人耳目一新的。我们的记忆和逻辑被热门话题充斥着，被它们搞得眼花缭乱，以至于都萎缩了。那些过了时的、不再热门的，是当我们将图像消费的速度减慢，当我们拒绝快进图像和切换图像时才能看到的。“景观文化”（culture spectaculaire）想要我们去嘲笑那些谈论旧事的人，它依靠我们的健忘维生，它希望自己永远是适时的、年轻的。正因为如此，所以得让它照照镜子，让它看看自己已是满脸皱纹。

接下来我想再次提醒读者的是，我并不想对某些作者“做出判决”，对其“宣告无罪”或对其“定罪”。这些是法庭上的事，也是景观文化通过“点赞”“狂踩”所筹划的众多“出庭”之事。我的“采样技术”则恰恰相反，至少从道德和美学的层面上来说，它是一种对判断能力的悬置。而事实上我们可以认为，以下将会提到的某些
137 文学策略，从多种角度来看，是不道德的，也就是说，这些策略不仅非常无耻，而且让人震惊，甚至就是在无理挑衅。这些策略和不可告人的商业动机有关，同时它们也很成问题，因为它们往往涉及他人隐私，手法有时也相当蛮横。某些遭受这样指控的作者也为自己辩护：以文学的名义有权说出一切。这一同样的辩护，在不同的

审查中也会经常被援引。

可是，我依然不太清楚文学究竟是一个什么概念，依然不清楚文学应该是什么样的，当然也就不清楚文学究竟拥有何种权力，它应该履行何种义务，又遭受何种限制。在这样的情况下，我避免让自己陷入这样的争论，也拒绝谴责或宽容。对我来说，最重要的，是描述和分析事物的本来面目，或至少，对我看到的事物做出描述和分析，又或许，对我认为具有景观效应的事物做出描述和分析。我心目中的理想评论，可能来自福楼拜的某些淡定的东西，尤其当我在面对一些想方设法利用牺牲性手段创作出来的作品时——所以这些作品也是相当刻板做作的。某些文学策略会令人不快，但我也不为之而感到惊奇。巴尔扎克曾经断言，善良的人物角色不能构成一部好的作品。在**自传体转型**(autobiographic turn)期间，这一断言大概也适用于作者，所以如果他们是卑劣的话，那么他们也就有理由卑劣。总之，我不在乎他们是什么样的，也不在乎他们让人感动或让人怜悯的善意心态。

同样，从审美的角度来说，大家也有很多的争议。有些读者会认为某些作者非常差劲，而有些作者则非常出色。某些读者会通常在没有什么理由的情况下，将某位作者“枪毙”，而某些读者则会对其毫无保留地大加赞赏。于是，很多审美判断互相中和、相互抵销，它们是一些随心所欲的东西，也会转变成没完没了的冤冤相 138
报。说句老实话，冤冤相报就如同文学圈本身一样陈旧不堪，大家也别指望这种论战会有什么新意。即便我希望能够逃离这样的论战，依然还是离不开文学的是是非非。

但我还是要明确指出，接下来的篇幅如果围绕的是克里斯蒂娜・安戈(Christine Angot)、凯瑟琳・米耶(Catherine Millet)或艾尔维・吉贝尔(Hervé Guibert)等这样的作者，并不是因为我认为他们是伟大的作者，我当然也不认为他们是蹩脚的作家，尽管他们为了成为景观的化身，在某种程度上背叛了理想文学。与其说是我选择了他们，还不如说，是他们浮现在了我的眼前，就如同我在“绪论”中已经指出的，正是他们被我所定义的景观牢牢地“**抓住了**”(saisis)，与此同时，他们自己也以各种不同的方式抓住了景观，将自己抛入景观，体现景观，也揭露了景观的本质或运作方式。

所以，当我们在试图谈论景观时，我们应该谈论的是这些作者，是他们让我们懂得了景观。因此我可以简单地说，我在阅读他们时，从来没有觉得无聊，或者说，我没有强制自己去阅读他们。这些作者与时俱进，有时他们强有力地打造了属于他们的时代，可既然这个时代就是这个样子，好像我对他们的责备也并不怎么明智。或者用一句现在流行的话，我还可以说，“我好喜欢去讨厌”(j'adore détester)他们，因为我实在不太知道该如何用另一种方式来谈论象景观这样的东西，因为毫无疑问，对景观既爱又恨的这道“坎”我必须得过。但也不尽然，如果这些作者不存在的话，我反而会觉得空落落的。身临悬崖绝壁的我，也说出了可能的矛盾性。
139 我的灵魂，我的良知告诉我，我无法用不断诅咒的方式去逃避景观，也无法因文学圈里的轻微骚动便拼命鼓掌叫好。

文学和谋杀的权力

在战后的几年里，莫里斯·布朗肖(Maurice Blanchot)曾经为文学死亡的权力做出辩护，他针对的主要是萨特(Sartre)，因为在
140 他看来，萨特自认为自己是一位活着的作家显然是有点过分了①。

① 莫里斯·布朗肖(Maurice Blanchot)：《文学与死亡的权利》(“La littérature et le droit *à* la mort”)，载《以火之名》(*La Part du feu*)，巴黎：伽利玛(Gallimard)出版社，1949。

而景观文学，一开始打出的旗号也许不是文学死亡的权力，而是文学谋杀的权力。不管怎么说，十余年后，也就是在布朗肖开辟的文学死亡权力的“土壤”里，我们发现了塞尔日·杜布洛夫斯基(Serge Doubrovsky)，他是“自我虚构”(autofiction)的创始人，对萨特的作品也非常了解。更确切地说，我们是在1989年10月13日的**《责问》**(*Apostrophes*)节目里发现他的，他应邀介绍他的新作**《夭折之书》**(*Le Livre brisé*)[①]。

与此同时，几乎所有人都在搞自传体转型。杜布洛夫斯基自己就已经写了三四部自我虚构——每一本不是讲他的情人，就是讲离开他的妻子。所以，**《夭折之书》**本身并不具备自传体的特征，但我们还记得，杜布洛夫斯基当时的妻子伊尔莎(Ilse)，在作品里有幸和作者一同分享主要角色的同时，突然在作品叙述的中途有了自杀的坏念想，或更确切地说，在作品的中间她(也)掺和进来了。尽管这部作品让杜布洛夫斯基非常痛苦，但他还是竭尽全力地将其完成，最后还应邀来到贝纳尔·毕佛(Bernard Pivot)的“沙龙”为观众介绍此书。

对于杜布洛夫斯基来说，这绝对不是一次尝试。比如他在1982年出版的**《自己的爱》**(*Un amour de soi*)[②]，其中也涉及他的前任女朋友。在普鲁斯特的影响下，他向前女友报仇，而她好像也有一个坏(或好的)念想：先让杜布洛夫斯基和妻子离婚，然后再离开他，可这位前女友却也并不合杜布洛夫斯基的口味。三十年后，在2011年3月的**《新观察家》**(*Le Nouvel Observateur*)杂志刊登的一篇访谈中，杜布洛夫斯基对此书的创作深感遗憾，用其自己的话

---

① 塞尔日·杜布洛夫斯基：《夭折之书》，巴黎：格拉塞(Grasset)出版社，1989。

② 塞尔日·杜布洛夫斯基：《自己的爱》，巴黎：阿歇特(Hachette)出版社，1982。

来说，整部作品就是一种“恶语中伤”(vacherie)。他还承认，当时他的前女友异常恼火，如果她放弃法律诉讼，完全是因为诉讼步骤的跨国手续太麻烦，后来前女友或多或少还是原谅了他。这好歹也说明此书侵犯了个人隐私权，因为美国院校里里外外，没有人不知道这部精彩小说中的女主人公的真实身份，即使这完全违背了她的意愿。

同样在2011年的这篇访谈中，杜布洛夫斯基似乎因时间的流逝而变得小心谨慎，他说应该对“恶语中伤”有所节制。这恰恰和其他作家相反，尤其不符合克里斯蒂娜·安戈(Christine Angot)的风格——我们之后还会再提及她——她宣称：文学拥有说出一切的权力，而且首先应该将大多数的读者利益放在首位，而不应该将一位在故事中认出自己而闷闷不乐的女读者放在首位。而这显然也是杜布洛夫斯基在创作**《夭折之书》**时采用的方式，从某种程度上说，他算是机智老练的。我们在小说中找到的所有可能的恶语中伤，都由作者提交给了妻子，让其阅读和认可。所以，在杜布洛夫斯基的冒险故事中，他的妻子不仅担任了主角，而且从某种程度上说，也是他的合伙人，是她鼓励他写一部有关他们俩的故事，然后她又是这场叙述的第一位读者，同时又以第一位读者的身份
141 出现在叙述中，于是叙述成了一部“正在进行的小说”(roman en train de se faire)。

如果没有发生意外的话：太多的酒精，太多的场面(描写)，伊尔莎也都看明白了，然后自杀了。总之，美丽的新世界里一切将会变得更美好，即便读者很快察觉杜布洛夫斯基的二人世界是令人窒息的。自我虚构中惯用的恶语中伤，“质量监控”中的一次**故障**(bug)，故事叙述因女主角的自杀而夭折，一位年轻女子的生活因书中的叙述而夭折。所有这一切就是为了让**《夭折之书》**成为一起“事件”(événement)，甚至一道景观。伴随这场景观的是在**《责问》**

节目里的“明星”作者，他在电视屏幕里既是一名牺牲者又是一名刽子手，吉凶参半，好人坏人全是他。

和“事件”相连，这便是景观的核心，景观需要一起事件，需要一剂和“真实性”有关的注射液。而有了这支注射液，我们便离开了永远无法成为现实的纯虚构性文学体裁。我还记得，杜布洛夫斯基在镜头面前是如此哀愁，如此消沉，而我们却并不太清楚他是否因撰写此书而感到后悔，还是因某些观众会将他看作杀人凶手而苦恼，我们更不知道他是否因死去的妻子过早抛弃他而责怪她。那的确是一道非常棒的景观，也是一幕精彩的“出庭”，他是否有罪？这个杜布洛夫斯基，他真的在写小说时将妻子逼上绝境，进而自杀？他是否有理由将“其”（小说，而不是妻子）了断？总之，贝纳尔·毕佛（Bernard Pivot）没有错过扮演检察官的机会，他这样问道：我们是否有权利……或者，我们是否没有权力……

所有这些问题，当然没有确切的答案，却启发了我们。布朗肖或巴特（Barthes）所说的作者之死，依然是一些难以证实的东西，甚至可以说是想象出来的东西。这就如同证明一本书确实可以杀人，是很困难的，所以要证明杜布洛夫斯基写这本书是错误的，也 142
是很困难的，要证明他完成此书而恶化了局势则更加困难。于我来说，这第一影像定格证明了在后理论时期，对“作者之死”的想象突然被切换成将文学作为谋杀、作为象征性处决的想象，而后者则与我试图阐释的景观问题步调一致，更何况，这样的象征性处决并不仅仅停留在象征性的层面上。

只要“文学谋杀”这样的想法在空气中弥漫；只要这样的想法像阴影一样笼罩着《责问》节目；只要大家在谈论“文学谋杀”，在议论它，那么对我来说，这些就足够可以说明文学被回收利用，成了景观。而景观也一直迷恋着“真实性”，迷恋那些我们可以相信的真正发生过的事。文学不合时宜？文学一无是处、无根无据？文学无用？“诗人”在逃避社会？那么，我们终于为他找到了一项任务，一项也许并不太严肃的任务，但至少是一项蛮有意思的任务。这就是在亲人之间打击报复的作者，或多或少犯了虚拟式谋杀罪的作者，他将成为景观领域里一名称职的公务员，而景观也许对他并不如此奢望。不管怎么说，当我们回想起**《夭折之书》**，我们便会想到这些（正是因为这个原因，与杜布洛夫斯基的其他虚构作品相比，大家对此书的印象更为深刻），就像这也是众多评论在此书问世后所关心的事。有些事情在这个时候发生了，有关文学的热门话题的重心开始偏移了。往昔，“打击报复”当然很少会成为文学的热门话题，而如今在必要的真实性和透明度的影响下，它占据了文坛的主要位置，而且好像愈演愈烈，成为一种重要题材。传染、
143 扩散——于是象征性处决赋予新文学（就像我们说的新哲学运动）一种往往由家庭故事和秘密编织在一起的家庭氛围。

受难的身体

受难的身体同样也突然成为自我虚构体裁或类似体裁的一个主题。作品**《儿子》**（*Fils*）正式开创了自我虚构体裁，而杜布洛夫斯基在此部作品中，好像也患了极其严重的疑病症。而一般而言，导致文学景观化的**自传体转型**（autobiographic turn），好像也是一种**身体转型**（body turn），它涉及的是身体的强烈现场感，这些身体大致会通过摄影的方式被记录下来，痛苦的身体、享乐的身体、光荣的身体或自我牺牲的身体，好像什么样的身体都可以。在景观文学的体制下，作者不仅应该活生生地出现在大家面前，而且还需要以各种手段来展示自己的身体，证明这个身体还活着。在“作者—功能”的历史中，身体从来没有占据如此重要的位置，即便是

将文学拖至极限也在所不惜。确实，如果身体成了主题，那么毫无疑问，书本并不是展示身体或再现身体的理想媒介。从媒体的角度来说，身体要比书本更能够产生一种向外的扩散力量，身体在传媒中也会变得愈加重要。

也许我们无需强调，几千年来再现受难身体的美学力度，也无须再强调吸引大家的这种轰轰烈烈的再现能够让人类产生**信仰**(croyance)。身体所遭遇的苦难是很难用文字去形容的，或者说得用很沉重的文字：因尊重或畏惧，我们对苦难的身体心悦诚服，有时甚至卑躬屈膝、心有戚戚、感同身受，与之融为一体。长期以来这部有关身体的历史与我们形影不离，而如今，景观则把它当成了“生财之道”。当然，景观不会觉得这部历史有什么独特性，可独 144
特性的确也从来不是景观的“雄心壮志”。作者一直在受难，他甚至试图让大家直接看到他在受难，这是一位让大家相信的作家，总之他以最佳的方式去满足“真实性”“牺牲性”二者完全互补的要求。

杜布洛夫斯基本来也应该选择这条道路，但在大展宏图之后，他好像选择了一扇象征性的谋杀之门，而将受难的身体慷慨地留给了他人，特别留给了艾尔维·吉贝尔(Hervé Guibert)——我们的影像定格之二。确实有必要再提起这位作家，提及几乎与**《夭折之书》**同时代的“最后的”吉贝尔。当时，吉贝尔因其“三部曲”而遭到热议，而如今他好像不再能引起大家的兴趣，这就是时事热门话题冷酷无情的规则。很遗憾，因为在当时，他的作品不仅处在作者突然转向景观的交替时期，而且也像地震仪记录震波一般，将这个交替时期记录了下来，从而也对写作和(听觉)视觉媒体之间的关系作了曝光，或过度曝光。如果说，(听觉)视觉媒体对景观文学的出现并没有起到决定性的作用，更何况景观文学也并不源于一种如此简单的决定论，但无论怎么说，(听觉)视觉媒体在吉贝尔的创作过程中起到了载体的作用，或者说，体现出了一种征兆。

《给没有救我命的朋友》（*À l'ami qui ne m'a pas sauvé la vie*）、取名贴切的**《怜悯记录》**（*Le Protocole compassionnel*），以及**《红帽男子》**（*L'Homme au chapeau rouge*）[①]，吉贝尔在三部曲中的最后一曲，对自己痛苦垂死的身体曝了光，当然这也是他自传体的主线。这是我的身体，这是我越来越消瘦的身体，这是我的血，
145 被艾滋病毒日益侵蚀的血。**《给没有救我命的朋友》**出版之际，艾尔维·吉贝尔于 1990 年 3 月 16 日应邀做客**《责问》**。这档文学节目将以讽刺而悲剧的形式让吉贝尔的文学生涯梅开二度，这次是公开的，不像第一次来得那么隐秘。喜欢阅读的法国因**看到**年轻作家可怕的瘦身而万分感动。面对电视的成功效应，作者在**《怜悯记录》**中这样写道：“其实，我写了一封信，一封直接传真给十万人的信，一封直达他们心底的信，实在令人难以置信。我正在写另一封信。我给您们写信。”[②]

保持距离的文学，或因距离而存在的文学结束了，它被直接“兑换”成电视文学或传真文学（数字技术在当时还处于起步阶段），这好像就是一位作者成功的秘诀所在：将自己的死亡现场直播，以此投身于景观。传媒的力量就是通过感同身受、集聚一堂来制造“即时”——“我的目标，从各个层面来说被实现了：被大家听见，让大家阅读我的书，让大家同时阅读我所有的书。就像大多数信件所证实的，尽可能与大家交流，年轻的、年老的、同性恋、非同性恋，以及女性观众，我用自己的方式和他们交流而倍感幸福。”[③]而吉尔贝是否真的被阅读？或更进一步说，他是否真的被看到？

---

① 艾尔维·吉贝尔：《给没有救我命的朋友》《怜悯记录》《红帽男子》，巴黎：伽利玛出版社，1990、1991 和 1992 年。

② 艾尔维·吉贝尔：《怜悯记录》，第 121 页。

③ 同上，第 171 页。

这我们永远都不会知道。

不管怎么说，某些人认为，与“被阅读”相比，吉贝尔更擅长“被看”。是否还需再提醒大家，也就是在**《责问》**节目和**《给没有救我命的朋友》**获得成功之后，难道不是帕斯卡勒·博纽（Pascale Breugnot）建议吉贝尔用手提式摄像机，为电视拍摄一部有关自
己，有关濒临死亡、渐渐消逝的身体的影片吗？帕斯卡勒·博纽是 146
一位靠精神分析或情色节目出名的电视制作人，所以也算是“景观公主”。这部名为**《羞耻或无耻》**（*La Pudeur ou l'impudeur*）的影片，是否真的会在1991年吉贝尔去世后不久被播出？通过吉贝尔的这些事，我看到的是能够体现景观的精华，一则有关作者景观化的寓言，而且好像吉贝尔也完完全全地胜任了作者景观化的任务，他以非常敏锐的景观意识和自我牺牲意识，在其作品中增添了许多构图和布局，也就是我们所说的图片效果，就好像“景观”和“牺牲”二者是不可分割的。

比如在**《给没有救我命的朋友》**中，吉贝尔提到了一位曾经想拍摄他瘦骨的朋友（儒勒 Jules），也就是说，拍摄他半死不活的样子——这个请求进而被衍生出其他类似的创作方案：比如，画家米
格尔·巴塞洛（Miquel Barceló）[1]建议将他画成“艾滋患者的裸 147
体”；比如，一名导演计划在阿维尼翁（Avignon）为他排一场戏。（死亡）影像定格：作者并没有死亡，而是奄奄一息，用烹饪的行话来说，就是被“快速翻炒”，这是生活中最具景观性的、也是最难看到的一刻：他的死亡，大家必须要驻足观看。在**《红帽男子》**中，吉贝尔用了很长的篇幅叙述了一段最让人难忘的经历：另一位画家雅尼斯（Yannis）如何让自己在他面前摆姿态，画家在绘画结束时

---

① 西班牙当代艺术家，生于1957年。——译者注

对他说：“我拿走了你的灵魂。”[①]整部三部曲，从头到尾，吉贝尔的身体是具有牺牲性的，它在变形、在变质。

吉贝尔在写作中，还同样运用了很多有关医学视觉的隐喻，比如在**《怜悯记录》**中他将写作比喻为一种解剖：“今天，我希望能在一张解剖台上工作。崭新辛劳的每一天，我解剖着我的灵魂，我的每一天都是那位死去舞蹈家留下的DDI[②]给予的。在这张解剖台上，我经历着各种各样的检查：断层扫描检查、核磁共振检查、内窥镜检查、X射线照相检查，我将这些影像呈现给您们，让您们用自己的敏锐感光板来破译它们。”[③]可以说，在他的“解剖工作”中，最为壮观的一幕依然来自**《怜悯记录》**：作家必须承受两次光纤内窥镜检查。在自传体小说的历史中，吉贝尔似乎确实是第一位用写实的手法描写其境遇的作家，也就是说，他所描述的不是想象出来的他，而是他的内脏、他的器官，它们出现在屏幕上，被再现于试图成为屏幕的书本里。如果他多活十年或二十年，他是否会用像珍妮佛·林格莉（Jenni Ringley）那样的技术？是否会用网络摄像头？他的死亡是否可以以**流媒体**（streaming）的形式被直接跟踪报道？如果真可以这样，读者会觉得这实在是太棒了，但也许棒得简直让人难以置信。

无论怎么说，这是非常罕见的，作者的景观化从来没有如此完美地通过各种方式被思考、被体现。吉贝尔再现了他受难的身体、奄奄一息的身体，甚至他对这种再现过度曝光。最具代表性的要数出现在**《红帽男子》**中的一幕。为了某些检查，吉贝尔必需首先承受喉咙里的一个淋巴结切除手术，在外科医生的同意下，他被允许拍摄切除的全过程。于是他的“工作任务单”上多了一项“摄像

---

① 《红帽男子》，第110页。
② 双脱氧肌苷。——译者注
③ 《怜悯记录》，第80页。

师兼自传体作家”(vidéaste-autobiographe),这是他和国家电视台 148
签约后获得的新职位。他拍摄了一些最靠近他喉咙的东西,这段拍摄中的自我牺牲精神,照理说应该会让他的策划人帕斯卡勒·博纽心醉神迷,也正是因为她,观众才会对吉贝尔如此痴迷。可是,这段拍摄并不存在。吉贝尔拍了,或更确切地说,他以为他拍了,可关键一刻,他被技术抛弃,而技术的失败最后却不得不用文字来弥补:在摄像师角色的背后,作家并没有完全消失,在景观即将大功告成之际,作家又回来了。这大致来说也算是一件好事,忘记摁下的按钮,一次愚蠢的失误,景观就此烟消云散,成为幽灵。这一切在吉贝尔的小说中也被证实了①。

最后还要指出的是,虽然吉贝尔的三部曲并没有让我们沉浸在杜布洛夫斯基(Doubrovsky)的那种冤冤相报或象征性处决的文学中,但有时我们却并没有远离这样的文学。它尤其体现在**《给没有救我命的朋友》**,书名便道出了作者的大概意图。吉贝尔在书中,曾多次不得体地泄露了一些亲朋好友的隐私,用杜布洛夫斯基的词来说就是“恶语中伤”。这些亲朋好友是像伊莎贝尔·阿佳妮(Isabelle Adjani)②,尤其是像米歇尔·福柯这样的知名人士。被化名为木子勒(Muzil)的福柯在书中被描写得相当露骨。出现在吉贝尔“小说”中的这位哲学家也死于艾滋,而直至此书出版之时,
法国知识界对福柯公开的秘密一直守口如瓶。景观模式下,要尊 149
重他人的隐私实在不太容易,因为景观依靠隐私“谋生”。还要指出的是,和巴特(Barthes)一样,福柯是“作者之死”的主要理论家之一,他去世的时候,其隐私就这样被泄露了,让人感慨万分,就好像整个时代就此被埋葬了。

---

① 《红帽男子》,第 40—43 页。

② 法国著名女演员,生于 1955 年。——译者注

掉进文化高汤的克里斯蒂娜·安戈

克里斯蒂娜·安戈一直拒绝我们在她的作品上贴上“自我虚构”的标签，但既然没有人知道“自我虚构”究竟是什么，既然她在不反对“自我虚构”的同时又说她写的是小说，那么她写的究竟是不是“自我虚构”，这并不重要。无论怎么说，除非我们非常“近视”，除非我们鬼迷了心窍才会对这涉及她的“小说”、涉及她本质的一切事实、涉及她不停重申的事实，视而不见或心存疑虑。她之所以不停地声明她所写的是事实，是为了反对那些偏爱高雅文学和继承文学传统的人，甚至反对那些抱住语言传统不放的人，有时她会将所有这一切摒弃。在电视节目中频繁露面的她，不管怎么说，如果不是试图将“亲身经历文学”(littérature vécue)的**领先位置**(pole position)占为己有，就是为了将其垄断。[1] 因为从纯文学出发的这种亲身经历文学，于她来说是最重要的：如果你比我还真实，那你就去死，至少，你已经死了，被制成标本放入研究学院。

事情的一开始并不起眼：她的第一家出版社伽利玛(Gallimard)对她厌倦了，拒绝了她的第四部小说《**访谈录**》(*Interview*)，之后
150 它被另一家出版社出版。[2] 而《**访谈录**》还真是挺有意思的，不仅仅是因为作者断然将乱伦作为主题——毫不夸张地说，乱伦就是

---

① 请大家原谅我使用这一运动专业词汇去衡量文学的价值，但这是一种我无法左右的发展趋势。评判作者的标准越来越和他们的商业效益，以及他们是否出现在“入围”文学奖项的名单有关，这就好像评估运动员的好坏，要根据其转会时的市场价格和他们在决赛中是否辛勤付出而定。于是我们可以说，米歇尔·维勒贝克(Michel Houellebecq)就是法国文坛的保罗·博格巴(Paul Pogba)，大家喜爱的若埃尔·迪克(Joël Dicker)就是瑞士法语区的罗杰·费德勒(Roger Federer)。

② 克里斯蒂娜·安戈：《访谈录》，巴黎：法雅(Fayard)出版社，1995。

她的生活主题，而且还因为部分叙述是通过采访或审讯的方式展开的。整个叙述不是在回答问题，就是在接受审讯，所以弥漫着一种“出庭供认”的气氛，作者也因此变得越发如鱼得水。演出便这样被拉开了帷幕，随后**《乱伦》**（*L'Inceste*）[1]便很快问世，这部首次大获成功的作品就像安戈之后（差不多）所有的小说一样，备受争议。

《乱伦》是不是巨作？某些读者因其大胆揭露自我、暴露自我，或因其不花哨的字句而拍手称快；某些读者则觉得内容难以置信，认为是欺骗，同时也抱怨说每两句就有一句不通顺。不管怎么说，一分价钱一分货，鸡奸女儿的这位不太正派的父亲，实在是居心叵测、卑鄙无耻、罪该万死。克里斯蒂娜·安戈也毫无保留地牺牲了自己。她的粉丝，甚至连她本人都觉得实在勇气可嘉，为这样的冒险而折服。我们还必须看到安戈之后的一些想法，因为在2012年她又用**《假日一周》**（*Une semaine de vacances*）唤起了大家的回忆，大致说来，它是**《乱伦》**的再版，不再用第一人称“我”，而用的是客观的第三人称[2]。某些评论再次赞赏了作品的大胆和严谨，而某些则耻笑它的无聊。

其实我早就应该只将视线停留于克里斯蒂娜·安戈的作品，以及她的职业生涯，因为二者具备了研究景观作者的所有先决条件。但理论，或至少普及性理论，它有它的责任，所以必须旁征博引。但不管怎么说，将我们抛掷于一种“文学之外”（或确切地说，文学达到了景观性时期）的“真实性诉求”，是安戈的主题。此外，“出现在传媒”这一正能量的策略也是她的支柱。最后，她在作品中，出色运用了让景观“迷恋”的牺牲性兼色情性的素材。牺牲和

---

① 克里斯蒂娜·安戈：《乱伦》，巴黎：斯托克（Stock）出版社，1999。

② 克里斯蒂娜·安戈：《假日一周》，巴黎：弗拉马利翁（Flammarion）出版社，2012。

色情，二者的特殊性在于它们是不可分割的，其并不仅仅涉及我们所认为的色情，而且还涉及与作者隐私不可分割的言语表述(dispositifs d’énonciation)。而这种言语表述迫使作者付出代价，牺牲自我，让“不可见的”变成“可见的”(这和真正的色情作品恰恰相反，色情作品让我们看到的是我们应该看到的，我们期待看到的)。

这里还要指出的是，像克里斯蒂娜·安戈的这种情况，因乱伦而导致的不幸是“增值”的，而她似乎也完全意识到了这一点，比如她这样写道：“事实上，我是一个印度人，我是社会底层不可触碰的贱民。我触碰垃圾，尤其触碰死人。印度社会底层的贱民触碰死人。我，只不过是垃圾，没有人愿意触碰我。”[①]被诅咒的作家，下贱的作家，垃圾-作家(écrivain-ordure)，这就是大家看到的安戈，就好像也让我们看到了景观背后所隐藏的真相。安戈触碰真相的方式，毫无疑问是粗暴的，却是不可辩驳的。景观背后，或许在景观深处，“我”被父亲触碰后的一瞬间便化成了一坨排泄物。我并非无中生有——“我的确在《乱伦》中以一大坨屎的形象出现，所有作家都有必要这样做一回，然后我们走着瞧[……]。写作，也许只能这样，让大家看到自己就是一大坨屎”[②]。让别人看到自己就是
152 一大坨屎，在我看来这就是作者进入景观时期，其“工作任务单”上最完美的定义，这又何尝不是模糊的“自我虚构”的定义呢？不管怎么说，如此魅力无穷的文学体裁，也几乎不会因为多一个定义而受到什么影响。为了让事情简单化，我们还可以说，要让景观精

---

① 克里斯蒂娜·安戈：《乱伦》，巴黎：LFG 出版社，“口袋丛书”，2001，第 86 页。

② 同上，第 177 页。

彩，就得有人弄出一坨从任何角度来说都是屎的东西。[1]

“自我虚构”的定义在这里之所以有效，是因为它在形式上，也包括在内容上，将《**假日一周**》排斥在外。十三年后用第三人称叙述的这个故事，就好像在真相和不幸中，拒绝呈现主体的可能性。这里，垃圾的角色显然是父亲，一个无处不在、心术不正的操纵者，他通过女儿的眼光被描述了出来。女儿被奸、被毁并且成了一部供人享乐的机器，不过其忧伤好像只是一笔带过，只有通过揣摩才能感觉到。使用第三人称，迫使让读者去承受不可承受的，或者去容忍不可容忍的，去取代作者的位置，去填补被父亲抹杀的这个缺失的视角，更确切地说，正因为这个位置，或者说这个视角被化为乌有，所以具体的焦点——就如同往昔我们所说的诗歌时代——在叙述之外。

克里斯蒂娜·安戈就像摆脱“我”一样从叙述中挣脱了出来， 153
同时又强有力地牵制了读者，于是轮到读者去体会垃圾这个位置。就像她的其他叙述一样，这一叙述之所以色情（大家有时为了不再提及它而这么说），就是因为它呈现在大家面前的是一个被化为乌有的主体，一个为了屈从色情，或通过屈从色情而自我牺牲的主体。精神分析学家也许宁可将其说成创伤性文学（littérature traumatique），也不愿将其说成是自我牺牲式的色情文学，此外，他们还会看到的是难以描述的创伤，就好像这种创伤不能通过“我”，而只能通过第三人称来陈述。总之，安戈成功地将自己转化为了

---

① 让我们做一次事后诸葛亮，再回到前一章有关电视真人秀这个主题。德国 Sat. 1 电视台从 2016 年开始，为《名人老大哥》（*Promi-Big Brother*）电视真人秀节目推出了新一季，顾名思义，这档节目是为那些想对自己的公众关注度资本重新投资或翻新的小明星们而准备的。一半明星居住在豪华而纵欲的一楼，另一半则和老鼠在一起，居住在下水道——别出心裁的点子。但是他们所处的位置是可以替换的：久经考验后，您可能会被判处与老鼠待一起，或者相反，如果大家宽恕您的话，您可以走出下水道，但您有可能因满身的屎味而让居住在一楼的人生厌——一名女性参与选手曾经也是这么抱怨来着。

第三人称。

所以，从《**乱伦**》到《**假日一周**》，在暴力倾向或对暴力的"经营"中，或更确切地说，在对暴力的转达表述中，我们可以观察到一种逆转性或一种反向性。这种逆转性在克里斯蒂娜·安戈的世界里无处不在。"垃圾作家"说：我受到惩罚，我不可触碰，但同时，我没有理由不把我当成垃圾，也没有理由尽可能地不去报复。

影像定格：1999 年 9 月 3 日，克里斯蒂娜·安戈应邀来到取代《**责问**》的《**文化高汤**》(*Bouillon de culture*)谈论《**乱伦**》。这是她在电视屏幕里第一次亮相，还没有轮到她谈论《**乱伦**》——也就是说，节目主持人还没有向她提问，她就道出了她对另一位被邀作家让-玛·拉克弗丁(Jean-Marie Laclavetine)小说的所有不满。之后，在她的第二次亮相时——和拉克弗丁已经没有丝毫关系，她明确表示她上一次之所以如此对待拉克弗丁，是因为她曾经被伽利玛出版社炒了鱿鱼。照道理，她的做法很不地道，于是这就变成了一起"事件"。太具景观性了，这位管不住嘴巴的作家在节目中亮相，就是为了打击别人，也正因为如此，如今大家只需二三次"点击"便可以在 YouTube 观看此事。

154 自《**乱伦**》问世后，大家很难不把它看作是作者对父亲的报复，于是就像传染病一样，自此又很快滋生出了其他的打击报复。乱伦的牺牲者来到《**文化高汤**》，不仅揭露她的刽子手：她的父亲，还揭露了伽利玛出版社的审稿员：拉克弗丁。拉克弗丁对《**乱伦**》没兴趣(他曾经拒绝了安戈的《**访谈录**》)，安戈因此觉得受到了羞辱。而这才刚刚开始。2000 年，也就是《**乱伦**》问世一年之后，克里斯蒂娜·安戈出版了《**离开这座城**》(*Quitter la ville*)[①]，作者在"小说"中记录了和《**乱伦**》出版有关的种种波折，以及人们对其接纳的

---

① 克里斯蒂娜·安戈：《离开这座城》，巴黎：斯托克(Stock)出版社，2000。

点点滴滴，也就是说，小说记录了**《乱伦》**经历的所有事情，甚至是所有磨难，而这本新书的目的就是为了报复。安戈在书中还不无骄傲地指出，她本应该在贝纳尔·毕佛的节目(《文化高汤》)中将拉克弗丁化为乌有。在“安戈作品的牺牲性色情维度”和“作者对报复或象征性处决的孜孜不倦”之间，两部作品(《乱伦》和《离开这座城》)所具备的连贯性，看起来似乎天衣无缝。

我们还会看到，在**《离开这座城》**中，除了与**《乱伦》**问世有关的所有重要话题，毫无疑问还有一起引人注目的事件，就是安戈父亲的死亡。我们不知道他是否看过**《乱伦》**，也不知道他是怎么死的，但**《离开这座城》**暗示这二者是有关系的，**《乱伦》**就像复仇女神，所以也像杜布洛夫斯基，这一相似之处也时常被人们提及，尤其被贝纳尔·毕佛提及——文学中也会出现安戈式的谋杀。至少，当文学变得具有景观性，这便是它的发展方向，反之则亦然。

安戈在阿尔迪松节目中的虚假退出和其他琐闻 155

克里斯蒂娜·安戈在**《大家都在说》**(*Tout le monde en parle*)亮相的来龙去脉相当复杂，这档节目在1998年和2006年间由蒂埃里·阿尔迪松(Thierry Ardisson)主持。安戈第一次走进这档节目是在1999年11月13日，**《乱伦》**问世之后，当时所有人都在谈论这部作品。节目中，最精彩的要数安戈与另外两位嘉宾的对峙。当阿尔迪松正在朗读**《乱伦》**中一段相当露骨的描写时，两位嘉宾突然笑了。克里斯蒂娜·安戈质问克莱芒汀·塞拉利耶

(Clémentine Célarié)[1]、大卫·哈里戴(David Hallyday)[2]为什么笑，他们则含糊其词，这也是一道特别棒的景观，的确发生了什么，但大家应该有所收敛[3]。2000年10月14日，当安戈再次走进阿尔迪松的节目时，正逢**《离开这座城》**的问世。这正是回顾1999年所发生事件的好机会，当然这段回忆也被记录在这部新出版的小说里。所以，阿尔迪松只需朗读书中记载的有关1999年11月13日所发生的事。从媒体“自我炫耀”(媒介即讯息)的角度来看，我觉得，这还是第一次。

不管怎么说，在景观达到高潮之前，这段朗读显然活跃了节目的气氛。当安戈被阿尔迪松的合伙人几次三番惹恼之后，决定离开电视演播室。

156 阿尔迪松：“为什么离开，克里斯蒂娜？”

安戈：“我觉得不好玩。”

阿尔迪松：“为什么不好玩？我们玩得都很开心！”

安戈：“我没有。”

还有什么能比这更精彩的？一场真正的意外，一位作家突然当众离开电视演播室，这可是百年不遇的事，出版社会生气的。但这确实是一出好戏，比起那些像木偶般打着官腔出现在演播室的人，大家更愿意看到这样的景观，而且几秒钟的对话就道破了真理：景观从来都不允许大家一起开心，因为拿别人取乐才会让大家

---

① 法国演员和歌星，生于1957年。——译者注

② 法国音乐创作人兼歌手，生于1966年。——译者注

③ 我不知道克里斯蒂娜·安戈是否有理由对两位正在笑的嘉宾表示不满，但是她给出的理由则非常有意思：那些笑的人之所以笑，是为了抵抗暴力，抵抗阿尔迪松朗读的那段露骨描述所体现出来的暴力。他们之所以笑是为了保护自己，而处在不利的位置、遭受打击、承受暴力的，总是同样的人。是不是这样的一种想法酝酿了几年之后的《假日一周》？就好像需要找到一种让读者无法逃避暴力的办法，找到一种让读者无法笑的办法。不管怎么说，我无法想象如果阿尔迪松朗读《假日一周》时大家还会笑。

开心。景观是排他性的，很遗憾，这便是景观根深蒂固的本性。

安戈从来就没有隐藏在电视里亮相的嗜好，她也不排斥其他的亮相手段，比如出现在戏剧舞台上。“消失”好像的确不是她拿手的，她也从来都没有离开这座城，而且在 2002 年，当她的**《为什么是巴西?》**(*Pourquoi le Brésil*?)出版之际，她又回到了**《大家都在说》**。主持人阿尔迪松在开场白中为错过前几期的观众“补课”。我们再一次看到了 1999 年 11 月 13 日的几段精彩片段，以及 2000 年 10 月 14 日的几段精选，也就是说，大家不仅看到安戈离开演播室的场面，也看到了 1999 年 11 月 13 日的事件，以及阿尔迪松的朗读节选**《离开这座城》**的重放镜头。没有什么能更好地体现**“媒介即讯息”**了，自此，媒体通过媒体作“自我炫耀”的程度可谓增至极致。

节目中被反复重播的场面，对我来说又意味着什么？过度强调挑衅、冲突、报复、愚弄、恶言中伤、讥讽的场面，在所有这些琐碎的、平常的牺牲性场面的背后，总有一位牺牲者，他是被化为乌有的对象，也终将被化为乌有。从这个角度来看，这些场面似乎是安
戈小说(但不只是她的作品)以大众化或传媒化的方式在继续。很 157
多评论家在想到安戈的同时，也会想到杜布洛夫斯基所著的**《夭折之书》**，这也是有道理的。安戈白费心机地解释了为何不应该将她写的东西列入“自我虚构”，但她还是会遇到同样的问题和同样的指责。“自我虚构作家”(écrivain autofictif)——借用埃里克·舍维亚尔(Éric Chevillard)的微妙用词，——不仅让人觉得他有时好像很难将现实和虚构区分开来——这并不太重要，重要的是，他最终常常和他人彼此不分，所以与其暴露自己的隐私，他会在不征求他人同意的情况下暴露后者的隐私。

在被涉及隐私的人当中，某些人趋时奉势，某些人则因自己的形象受损而愤愤不平。对于克里斯蒂娜·安戈来说，她的**《恋人市**

场》(*Marché des amants*)[1]则让她卷入了白热化的事态中。真名为布鲁诺(Bruno)的说唱歌手达克·金尼可(Doc Gynéco)[2],在并不知道自我虚构的辩证复杂性的情况下——“自我虚构”不是自我虚构而是小说——坚信在**《恋人市场》**中认出了自己,他并不惊讶,但也没有欢天喜地,小说中的角色与他同名,也叫布鲁诺,是叙述者的情人,安戈当然也从来没有隐瞒他俩的恋情。过去我们曾经这样提醒大家:“笑一笑,您在镜头里了”,而今天我们可以说:“勃一勃(或不勃起),您在我的书里了。”请大家允许我做出如此简短的概括,因为安戈在很多采访中提到,两情相悦的特有色情并不是为了生孩子,而是为了出一本书。

158 如果书中涉及的只是达克·金尼可,那就好办了,也不会有什么问题,因为金尼可毕竟是一只软柿子。但问题是,金尼可并不是小说中唯一被曝的人,我们还找到一位名叫埃莉丝·毕多瓦(Élise Bidoit)的人,至少她认为她在小说中也认出了自己。出现在故事末尾的她,是安戈新欢的旧相好。埃莉丝·毕多瓦显然对自己出现在书里并不高兴,而且又是和她的孩子们一起出现,至少和那些跟了她姓的孩子们。后来问题之所以得以解决,还多亏双方调解协商达成的10 000欧元,但这并没有阻碍安戈和毕多瓦再次走上法庭:前者又出版了**《孩子们》**(*Les Petits*)[3],后者又因此而获得40 000欧元的赔偿费。

大家可以想象,克里斯蒂娜·安戈因受辱继而用下一部致命性小说进行报复,《孩子们》不仅是一部具有杀伤力的作品,而且几乎是一部蓄意性的谋杀小说。小说是以这样几句话结束的:“他的

---

① 克里斯蒂娜·安戈:《恋人市场》,巴黎:塞伊出版社,2008。
② 法国歌星兼制作人,生于1974年。——译者注
③ 克里斯蒂娜·安戈:《孩子们》,巴黎:弗拉玛利农(Flammarion)出版社,2011。

母亲[海莲娜(Hélène)或埃莉丝·毕多瓦]病了,她将被送上手术台。她的乳房里有一颗球状的东西,可能是癌。我曾想,那是我的错。是因为那本书,我杀死了她。就如同**《乱伦》**出版后我的父亲便死了[……]。”[①]毫无疑问,**《孩子们》**让毕多瓦夫人不满,但同时也将作者本人置于一种难堪的境地,甚至要比第一次更难堪,不仅仅是因为这场官司耗费了(她及出版社)很多钱,而且整件事都是公开的。在景观中,我们不一定一直会赢。“我”是一个不可触碰者,但还是因侵犯他人隐私被司法机关逮个正着。

为了论证《孩子们》确实体现了象征性的处决,我们可以重新 159
看一下皮埃尔·阿苏里纳(Pierre Assouline)[②]在 2011 年 2 月 18 日刊登的博文,文中讲述了埃莉丝·毕多瓦当时的反应:“她说当她读完此书后想自杀。她这样写道:‘在海莲娜这个角色中,我看到了**仇恨**。安戈选择她并非偶然。这个女人不是作家:她因我和前男友的故事而嫉妒,而成为他的奴隶,他们是自恋的变态者。’此书的出版给了毕多瓦致命一击,导致她十天卧床不起。毕多瓦接着写道:‘一本书可以杀人。如果它不能真正杀死一个人,至少也相当伤人。我将这些作为家庭案件的诉讼证据。如果我只是为了钱的话,完全可以将照片卖给《*Voici*》杂志。’在书的最后一页,安戈的确提到了海莲娜因乳房肿块而需手术,在上一部书中她对此事也有提及。‘一切都是这样:安戈搬来搬去。那颗球状的东西,在喉咙处。’”

皮埃尔·阿苏里纳写道:“不可否认,克里斯蒂娜·安戈会从别的角度去看这些事。在她看来,她没有错,她出版的是一部著作。”很有意思,“著作”(livre)这个词出现在这里,而我们差点把它

---

① 克里斯蒂娜·安戈:《孩子们》,巴黎:弗拉玛利农(Flammarion)出版社,2011,第 186 页。

② 记者兼小说家,生于 1953 年。——译者注

给忘了，在很长的一段时间里，我们说的只是“bouquin”（闲书）。“著作”这个词恰到好处地突然冒了出来，凭着它的威信，凭着它的象征性资本，尤其凭借了往昔先锋人士留下的遗志：当一部著作涉及的是文学，它便拥有更多的权力，换言之，它拥有更多的自由，它并不是对现实的依葫芦画瓢，而是远离现实世界的一项工程、一座
160 建筑、一座教堂。安戈、马拉美、普鲁斯特，同样的战斗①。

冤冤相报的文学体裁已经彻底地被升级至二十一世纪的艺术精品，也可以说，它被完美地提升至了共和国体裁，尤其是当我们看到最近刚出版的法国畅销书**《感谢这一刻》**（*Merci pour ce moment*）的好评如潮。在这些评论中，我挑选了以下这篇刊登在瑞士法语区某周刊上的文章，它对此书做出了肯定，并认为法国不应该因此而担心其在国际上的文化声誉。文章标题阐明了此篇文章的本意：“献给以隐私为武器，用当代语言说话的瓦莱丽（Valérie）”。这个标题完全可以一字不差地用在克里斯蒂娜·安

---

① 本书于2017年3月27日完成，正逢克里斯蒂娜·安戈于2017年3月23日在《政治节目》（*L'Émission politique*）中亮相之后，再一次为《解放报》（*Libération*）撰写文章的日子。当时，这档节目的应邀嘉宾为弗朗索瓦·菲永（François Fillon）。看来，我紧跟时事，而时事可以取代我去撰写本书的续集。我们是否还记得，还是我们已经忘记？某些人认为，再一次因造谣中伤而被卷入官司的安戈在节目中（我们的这位鲁莽的殉道者是否在自找麻烦？），又想置弗朗索瓦·菲永于死地。安戈指责菲永援引法国前总理皮埃尔·贝雷戈瓦（Pierre Bérégovoy）的自杀事件完全是为了以自杀作为要挟：她的怜悯程度倒是完全可以和阿尔迪松媲美。这期间，节目主持人大卫·普加达斯（David Pujadas）一直持默许状，只有当在场的菲永拥护者为其首领的反驳拍手叫好时才提出异议（他义愤填膺地喊道：“你们以为这是在演戏还是什么？”）。另一些人，当然也包括安戈自己，觉得安戈在节目中的亮相预言了文学突然闯入了政治官话，或者说，以人民的名义，呼喊文学在政治官话中骤然出现，总之是具有雨果风格的。同时，安戈的出现也意味着她本人的必要真实性突然出现在政治官话中：“电视屏幕前有成千上万的观众和我一样，”安戈用手指指着普加达斯说，“他让我来是因为他不能说出我想对您说的话。”如果我试图对这两种不同的看法做一个概括的话，那么我的结论是：按照景观规则，维克多·雨果就像詹姆斯·邦德，如今拥有了杀人的权利。这也正是我们希望作者所具备的才能，某些作者可谓如鱼得水，或至少也是一丝不苟。

戈的下一部小说，更何况撰写此文的作者也很欣赏安戈。我们再来看看文中的这一段："那些反对销售此书的书店，借口说不想去洗这对旧情人脱下来的脏衣服，不想成为他们的洗衣机，这实在是太妄自尊大了！古往今来，见证性文学一直是文学的主要体裁之一，圣人的生活从来就没有其他的目的！特里耶韦莱太太（Mme Trierweiler）是否冒险用了天真而歇斯底里的风格，以及后青春派的手笔来吸引读者，这无关紧要：这本书并不是为文学评论而写的。这本书在形式上所暴露的缺点恰恰就是其内在的力量：那些批评此书风格笨拙、缺乏条理、风格乏味的媒体完全搞错了，它们就如同那些书店，要求顾客宁可购买巴尔扎克或艾曼纽·卡瑞（Emmanuel Carrère）[①]的最新作品，也不要购买此书。"[②] 161

"圣"瓦莱丽、"圣"塞利纳（Louis-Ferdinand Céline）、圣奥古斯丁（saint Augustin），同样的战斗，但不要忘记这里还得添上一个"圣"克里斯蒂娜·安戈。我们可以想象安戈在电视演播室里，用类似的独白反对文学泰斗，驳斥出版社和评论家，因为他们拒绝将其作品列入史记式的冤冤相报体裁，也因同样的理由，拒绝将它们列入圣徒传记。生活在我们这个时代，要慷慨地牺牲自我，还真不那么容易。大家从这个角度还可以看到，安戈的立场就是用"超越文学"去取代文学：巴尔扎克，够了！艾曼纽·卡瑞（他又来这里凑啥热闹？），够了！迫使大家阅读的学究气评论，够了！为生活写作，为景观写作！

顺便还可以提一下，自 2013 年**《美女与野兽》**（*Belle et bête*）问世后，也是以上这本杂志突然有了一个绝妙的想法：雇佣此书的作者玛塞拉·雅克布（Marcela Iacub）来担任每月专栏撰稿人。如此

---

① 作家、编剧兼导演，生于 1957 年。——译者注

② 《周刊》（*L'Hebdo*），2014 年 9 月 10 日。

合理的编辑策略，值得称颂，因为大家还记得《**美女与野兽**》涉及的是多米尼克·斯特劳斯-卡恩（Dominique Strauss-Kahn）[①]的隐私，只有他自己才知道究竟发生了什么，才会最终被弗朗索瓦·奥
162 朗德（François Hollande）取代。总而言之，瓦莱丽·特里耶韦莱与共和国前任总统有关，而玛塞拉·雅克布则与 DSK 有关。在刊登在《**费加罗报**》（*Le Figaro*）的访谈中，雅克布这样说道："多米尼克·斯特劳斯-卡恩之所以有创新性和艺术性，是因为美。这种美属于猪，而不属于人。作为人，他是如此可怕，可作为猪，他却如此美妙，即便他是猪。他是一个龌龊的艺术家，一个卑鄙肮脏的诗人。"[②]兜兜转转，我们好似又回到了起点，DSK 是龌龊的艺术家，卑鄙肮脏的诗人，而克里斯蒂娜·安戈也许会淳朴地将他说成是垃圾。

作为结论，我们在雅克布的这段话中还可以找到一种有意思的错位：诗人，正是 DSK，而不是雅克布女士，她有节制地巧妙运用了各种手法将自己消失在客体之后。这有点像克里斯蒂娜·安戈曾经宣布"垃圾女皇"不是她自己，而是埃莉丝·毕多瓦。从中我们可以得出一个双重结论：一方面，好像从今往后，我们在象征性处决和冤冤相报的体裁中死去，我们究竟在故事中是主体还是客体，究竟是牺牲者还是刽子手，相对来说，无关紧要。无论是谁在讲述，谁在斗殴，只要有垃圾，那么同时也就有了诗歌。对牺牲者的再现和对自我牺牲的再现，二者最后（冤冤相报）的结果是一样的。

如果真是这样的话，如果猪可以取代诗人，那么另一个结论就是：牺牲性色情文学**无须作者**，他不仅可以被无论哪头猪取代，而

---

① 因为他的名字很长，所以大家一般将其称为 DSK。——译者注

② 《费加罗报》，2013 年 2 月 21 日。

且也可以被无论哪位准备做出自我牺牲的记者取代，于是自然而然地，作者变成了真人秀或脱口秀节目的主持人，变成了编排象征性处决的，并且带有羞辱性、攻击性和揭露隐私等场面的导演，更何况，这些都是随时随地准备寻欢作乐的人。最后的结果是：景观 163
性作者在景观中瓦解，这也是最终可能的最好消息。

凯瑟琳·米耶让我们害怕，之后又让我们安心

一开始，是男士们拉开了舞台的帷幕，可后来，好像都是女士们在舞台上翩翩起舞，成全了景观。塞尔日·杜布洛夫斯基应该会对此表示怀疑，但无论如何，他非常清楚该如何将女士们推上舞台，让她们付出代价。

我们刚才对克里斯蒂娜·安戈做了分析，当然还存在其他作家，接下来我们会对其一一探讨：首先是凯瑟琳·米耶（Catherine Millet），然后我们去德国看看夏洛特·罗奇（Charlotte Roche），之后再回到法国看看克萝艾·德娄姆（Chloé Delaume）和安妮·艾诺（Annie Ernaux）。棘手的问题是：这些作家难道与勇敢的安戈、米耶一样，比其他人更勇敢，更擅长"真实性"？她们是否更有勇气用自己的亲身经历去刺破文学的屏障？她们是否比其他人更热衷于"真实性"？

或者她们的这些勇气，来自一种直至今日都一直存在于西方文化的女性压抑。这种压抑让她们在表达中非常愤怒；让她们产生了一种原女权主义或后女权主义的决心；让她们去打破最稳固或最肮脏的禁忌。这种愤怒和决心，我们无法在男性身上找到，难道他们安逸地生活在属于他们的世界里？有时我会这么去想，至少当我忘记这种愤怒的表达方式时，忘记得到各方认同的这种"真

实性”正是景观的核心时，忘记正是这些“各方认同”在不同的程度上制造了景观时，我都会这么去想。

这里所提及的女性都是获得成功的作者，她们享有或曾享有
164 的知名度让人叹为观止。所以，她们是当代文化工业的标志，她们写的是畅销书，这些书被翻译成多种语言，而且有些还被改编搬上了银幕。她们在传媒中亮相，会在作品出版之际在不同的电视演播室作巡回“演出”。当我们想到牺牲性色情文学，或更笼统地说，当我们想到景观时期的创伤文学，以上这些现象便立刻浮现在我们的脑海里。从这个方面来看，至少我们可以说：“追求真实”“追求景观”，二者缺一不可。

而这些作者的作品常常引起的辩论和争议，也说明了一种矛盾。一些往往思潮前卫的人，当然，这里指的是广义上的前卫，他们对“自我虚构”这一新生事物做出了肯定，对其拒绝文学常规予以鼓励，对或多或少不可抗拒的写实主义表示欢迎；而那些“传统主义者”(traditionalistes)则大声抱怨“自我虚构”的商业性传媒效应，抱怨其俗不可耐，当然也抱怨其根本就不是文学。我们会看到这种境遇的讽刺性：“传统主义者”，简言之，就是往昔先锋派象征性资本的支持者，而他们现在则用这样的象征性资本去反对当下的前卫人士。当然，后者似乎并不觉得克里斯蒂娜·安戈或凯瑟琳·米耶的商业性成功有什么问题；当然，我也不认为这种成功有什么问题。但还是应该问一问为什么“女性”让景观变得如此生龙活虎(或者，为什么“女性”在景观里如此生龙活虎)。

在不排除其他重要假设的前提下，我提出一个初步的假设：女性身体是牺牲性文化中最理想的载体，或者，就是上述的牺牲性色情文化最理想的载体。它要比其他任何身体，不管怎么说，要比任何一位男性的身体更具牺牲性，而构成景观的，便是牺牲性。无论涉及的是隐私、侵犯(强奸)、侮辱或高潮(至少依据精神分析学家

的理论，也许正因为从本质上来说，高潮是女性化的，因而它最终
可以逃避景观，因为它是肉眼看不见的），女性身体总有一种牺牲
性的潜力，这是男性所缺乏的或不再拥有的，除非他的身体趋于女 165
性化。在色情电影里，女性演员总是处于镜头的中央，引人注目，
因为大家想看的是她，是她让大家着迷，通常也是她，在隐退之后，
有时还会获得一个真正的“灵晕”，一个倍受诅咒而又光芒四射的
偶像光环。男人则在镜头的边缘，时常我们看不到他们的脸，他们
被忽略。同样，也很难想象男版的**《乱伦》**或**《凯瑟琳的性爱生活》**
（*La Vie sexuelle de Catherine M*）[1]会成为畅销书。

因此，女性身体的牺牲性潜力与景观需要的牺牲场面是一致的，即便二者在本质上非常不同。所以，除了真实性，除了拒绝感情主义——安戈和米耶甚至认为感情主义会步入老掉牙的浪漫程式——她们二人实在没有什么共同之处。一个是彻头彻尾地打着牺牲者之牌的安戈，或更确切地说，她屡次三番地描述刽子手和牺牲者的局面；而米耶则在**《凯瑟琳的性爱生活》**中，远距离地描写了一种相当亢奋的性生活，一种好像脱离所有利弊权衡，脱离所有情感的性生活，所以从逻辑上说，此书中缺少的是浪漫式的情感建构。

走出安戈的权衡利弊和她的苦楚，面对我们的，是米耶“昆虫
式的冷漠”。有些人对这种昆虫式冷漠的性描写欣赏不已，而有些
人则认为那是毫无意义的，或认为那只是一种自娱自乐。“昆虫式
的冷漠”好像也正是凯瑟琳·米耶让大家吃惊的地方，这不仅体现
在她的书中，而且当她在电视节目中讲述其作品时，她也保持着这 166
种冷漠。

2001 年 4 月 6 日，轮到她出现在**《文化高汤》**里了。大约也就

① 凯瑟琳·米耶：《凯瑟琳的性爱生活》，巴黎：塞伊（Seuil）出版社，2001。

在三个星期前，**《阁楼故事》**第一季里的美丽的萝安娜（Loana）因选择和一位年轻男子在镜头面前做（性）事而夺冠，而那个男子则在历史的长河中被遗忘。当然，这仅仅是一种巧合，谁又会心怀鬼胎，认为电视真人秀与（尤其是前卫的）文学之间会有什么关系？更何况凯瑟琳·米耶也知道应该以何种姿态出现在电视荧屏上，就如同她也知道该如何驾驭她的笔杆和笔风，其坚忍和犀利的风格受到文学爱好者的认可。她不是一个在回答第一个问题时就会说同事坏话的人，也不是一受打击就会离开电视演播室的人。电视里的凯瑟琳·米耶在叙述其丰富多彩的年轻时代时，也是一副冷漠的样子。没有什么能够让她感到局促不安，当然也没有什么能够打动她。

那么我们会问，难道不应该将**《凯瑟琳的性爱生活》**看作一部与牺牲性色情文化完全背道而驰的作品吗？因为从景观性的角度来看，整个故事（也几乎只有一个故事）总地看来，平静地在自由且默契的成年人之间展开，他们的交媾就像大家去商店购物一般平常。即便这部作品拥有雷电般的媒体成功效应；即便它拥有二百五十万读者，但也不能完全肯定它就是一部颠覆景观文化的作品。此外，我们还可以提出异议，如果不是米耶出彩的文笔和故事结构，我们也看不出这本书和其他色情书籍有何区别：除了在任何时候都可以在“可以”的人物之间展开的性关系，没有情感，没有欲望，什么关系都没有，就好像一部色情影片或一本色情书，性关系被逐字逐句地描述下来。

167 所以，我们看到的依然是类似色情的东西，至少很多评论也是这样认为的，更确切地说，我们看到的，是与 VHS 时代所强调的剧情和笨拙虚构完全疏离的东西，而这种疏离也是因互联网造成的。至于牺牲精神，难道不就是在凯瑟琳·米耶的冷漠中寻找吗？她用她的冷漠来叙述事实，就如同她以她的冷漠亮相于媒体。“曾经，我是一尊静止的偶像，刹那间被一连串忠实读者膜拜。”[1]毋庸置疑，在凯瑟琳的性生活中，有某种神圣的东西，当她成为偶像时，她是神圣的，只有她在亮出，其他男性则躲在车库的暗处，他们是一些简单的编号，或者他们以号码和系列的形式被串在一起。这尊偶像是凯瑟琳的化身，因为她具备这种让大家着迷的能力，这种不在场的、缺席的、让自己虚无的、让自己厚颜无耻的，“尽可能”达到“堕落”[2]的能力。

凯瑟琳·米耶让我们害怕，因为她有这种能力去自我牺牲，就如同她有能力让她的主体为机械性的纵欲而服务，有能力让主体剖开自己的身体、打开自己的洞穴为他人服务——这倒也符合萨德（Sade）的想象，而达尼-罗伯特·迪富尔（Dany-Robert Dufour）也曾经论证了这一想象和（新）自由主义者思想的雷同性[3]。或更准确地说，因为凯瑟琳有分身术：一个是在纵欲享乐中让自己变得廉价、变得虚无的自己；另一个则好似在观看一场景观，她在看，她在写，保持着距离。“写一本书，将第一人称降至第三人称。当我越来越详尽地描写我的身体和我的行为时，我便越来越远离自 168
己”[4]：从马拉美到巴特，“作者”必须消失，让文字做主，让语言说话。贝纳尔·毕佛在某个专栏节目中称赞凯瑟琳·米耶无法挑剔的十八世纪语言风格。可是恰恰相反：书中只有作者邀请我们去观看景观，观看她以一个牺牲者的角色讲述她的幻灭，讲述她在复活之后，成为偶像，在暗处被无名人士包围和崇拜。

这种牺牲性与凯瑟琳·米耶的内心深处有关，与一种内在性

---

① 凯瑟琳·米耶：《凯瑟琳的性爱生活》，巴黎：塞伊（Seuil）出版社，2001，第131页。

② 同上，第118页。

③ 达尼-罗伯特·迪富尔：《变态之城》（*La Cité perverse*），巴黎：德诺埃（Denoël）出版社，2009。

④ 《凯瑟琳的性爱生活》，同上，第187页。

有关，所以甚至可以说，与一种隐私有关，但与我们看到的表象则恰恰相反，这一隐私完全在“逃避”。书中大部分性场面发生在公共场所，或半公共场所，这并非偶然：永远不**“在我家”**（chez moi），永远不**“在屋里”**（à l'intérieur），在凯瑟琳·米耶的世界里没有室内。这只不过是一场景观，我在里面，我是空的、虚无的，我之所以不在，是因为我不在里面，是因为我与这场景观保持着距离，所以才会有景观。不管怎么说，景观要的就是这个，让主体变得虚无。如果所有人都愿意玩消除主体化的游戏，愿意牺牲不可见人的隐私、让自己变得透明，甚至有可能的话，愿意在车库或公园纵欲，那么景观将变得非常完美。重要的是，不要想太多，景观最怕的就是这个。而有一件事我们不能去责怪凯瑟琳·米耶，就是她并没有真正出卖自己。

尾声：七年后，凯瑟琳·米耶出版了**《痛楚的日子》**（*Jour de souffrance*）①，她用依然细腻的笔调描写了她的嫉妒和羞愧。在放荡不羁的岁月里，她因伴侣的不忠而嫉妒，又因嫉妒而感到羞
169 愧。贝纳尔·毕佛在2008年9月3日出版的**《星期日报》**（*Le Journal du Dimanche*）专栏文章中对此书做了以下结论：“凯瑟琳·米耶，一位将现代艺术理论抛在脑后的知识分子，她尽量用自己不可逃避的坦陈，揭露了积聚数年之久的云奔潮涌的内心痛楚。对于雅克·亨里克（Jacques Henric）来说，毫无疑问，这是一本有关爱情的书。于我们来说，米耶躺在我们这些业余精神分析师的长沙发上，娓娓道出了她的忏悔，她并不像我们在**《凯瑟琳的性爱生活》**中所看到的那样冷漠和厚颜。我们被感动了吗？没有，轮到我们坦白了：我们被安抚了。”

---

① 凯瑟琳·米耶：《痛楚的日子》，巴黎：弗拉玛利农（Flammarion）出版社，2008。

为什么我们曾经担心，甚至害怕呢？为什么我们现在又被安抚了呢？有一点是可以肯定的，因为我们在偶像面前卑躬屈膝，因为这尊偶像让我们想起那些英雄儿女的自我献身，他（她）们让我们畏惧也让我们敬佩。他（她）们敢做的是我们永远都不敢做的，他（她）们的英雄主义就如同他（她）们的卑劣一样让我们觉得惭愧。现在我们被安抚了，因为凯瑟琳·米耶，她和我们是一样的，她像我们一样，也有妒忌、有痛楚、有激情，并非如此冷漠。我们曾经认为，如此一尊偶像，她只存在于公共场所，她没有隐私、没有内在、没有廉耻、没有惭愧。而现在，惭愧回来了，嫉妒的她，曾经隐藏的东西正是隐私和主观性。我们放心了，主体米耶回来了，但好像也是剧终时的吹哨叫好，景观就此落下帷幕。从景观的成功性角度来看，**《痛楚的日子》**远不如**《凯瑟琳的性爱生活》**。

德国式的卑劣 170

好像很自然，作者景观化这一现象并不仅仅是法国的专利。作者的景观化之所以得到了公众关注度经济的支持，是因为公众关注度经济在全球传媒技术的大环境中找到了位置，而且也变得全球性。**《凯瑟琳的性爱生活》**或克里斯蒂娜·安戈的部分小说被大量翻译成了其他语言，就似乎可以证明这种全球性，就好像这样的作者可以是西班牙人、俄罗斯人或瑞典人。可她们是法国人，而且凭直觉，事情只能是这样，凯瑟琳·米耶不可能是西班牙人，克里斯蒂娜·安戈也不可能是瑞典人。

“景观”并不是法国的专利，但与其他国家的文学相比，好像法国文学受到文学景观化的影响更大一些，就好像“景观化”在法国文学领域里特别活跃。为什么？我们不能排除那是因为我对法国文学特别了解，所以这是一种出于个人观点的纯粹幻想。但另一个原因是，在法国，文学一直关乎重要的政治文化问题，由于“作者”(auteur)和“权威”(autorité)拥有相同的词根，所以(由专门从事权力研究的福柯发明的)“作者—功能”(fonction-auteur)一直是和真正的权威(autorité)联系在一起的，大家赋予(或想象的)“作者—功能”一种权力或一种接近权力的东西。而在其他更注重实用性的文化里，将书看成是诚实手工艺者或**艺人**(entertainer)产物的文化里，我们则找不到这样的权力。

当权力从书写的形式转至视听的形式，当权力被景观化，那么文学也需要紧随其后，这一现象在法国要比在其他国家更为突出。
171 更何况《**责问**》节目的推出，在当时就是一件国家大事，这档节目几乎成了权威机构，这让其他国家，尤其是英美语系国家倍感震惊：一档文学节目怎么可能会在国家电视台的**黄金时段**播出？也许法国作家曾经是，或者依然是世界上最上镜(télégénétique)的作家，但这也是以大量作家因电视而“基因突变”作为代价的。

唯一能与这种愈演愈烈的文化现象相提并论的，我认为，只有德国文化了。这不是巧合，也不会让人感到惊讶，因为毫无疑问，德国也是一个书的国家，或更确切地说，无论在文学界还是在知识界，它是一个重视“作者—功能”的国家。所以和法国一样，“作者—功能”也同样面临景观性的回收利用，近期出版的某些体现当今德国文学潮流的书籍便可证实这一点。这里我们以夏洛特·罗奇(Charlotte Roche)为例，她才刚刚起步的文学生涯，倒是可以和凯瑟琳·米耶或克里斯蒂娜·安戈有得一比。

2008年，当三十岁的夏洛特·罗奇因《**潮湿地带**》(*Zones*

humides)[1]而突然冒出时,她在景观方面已经相当有经验了,而且她也拥有雄厚的公众关注度资本。青少年时期的她喜欢戏剧,后来为了和朋友们组建摇滚乐队而离家,她又积累了很多“艺术”经验,众所周知的一次好像是她在自残后用鲜血作画,可能是为了向过时的维也纳行动派艺术家(actionnistes viennois)致敬,又或许是为了向热衷舞台圣体圣事表演的艺术家致敬:这是我的身体,这是我的血,这是我的景观,它由“真实性”作担保。总之,为了引起大家的注意,她付出了一切,当然也吸了不同的毒品,将整个脑袋剃 172
光,当然后来头发又长出来了。她的**学徒生涯**(Lehrjahren)洋溢着一种牺牲和自我毁灭的味道。为了让这个生涯更加完整,我们还可以再加上一条:她的亲弟弟和同母异父的两个弟弟在参加姐姐婚礼的路上,全部死于车祸。

如此重创并没有让夏洛特·罗奇错过有一天可以穿上“作者外套”的机会,但一开始,文学并不在她的计划范围之内。**《潮湿地带》**并非出自一位文学酷爱者之手,也不出自一位专业审稿员之手。当然在过去,一位专业审稿员,在经过大量阅读后,又对自己的风格反复推敲而突然动笔写作也是可能的。《潮湿地带》则恰恰相反,它说明在景观时期,文学确实是一件业余爱好者之事。从今往后,我们一不小心就成了作者,或许也是因为我们对公众关注度已经有了点零星的积蓄,所以还需对其再投资。这便是夏洛特·罗奇的境况,1998年她就以节目主持人的身份出现在德国VIVA电视台。之后她又在很多电视节目担任主持,取得了或多或少的成功,同时也继续活跃在电影和音乐领域。

畅销书**《潮湿地带》**的销售量简直可以和**《凯瑟琳的性爱生活》**

---

① 夏洛特·罗奇:《Feuchtgebiete》,科隆:杜蒙特(Dumont)出版社,2008;法语版:《潮湿地带》(*Zones humides*),巴黎:阿纳贝(Anabet)出版社,2009。

媲美，而她的作者夏洛特·罗奇就是一头舞台上的野兽，在此书问世之前她就已经在(牺牲性的)公众关注度经济体制里跌打滚爬了多年。如果**《潮湿地带》**从形式上来看，是一部描写年轻女子海伦·梅姆(Helen Memel)的虚构作品，可是，作者却特别指出了其中的70%是她的自传，当然没有说具体哪些部分。如果夏洛特·罗奇说的是真的，那么我们读到的每一个情节就有三分之二的概率是真的。

173 如果她是法国人，她便可以引用"自我虚构"这个概念，那么我们可以认为，以上也是"自我虚构"另一个可能的定义：平均而言，"自我虚构"必须包含70%的事实。不是法国人的她，曾经满心欢喜地扯到了她的母亲，说不想让母亲阅读**《潮湿地带》**，自普鲁斯特以来便是这样：自传体(或自我虚构?)，妈妈是看不得的。但这很可能只是说说罢了，因为我们在夏洛特·罗奇的第二部"小说"中——法语为**《高潮晕厥》**(*Petites morts*)①——了解到她和母亲的关系，挑衅者罗奇之所以写**《潮湿地带》**，就是要给母亲看的，可以说，就是要让母亲去关注她。所以，我们并不太知道是否应该相信这被烙上"真实性"的70%。

不管怎么说，如果**《凯瑟琳的性爱生活》**的成功与凯瑟琳·米耶是法国最知名艺术杂志的主编有关，那么**《潮湿地带》**的成功，多半是因为夏洛特·罗奇是德国音乐、电视领域的偶像，而这两个圈子也确实让人心怡神悦。而夏洛特·罗奇的潮湿地带，也正是大家从今往后将要全部了解的，所以我们不会怀疑，我们不仅身处潮湿地带，而且无论如何，也是身处一片事实和幻想无法区分的地带。在这片地带，性欲的真相也正是对性欲幻想的维度：潮湿地带

---

① 夏洛特·罗奇：《怀中祈祷》(*Schoßgebete*)，慕尼黑：派珀(Piper)出版社，2011；法文版：《高潮晕厥》(*Petites morts*)，巴黎：弗拉玛利农(Flammarion)出版社，2013。

充满幻想,所以是自传性的、真实的。

对于那些不了解小说的读者来说,有必要回顾一下其大致的内容:这是一个用第一人称撰写的有关一位年轻女子的故事,因在 174
潮湿地带剃毛而导致魄门受伤的她,被束缚于医院的病床,因而开始了她充满细节的回忆:不仅是她所有的体液、分泌物,所有从她身体流出来的东西,还有所有进入她身体的东西,也就是他人的器官和物体,通过可能或想象出来的所有洞穴进入她的身体。诚然,这实在让人倒胃口,用德语甚至可以说太露骨了,这和传统的法国口味截然不同。但有时还是有必要的——为了反对强加于女性的卫生法,反对当代社会对女性的异化,所以要撰写反卫生的后女权主义宣言——这算不算一种借口?**《潮湿地带》**所描述的,是海伦(Helen)如何利用自己的身体去达到其唯一目的:性高潮。无论是当下的叙述,还是对过去的追忆,围绕的都是这同一个主题。所以,整个故事逐字逐句地沉浸于卑劣,或体现了卑劣,叙述者好像无法辨认除了卑劣、垃圾、排泄物、分泌物以外的任何东西,这些东西在她身体中流淌或从她身体中流出。

作者这样写道:"我是自身垃圾的吞噬者,我是身体分泌物的回收站。"[①]这句话非常具有代表性,所以也无须再引用其他的语句。这句话不仅说出了叙述者的日常生活主题,而且也总结了其作品的意图:无论如何都要将垃圾回收,然后将其转换成黄金般的公众关注度。罗奇和安戈——景观里最为珍贵的素材是屎,是内心身处的垃圾。罗奇、米耶和安戈——景观性作者,她卑劣,她和卑劣同流合污,而卑劣显然就是景观里的"黑色黄金",而且只有当景观假装掩盖大家从来没有看到或读到的垃圾和卑劣,大家才会觉得 175
景观从来没有如此有意思、如此真实。从这个角度来说,后女权的

① 《潮湿地带》,同上,第 120 页。

反卫生主义很可能陷入了一种非常诡异的境地：景观的背后是被Photoshop处理过的剃了毛的身体，而真正的景观则充斥着污垢。

《潮湿地带》在2013年被搬上了银幕，票房累计一百万，当然还是没有读者的数目来得多，但德国影业还是将此看作是一次巨大的成功，即便我们认为这个票房数目相对来说微不足道。其实，一开始让大家好奇的影片，竟然令人失望，甚至还让人感到有些不适。也许大家会在影院里剧烈呕吐，这倒和前面所说的景观原理相吻合，尤其和电影版的景观原理相吻合：只有当景观具有简单的物理刺激效应时，才会愈加显得完美。与第一批参加电视真人秀**《幸存者》**（或类似节目）的习惯吞食任何东西的选手相比，德国观众好像无法承受这样的恶心。但事实上，电影并不卑劣，如果它一字不差地按照书上所描写的，75%的特写镜头应该直对海伦的魄门艳遇，但远非如此，这样的镜头一个都没有。我们可以用百页的篇幅来描述魄门，但如果去拍摄它，便立刻会被列入三级，于是只能和文化赞助等之类的事情说再见。

所以必须承认，电影没有现实地去描写海伦的潮湿地带，而竭力对原作做了改编，并将原作的背景，也就是年轻女子的家庭故事
176 变成了影片的主题。整个叙述实际上是在海伦的期待中展开的，她的魄门之裂就好像是为离异父母的重归于好而做出的必要牺牲，也就是说，在她的病榻上重归于好，当然这永远不会发生。这里有必要给大家上一堂小小的德语课，德文“离婚”是**Scheidung**（分离）。“排泄”是**Ausscheidung**（也是“淘汰”的意思，比如这个词被用于电视真人秀节目）。**《潮湿地带》**便是一个有关**Scheidung**（分离）和Ausscheidungen（排泄）的故事。故事关乎一位年轻女子，她将自己和她的**排泄物**视为一体，因为她的父母选择了**分离**，因为对他们来说，孩子什么都不是，只不过是他们的**排泄物**；故事关乎一位年轻女子，她将自己和她的（大家都有的）**排泄物**视为了

一体，因为父母没有赋予“我”一个象征性的身份，而没有这个身份的“我”就是一坨屎。大家对**《潮湿地带》**的评价很坏，面对如此的低俗，大家都捂着鼻子，但我并不认为这部书很愚蠢。从某种角度来说，它道出了真相，或道出了景观所具备的可能条件，这部书作为叙述者的载体在景观里说道：卑劣是因为“传统的”象征性元素（家庭）受到腐蚀而造成的。也许无须再证实，当代景观性社会完全不需要“传统的”象征性元素①。

凯瑟琳·米耶的第二部作品揭露了与第一部完全背道而驰的事情，同样地，夏洛特·罗奇的第二部畅销小说**《Schoßgebete》**（《高潮晕厥》）中，从某种意义上说，揭露了第一部所隐藏的秘密。第二部小说的自传性维度与“自我虚构”相当吻合，这是再清楚不过的了，甚至就好像作者在完成**《潮湿地带》**后就再也无须遮遮掩掩，或
再也没有什么是可以失去的。**《潮湿地带》**中的纵欲描写大约确实 177
占了70%，其中偶像的纵欲也就是夏洛特·罗奇的纵欲，在第二部小说中又变成了伊丽莎白·可尔（Elisabeth Kiel）的纵欲。自此夏洛特·罗奇以个人的名义，不仅在二人世界里宣扬纵欲，而且在“后女权主义”维度里宣扬纵欲。

著名的德国女权主义者阿利斯·思娃茨（Alice Schwarzer）曾指责夏洛特·罗奇的随心所欲，她想抵制罗奇有点施虐受虐的行为，想禁止她在伴侣的陪同下，情愿或不情愿地出入妓院，而阿利斯·思娃茨的想法是错误的，因为就像大家在**《潮湿地带》**里读到的：从本质上来说，女人就是受虐狂。和凯瑟琳·米耶的**《痛楚的日子》**一样，夏洛特·罗奇在第二部小说中让主体回归，或者明确指出了所付出的代价：为了成为偶像罗奇，从孩提起就让主体罗奇

① 达尼-罗伯特·迪富尔：《神圣市场》（*Le Divin Marché*），巴黎：德诺埃（Denoël）出版社，2007。

付出代价。所以，罗奇应该可以将她所有的作品和行为，以《景观的实践和理论》为题汇编在一起，而其最可靠的原动力可能是价值标准的摧毁或家庭的破灭，这也正是**《潮湿地带》**的核心问题。

在**《高潮晕厥》**中，夏洛特·罗奇不得不和她的亲弟弟和同母异父的两个兄弟做最后的告别。这是一个巨大创伤：所有人都死于车祸，他们是在前往姐姐婚礼的路上遭遇车祸的（婚礼后来没有举行）。他们撞上了一辆横跨在高速公路上的公车或一辆油罐车，于是着火了，一切被烧毁，就连尸体都无法找到。整个家庭飞灰湮灭。这是大家可以想象的最为景观性的死亡，因为我们只能想象，因为我们必须想象，为了永恒，也为了让幸存者内疚，幸存者的内疚，也是永恒的。幸存者的内疚，与罗奇在享乐中的可观的晕厥能力截然不同，也是罗奇书中的另一个关键之处。还要指出的是，根
178 据自我虚构的规律来看，**《高潮晕厥》**里对亲弟弟和同母异父的两个弟弟的追忆导致了隐私方面的争议：罗奇的继父指责她利用家庭悲剧来达到某些商业性的目的。但死亡又真正属于谁？这个问题不太好解决，尤其当其涉及的是活人。

安妮·艾诺，被割的孩子

我知道，我不会在安妮·艾诺的粉丝圈里结交朋友：她就像皮埃尔·布尔迪厄（Pierre Bourdieu）献身社会学一样将自己献身于文学，怎么能把这样一位本真的作家与夏洛特·罗奇或克里斯蒂娜·安戈相提并论呢？这难道不是亵渎，或至少让我自己显得很没有品位？但如果是亵渎的话，那是因为大家会想象安妮·艾诺身上某种神圣的东西，而大家这样想也是有理由的。安妮·艾诺，她是一位圣女。如果某些人说，安戈、米耶或罗奇是多么让人厌

恶、让人感到卑劣的偶像，那么安妮·艾诺就有多么值得让人赞美，她被苦难圣化，她就像等待斯曼（Huysmans）的新圣女莉德温·德·希达姆（Lydwine de Schiedam）[1]（但我在前面就说过，于我而言，莉德温·德·希达姆还不如等待福楼拜）。所以，撇开安妮·艾诺作品显而易见的文学功底，我实在是别无选择。如果不讨论她的话，那么我的这本书就不够完整，因为无论大家愿不愿意，“神圣”和“牺牲”，毫无疑问是艾诺作品的核心，也让她与时俱进，与景观同步。

2003 年，安妮·艾诺发表了与弗雷德里克-伊夫·詹内特（Frédéric-Yves Jeannet）[2]的长篇访谈（其实是他们之间的书面交流）**《文字如同一把刀》**（*L'Écriture comme un couteau*）[3]。书名很 179
中肯，不管怎么说，它明确说明了艾诺的写作思想：对文字的想象，或者说，文字是（自我）伤害的工具，是忍受痛楚的工具，也是制造痛楚的工具。一方面，这是艾诺“真实性”的保障（我之所以真实，是因为我所写得很锋利）；另一方面，这也说明了这种“真实性”可能的前提条件（之所以锋利，是因为真实）。安妮·艾诺在访谈中不停地强调了这一点：她所写的不是“虚构”，也不是“自我虚构”，她叙述的一切都是真实的、确凿的，也就是说，完全是科学的、社会学的、普世的，即便她叙述的只是她自己：“玛格丽特·杜拉斯虚构了她的生活，我则相反，拒绝所有虚构。[4]”

---

① 若利斯-卡尔·于斯曼（Joris-Karl Huysmans，1848—1907）曾经为圣女莉德温·德·希达姆（1380—1433）写过传记。——译者注

② 墨西哥作家，1959 年生于法国，1977 年去墨西哥定居，十年后获得墨西哥国籍。——译者注

③ 安妮·艾诺：《文字如同一把刀，与弗雷德里克-伊夫·詹内特的对话》（*L'Écriture comme un couteau. Entretien avec Frédéric-Yves Jeannet*），巴黎：伽利玛出版社，“Folio”丛书，2011。[第一版于 2003 年由巴黎：斯托克（Stock）出版社出版。]

④ 同上，第 85 页。

一边是撰写虚构的作家，他们在编织生活或小说，另一边则是反对这一切的安妮·艾诺，她道出了真相，道出了她的真相，所以也道出了世界的真相。安戈也许会说："我，是真实的。"艾诺会说："我，比真实还要真实。"詹内特对艾诺的书写、探求、（自我和对他人的）认知这三者的关系这样总结道："我所领悟到的是：远离了所有宗教背景，远离了耶稣基督对法利赛人的规劝，'真理必叫你们得以自由'。"①从虚构中挣脱出来，通过拒绝虚构而获得自由。但詹内特是否确信：难道这样就意味着"远离了所有宗教背景"？如果没有一位准备挨棍棒（刀子）的殉道者，那么真理是否会让大家
180 得以自由？如果没有人做出自我牺牲，那么真理是否有可能得以实现？如果没有（自我）剖割的人，如果没有负罪的人和内疚的人，那么如刀割般的写作是否还有可能？

不管怎么说，获得自由毕竟是一个非常缓慢的过程，更何况，负罪感也是安妮·艾诺的写作动机之一。比如她在和詹内特的对话中就这样承认："渴望写下'一些危险的东西'，我从中也看到了一些其他原因，这些危险的东西和我的背叛密不可分，我背叛了本属于我的社会阶层。我有一份'奢侈'的工作——能够用生命的大部分时间去写作是多么奢侈，即便这也很痛苦。所以，能够'赎罪'的办法之一，就是让这份工作没有丝毫舒适感，让我付出代价。我，从来没有干过体力活。②"我写作，所以我有罪，所以我必须付出代价去写作，也就是说，做出自我牺牲，在道出真相和"耻辱"（这将成为她某本书的名字）的同时，我选择的是真相带来的不安，而不是虚构和想象世界带来的安逸。安妮·艾诺的所有作品都拒绝虚构。一刀一刀割出来的真相，也是一刀一刀的痛楚和愧疚。访

---

① 同上，第74页。原句出自《约翰福音》："你们必晓得真理，真理必叫你们得以自由。"——译者注

② 同上，第48—49页。

谈中的一段也证实了这一点："一方面，我觉得在写作的过程中，我感到一种危险存在的必要性，就像莱里斯的'公牛触角'。我刚才所说的充满想象性的这种危险，的确在'引导'我，我在书中用第一人称'我'找到了这种危险，这个'我'清楚地体现了我本人，这个'我'拒绝所有的虚构。'危险'曾经是困难的——在很长一段时间里，我觉得那是不可能的——我不可能提及父亲在我十二岁时的疯狂举动，但有一天，我做到了。这更证明了那的确是'我'。[①]"

受到莱里斯的影响？可莱里斯，即便他喜欢神圣、爱好牺牲， 181
也对出尔反尔和讽刺相当在行，而且他也很清楚，他甚至从来都没有受到公牛触角影子的威胁。为了付出代价，莱里斯必须周而复始或无止境地重起炉灶。这种无止境或出尔反尔，简言之，就是文学的精华。而在艾诺身上，则恰恰相反，既没有出尔反尔，也没有讽刺。在愧疚中写作，这显然是在与自己斗争，或与自己的亲人斗争，比如在父亲的"疯狂一刻"，我面对自己，我用刀割般的文字来剖割。我面对自己、反对自己、反对他们，因为我所写的，是绝对耻辱的，所以也是绝对真实的。在**《耻辱》**(*La Honte*)中[②]，有父亲的疯狂一刻，它差一点将母亲击毙。以牙还牙，这就是创伤性文学的要旨。

我写作，所以我是有罪的，所以我用刀割般的文字来赎罪。但也正因为我**已经**，或就像过去在解构主义时代所说的"已经永远"(toujours déjà)是有罪的，所以我写作。那么，又是什么罪？

2011年，在一位年轻编辑的建议下，安妮·艾诺出版了**《另一个女孩》**(*L'Autre Fille*)[③]。整部作品以书信的形式献给她出生之前就已经去世六年的姐姐："这封信，**《另一个女孩》**，是想思考那些

---

① 同上，第102—103页。

② 安妮·艾诺：《耻辱》，巴黎：伽利玛(Gallimard)出版社，1997。

③ 安妮·艾诺：《另一个女孩》，巴黎：尼尔(Nil)出版社，2011。

无法思考的事。天堂的孩子，'圣女'，而我曾经不能提起她。我要让大家知道，她的死和我的信仰交织在一起，我的信仰成就了我的文字，成就了我这个'幸存者'。[1]"艾诺和夏洛特·罗奇：两位都是
182 幸存者。在我之前，存在另一个女孩，另一个圣女，因为她，我的幸存是有罪的，我因占据了她的位置而有罪，我在无法思考的位置思考我所在的位置，这个位置的我，有着双重含义。我占据的位置不是我的，除了背叛我的亲人，除了让自己深陷于负罪感，除了用刀割，除了文字，还能怎样？所以，艾诺提供的这把"钥匙"让我们理解了她的作品，这把"钥匙"合理明确而又令人震惊。

我们可以说，安妮·艾诺生活中的一次重创事件发生在她出生的六年前，而这起事件则将她的出生转换成了一种永远无法逃避的牺牲。事件：孩子死了，之后其他事件又接踵而至，尤其是六十四年后，在一部取名为**《事件》**(*L'Événement*)[2]的作品中，艾诺讲述了一个遭了罪的孩子的故事，一个在出生之前就被割的孩子的故事：这是她在1964年经历的一次非法堕胎的故事。故事的最后以无法承受的场面而告终：没有成为母亲的她，沉浸在鲜血和罪恶里。艾诺和吉贝尔(Guibert)：这也是我的身体，这也是我的血，这是我的殉难，我神圣的标签："我在房间里聆听巴赫的**《圣约翰受难曲》**(*La Passion selon saint Jean*)。福音传教士用德语咏唱着基督受难曲，孤寂的声音由弱渐强，我觉得好像我在十月至一月所经历的苦难，正用另一种语言向我娓娓道来[……]。我走在大街上，我的身体里藏着这个在1月20日至21日夜晚发生的秘密，它如同一件神圣的东西。我并不知道在那个时候我到底是处于恐怖的

---

① 《文字如同一把刀》，同上，第147—148页。

② 安妮·艾诺：《事件》，巴黎：伽利玛出版社，"Folio"丛书，2001(第一版，巴黎：伽利玛出版社，2000)。

尽头还是美丽的尽头。[1]”

我在福音传教士的叙述中，在一种陌生的语言中，听到了我的故
事，我还需去熟悉这一语言，三十五年后轮到我去使用这一语言。我 183
的内心藏着一个神圣的秘密，藏着一件离我而去的，被牺牲了的东西。在之后的几页，这件东西被证实是让写作质变（transsubstantiation）[2]的必要“赌注”：“我终于用文字去叙述，叙述对我来说，就好像是一次完整的人性感受；一次对生命、死亡、时间、道德、禁忌和法律的感受；一次从此端至彼端跨越躯体的感受[……]。而我生命的真正目的也许就是：让我的身体、我的感受和我的思想成为文字，也就是说，成为一种大家可以感受得到的，普遍的东西，而我的存在也在其他人的思想和生命中完全溶化。[3]”生命在哪里，那么幸存则必须以溶解生命、牺牲生命的形式出现。而如今，溶解的生命、牺牲的生命又会注定停留在他人的思想中，永远停留，谁知道！这不禁让我想到，大家公认的艾诺的文学功底与她很多作品中的牺牲性维度有关，而牺牲性维度则这让她的作品显得与时俱进。不管怎么说，安妮·艾诺赋予了景观作家一丝贵族气息。

窥视残杀的克萝艾·德娄姆

从作者景观化的角度来看，有很多理由可以将克萝艾·德娄姆（Chloé Delaume）纳入我们的“旅游景点”。首先，她看上去显然

---

① 同上，第118—119页。

② Transsubstantiation是一种超自然的现象，字面意思是：一种物质转化为另一种物质。在基督教中，这个词意味着在圣体圣事期间，面包和酒变成基督的身体和血液。——译者注

③ 同上，第124—125页。

就是广义自我虚构的家庭成员之一，更何况，在**《“我”的规则》**(*La Règle du Je*)中，她明确提出了“自我虚构”体裁，也将其提升至了理论性的高度[1]。而米歇尔·莱里斯就好像明摆着是“自我虚构”
184 的幽灵。在这部作品中，克萝艾·德娄姆特别强调——大家会看到她的有力证据——自我虚构是对一个身份的再创造，也是一种实践。在实践的过程中，她的化名无论怎么说体现了一种征兆：通过写作，原名纳塔莉·达莲(Nathalie Dalain)变成了克萝艾·德娄姆(Chloé Delaume)，成了鲍里斯·维昂(Boris Vian)和安托南·阿尔托(Antonin Artaud)的“女儿”[2]。接下来必须承认的是：她出生于一个看上去相当糟糕的家庭，所以我们又回到了大家所熟识的境遇。当我们在网上寻找有关萝艾·德娄姆的资料时，我们很快会遇到塞尔日·杜布洛夫斯基、克里斯蒂娜·安戈，甚至安妮·艾诺——这可不是我瞎编乱造的，我向艾诺的粉丝表示歉意。我们依然可以对作者景观化现象的存在做出驳斥，但谷歌算法好像对这样的作者了如指掌，知道所涉及的是什么，就好像已经读了我的书，所以本书的用途也相当可疑。如果算法也读过德波、理解德波的话，那我也就没啥可做的了。

然后我们会进一步看到，在克萝艾·德娄姆的创作过程中，有一种景观往往特有的“**事件性**维度”(dimension événementielle)。白纸上散落的诗歌，沉思和孤独的阅读，与这样的阅读相比，这种“事件性维度”更适合电视。这种维度在她的某些作品中很突出，当然，我们在本书提到的其他作家中也能够找到。安妮·艾诺的

---

① 克萝艾·德娄姆：《“我”的规则，自我虚构：随笔》(*La Règle du Je. Autofiction: un essai*)，巴黎：法国大学(PUF)出版社，2010。

② “克萝艾”是鲍里斯·维昂《岁月的泡沫》(*L'Écume des jours*)中主人公的名，“德娄姆”则来自安托南·阿尔托的《艾尔和奥姆》(*L'Arve et l'Aume*)主人公的姓。——译者注

有关非法堕胎的《**事件**》被翻译成英语 *Happening*（偶发事件），我提及这一点，并不是想说明安妮·艾诺所经历的堕胎具有一种**偶发事件**的价值，即便这一事件确实让景观性的牺牲（sacrificiel-spectaculaire）变得相当靠谱，我之所以提及这一点，也是有点事后诸葛亮，因为克萝艾·德娄姆曾经尝试过**偶发艺术**和表演艺术（performance，也包括音乐和歌唱），而表演艺术也止好构成了景观文学的焦点。

在文学、戏剧和艺术的交汇之处，表演艺术和**偶发艺术**从六十 185
年代到现在，一直是“亲历艺术”（art vécu）最理想的表达方式，这种艺术因其肉身化而具有真实性。就如同其他很多领域，当前卫艺术不再景气，表演艺术和偶发艺术中的肉身也随之消失。但肉身并没有消失在所有的领域，在当代景观领域里就没有消失。克萝艾·德娄姆是阿尔托的“女儿”，而阿尔托（Artaud）是六十至七十年代仪式表演艺术（l'art rituel-performatif）的精神之父，所以她的一只脚一直深陷于往昔前卫艺术钟爱的表演实践。和本书提到的其他作品相比，德娄姆的作品，就像她自己有时也会强调的：无论怎么说，是最具实验性的。但同时，她的作品毫无疑问也是最具反思性的，它们对景观所具备的可能条件做出了系统性的反思。克萝艾·德娄姆不停地**挖掘**（explorer）着景观的潜力，她要比其他“家庭”成员（当然，除了艾尔维·吉贝尔）更有意识，也更一丝不苟。我这样说，不仅是因为她对表演艺术和戏剧感兴趣，而且也因为她出版了《**我住在电视里**》（*J'habite dans la télévision*）[1]。是的，克萝艾·德娄姆住在电视里，她在电视里写作，在景观里写作，她好似被景观幽灵萦绕，但反过来说，她的幽灵也萦绕着景观，她

① 克萝艾·德娄姆：《我住在电视里》，巴黎：J'ai lu 出版社，2009（第一版，巴黎：伽利玛出版社，“Verticales”丛书，2006）。

制造景观。她身处景观就像景观也是她把玩的一件东西。

《我住在电视里》关乎两样东西，或更确切地说，关乎让人吃惊的两种完全重合的观点，我们在这里做一下分析。一方面，从如今电视对我们的影响程度来看，克萝艾·德娄姆是唯一一位没有将电视看作一件司空见惯的，好像大家都对其了如指掌的事物；另一
186 方面，她对电视真人秀节目的牺牲性维度，也就是对谋杀性维度特别敏感，这尤其体现在她书中的最后几章。在讨论牺牲性维度时，她对一位波斯尼亚难民做了追忆：他报名参加了瑞典版**《幸存者》**的电视真人秀节目，因制片人“割去”一些素材而将其变成了坏人，于是他自杀了[1]。接下来，克萝艾·德娄姆用“渴望被锯成段的鲜肉”(viande fraîche avide d'être tronçonnée)[2]来形容电视真人秀的选手们，因为他们将自己的十年肖像权直接转让给了制片公司(Endemol 集团)。

在克萝艾·德娄姆的作品中(就像艾诺的作品)，割剐是家常便饭，她也紧紧地抓住了景观的牺牲性维度：“他们在‘我同意成为研究对象’的合同上签字。自此，他们为了争夺**‘研究对象’**(Versuchspersonen)这一位置而互相厮杀。十年里，他们面对观众的威胁，遭受观众的冷漠、蔑视和嘲笑；十年里，节目被重播、被叫好，也被换频道。牺牲性维度在他们的心中根深蒂固，牺牲性维度是烙在他们鲜肉上的火印。肉身的变化就如同思想的变化，电视证明了他们的存在。[3]”接下来，德娄姆又提供了一种近乎神经生物学的分析：“候选人迎击其他所剩选手，因为最后只能剩下一个，因为那是观众的裁决。为了让观众最大限度地发出加税短信，景观必须座无虚席，爬行动物的大脑受到强大的刺激。事实也的

① 同上，第 114 页。
② 同上，第 116 页。
③ 同上，第 118 页。

确证明：爬行动物的脑中暗藏着古老的拉米(Lamy)系统，此系统会让所有观看竞赛的观众选择自己的挚爱。根据一位神经生物学家的说法，这一本能反应，可以追溯至弱者和强者都在尝试生存的史前。[1]”

但德娄姆并不满足取代神经生物学家的位置，也不满足充当 187
一位景观观者的位置。她住在电视**里**，她自己很清楚，她的许多想法都是围绕她的分析展开的，尤其围绕电视真人秀节目中的受害者展开。她发现自己对这些受害者没有任何同情，甚至可以说是残忍的：“面对这些残存的生命，我没有任何怜悯，从来没有。我知道，这并不是我永远的想法。作为一个年轻人，这样说过于简单了，所以我继续探究，继续去寻找讨厌他们，有时甚至是厌恶他们的理由。我认为，存在着一种法则，一种遵循物理原理的法则，虽然这并不是我的意愿。所有沉浸在电视里的肉身都会遭到电视观众的暴力。折磨、残杀，我们一直在谈论。当整个体制变成了‘电视竞技场’(Videodrome)，那么怜悯也就消失了。[2]”之后，她又再次强调：“我窥伺残杀”[3]。毫无疑问，当我们住在电视里，我们也是这样的。

克萝艾·德娄姆对电视真人秀的牺牲性维度的这种过度敏感源于何处？她将自己卷入“电视竞技场”的能力又源于何处？她如何，或者说，她为什么如此有天赋地领会了电视(而住在电视里)，并且在那里窥伺残杀？无须舍近求远，我们可以在**《沙漏的尖叫》**(*Le Cri du sablier*)[4]中找到答案。这是一部自传体，或者如果我

---

① 同上，第 129 页。

② 同上，第 119 页。

③ 同上，第 139 页。

④ 克萝艾·德娄姆：《沙漏的尖叫》，巴黎：伽利玛出版社，“Folio”丛书，2003[第一版，图尔：法拉戈(Farrago)出版社/巴黎：利奥·西尔(Léo Scheer)出版社，2001]。

们愿意的话，可以将其唤作自我虚构，从牺牲性或创伤性的角度来看，至少可以说，它远不逊色于安戈、艾诺或罗奇。如果安妮·艾诺的《**耻辱**》叙述的是父亲对母亲的谋杀企图，那么《**沙漏的尖叫**》
188 蕴藏着同一杀人动机，而这一次是成功的。幸免于这场残杀的女孩，在对准她的步枪钢管中，窥伺着自己的死亡，最后父亲将枪杆掉头朝向自己，他的头颅顿时爆裂，四溅在女儿的头上。

如果你比我还真实、还具牺牲性，如果你的鲜血比我的还具见证性，如果你的故事比我的还具轰动一时的重创力，那你就去死，否则只能苟且。她曾经是纳塔莉·达莲，她的父母被残杀吞噬，后来她想成为“克萝艾·德娄姆”，一位幸存者。她将自我虚构理论化，就好比她在家庭的象征性的灾难中重新塑造了一个自我。她勉强逃过了一场残杀，而很久以后这场残杀对她来说，就好像是在电视真人秀节目里发生的，只是一场象征性的残杀。因父母的破灭而破灭，这种破灭在“事件”之前就已经开始了——我们可以在《**沙漏的尖叫**》中看到，比如她显然不是一个被期待的孩子，所以她是一位出类拔萃的幸存者：看到、听到那些难以想象的，是她；大家为了弄清来龙去脉去盘问的，也是她；追忆无法形容、无法确定的，还是她。尖叫如同沙子在流淌，沉默寡言的她成了一个滔滔不绝的她，之后又落笔千言，无法从牺牲者的噩梦中挣脱出来：“她非常想从中挣脱出来，但却不知道如何挣脱。也许父亲附于我身，无处不在，但又无法说出他的具体位置。将父亲从我身上该锯下的地方锯下。为了摆脱父亲，是否应该朝他果断砍去，可如果那全是我，可如果那是生命的全部。父亲应该是‘超我’(Surmoi)，可是他曾经是冲动的，他曾是在我之上的‘本我’(Ça)，他在‘我们’(Nous)之间熔化了。[1]”

---

① 同上，第89页。

父亲在残杀母亲之后自杀前的一刹那，也差一点将您击毙。不管怎么说，您可以一如既往，试图将他置于死地，将他切割成段。189 但太迟了，留下的是挥之不去的阴霾，一位幸存者、牺牲者："他们说，杀死父亲，杀死这些束手束脚的成年人；他们说，杀死父亲是为了继续往前走。但当父亲死了，当父亲的尸体腐烂了，那又如何来清算这笔账，如何在尸体解剖时不让自己迷失。如何手持解剖刀，又为什么要对死亡的肉身和骨骸作残酷的解剖，同时又让自己在烂泥浆里被吞噬与凌辱。我是一条可怕的母狗，我是被剁成段的浑浊之物，是食人鱼的残渣，我在这里争夺什么，我是否可以因杀人犯而造反，我又能造什么反。①"但这一切才刚刚开始，从某种程度上来说，这些是微不足道的，因为她父亲并不是她的亲生父亲。几年后，克萝艾·德娄姆为了报复外祖母，写了**《在我家的地下》**（*Dans ma maison sous terre*）②，书中的外祖母是有罪的，因为她隐瞒了德娄姆的父亲不是其亲生父亲这一真相。此书具备言行一致（performatif）的特征，它对外祖母执行了象征性的处决。看来，我们无法逃脱象征性的父亲实施的象征性处决，更何况父亲还真的杀了人。我们无法逃脱牺牲，无法用牺牲的方式，从牺牲的无限可逆性中挣脱出来。

安妮·艾诺将文字定义为一把刀，她的负罪感让她觉得对真相有所亏欠，所以她用切割（虚构）的方式来让真相变得真切。为了回到她的家人身边，为了对他们说她一直和他们在一起，她一刀一刀地割。那么，当我们真的想切、想割；当我们试图像截肢一样与我们的过去，或与那些让我们出生、造就我们的人一刀两断；当需要割去一切，但那些亲人已不再是亲人时，那么又该如何切割？

---

① 同上，第 92 页。

② 克萝艾·德娄姆：《在我家的地下》，巴黎：塞伊（Seuil）出版社，2009。

190 于克萝艾·德娄姆来说，切割是为了在永不停息的前进中，试图进行再创造、自我虚构、自我化名、自我实验。但同时，切割的目的又不断地让牺牲回归，就好像她不能住在别处，只能与牺牲共枕，或住在电视里——二者是否可以相提并论？不管怎么说，于我来说重要的是：那个费尽心机、铤而走险住在电视里的人，是一位超群绝伦的幸存者和牺牲者。如果真是这样的话，那就足够了。

第八章
关于追查抄袭的一些思考

古怪的库默尔先生

有一部纪录片让我着迷，它无意识地讽刺了当代文人的境遇。由米克洛斯·吉梅斯(Miklós Gimes)导演，2010 年问世的这部**《坏小子库默尔》**(*Bad Boy Kummer*)，讲述了瑞士记者汤姆·库默尔(Tom Kummer)奇特的工作方式。二十世纪九十年代，库默尔居住在好莱坞，为瑞士和德国地方性报纸采访了众多明星，访谈的原创性和真实性实在让人目瞪口呆，直至很多年以后，大家才发现，不仅有部分访谈内容是对现有文本的抄袭，而且多数访谈是被捏造出来的。汤姆·库默尔既是剽窃者，也是伪造者，他编造了十几篇具有原创性的与莎朗·斯通(Sharon Stone)、布拉德·皮特(Brad Pitt)、迈克·泰森(Mike Tyson)、肖恩·潘(Sean Penn)、帕米拉·安德森(Pamela Anderson)，以及其他人的访谈。是的，真实性是可以杜撰出来的。没有，迈克·泰森在监狱里从来没有读过福克纳(Faulkner)和尼采(Nietzsche)，这和汤姆·库默尔所写的恰恰相反。但按照常理，谎话说得越大，相信的人也就越多。

192 影片中，汤姆·库默尔特别讲述了自己是如何对杜撰产生兴趣的，那是在一次由帕米拉·安德森策划的，或者，更正确地说，是在为她而筹划的新闻发布会上。那个时候，大家正幸福地沉迷在安德森出演的电视连续剧《**海岸救生队**》(*Baywatch*)之中。新闻发布会上，一群记者被带入大厅，并被告知他们总共只能提三到四个问题，就这么多，谢谢，先生们。与此同时，只允许一些献媚式的平淡交流，要想知道安德森夫人的胸是真是假，简直没门！库默尔觉得这种对待记者的方式实在让人恶心，于是从头到尾杜撰出一篇与帕米拉·安德森的访谈录，然后将其刊登在德国的一份地方性日报上。那是在九十年代，也就是在互联网、搜索引擎和热议话题真正兴起之前，所以好莱坞那边的明星们是根本看不到这篇访谈的。当然，他们要是知道的话，是绝对会提出异议并揭露骗局的。但在好莱坞，没有一个人会有兴趣去阅读刊登在德国的《**南德意志报**》(*Süddeutsche Zeitung*)或苏黎世的《**每日导报**》(*Tagesanzeiger*)上的有关帕米拉·安德森的访谈。我们在访谈中发现，帕米拉·安德森在私人健身房里，在记者库默尔的头顶荡着秋千，而后者也对这个意外收获心醉神迷，因为我们不是每一天都可以通过如此风趣的角度来欣赏安德森的臀部的，虽然这个角度是想象出来的。

简言之，这是一个有关记者的故事，他不甘忍受新闻记者的“作者—功能”失效：困于当代信息传播的新闻记者，被迫重复念叨预制的新闻片段，而这些同样的新闻片段，或许是他和其他同行在同一秒钟得到的，又或许是通过通讯社在全世界传播的。库默尔的这种杜撰(虚构)行为是为了抗议，抗议“记者—作者”(journaliste-auteur)的消失。当代新闻工作者，他们只是一味地在重复通讯社发布的公告，就如同中世纪的僧侣，一味誊写着他们无法理解的神学决议，而这就是当代记者的话语秩序，而库默尔的这

一行为则是对这种“话语秩序”的颠覆。库默尔的罪行，并不是文 193
人或科学人员的抄袭，而是杜撰，这导致他在之后的很多年里，一直受到同行的鄙视。这段时期他以**软式网球**（soft tennis）教练的身份谋生。软式网球，是一种“虚假的”、在好莱坞明星之间颇为流行的网球。

于库默尔来说，抄袭剽窃和复制粘贴已经成了一种规则。既然“作者—调查者”（auteur-investigateur）已不复存在，而且也没有时间让他们继续存在，那还不如做一支笔杆子，就如同大家所说的，做一个在景观里作单腿旋转的舞者，而大家都清楚这样的景观又是几斤几两。而这就是库默尔拒绝做的事情，于是他开始杜撰故事。简言之，他成为一名，或差点成为一名作家，他提出了**模糊新闻学**（borderline journalism），也就是说，一种去虚构、去想象的权力，或者说，一种主观性的权力，而这种主观性的权力则让他变得“臭名昭著”。不过整个事件最让人吃惊的是：他的访谈不仅让人发笑不止，而且在好几位总编的眼里，是完全靠谱的。面对如此意外的收获，面对这些看上去依然无法让人信服，但又扣人心弦的明星私生活故事，主编们对这些采访是否真实的问题则故意不闻不问，这就如同几年后，当**次级贷款**（subprimes）的好时光到来时，众多银行家对其本质也采取置若罔闻的态度。

这一微不足道的瑞士公民库默尔，万万没有想到他会在洛杉矶这一并不算小的城镇，意外地成了一名访谈“明星”。他以“作者”的身份，让整个新闻界卷入了一场骗局。可从今往后，大家也只能幻想这份“作者”的职业，幻想新闻工作者所丢失的渴望和荣耀，因为新闻工作者已经失去了成为一名真正作者的可能性。当谎言被揭穿时，当库默尔以杜撰者的身份出现时，这时的“作者”，则成了一个背信弃义而备受诅咒的叛徒，可他同时也是一个敢于冒险的叛徒。

194

从瓦尔特·本雅明谈起

库默尔的故事，是一个有关杜撰和违规的故事；是一位异想天开的作者的故事；是一个在原则上受到“话语秩序”限制，但又处在话语秩序边缘的作者的故事。新闻工作者不能编造故事，这与作家恰恰相反，作家为了证明自己的独创性，不能抄袭同行的文本。而二者的共同点是：他们必须遵守“真实性”的原则，遵守因不同实践而产生的与“真实性”有关的特殊法则。当然，一位贴着“真实性”标签的作家和一位报道“真实性”事件的新闻工作者，那是两码事。

这个故事让我们进一步想到：数码技术在当代作者的“配置”中所产生的影响。如果我们将上述故事转移至文学领域的话，这个故事好像暗示，在信息技术迅猛发展的形势下，如今的文学领域会出现这样一种现象：用主观式的申明(protestation subjective)来抵制作者的消失。因为新兴信息技术从本质上来说就是再生产技术，所以作者越是面临这样的威胁，就越发忙碌地要让自己继续存在，让自己继续被看到。事实上，我们已经将瓦尔特·本雅明(Walter Benjamin)的思想推进了一步，但他所提出的有关艺术品的复制(reproductibilité de l'œuvre d'art)问题，曾经并不真正涉及印刷问题，所以也并非与作者有关①。

---

① 瓦尔特·本雅明：《机械复制时代的艺术作品》(*L'Œuvre d'art à l'époque de sa reproductibilité technique*)，最新法文版由莱昂内尔·杜瓦耶(Lionel Duvoy)翻译，巴黎阿里亚(Allia)出版社，2003。也可参看诺贝特·波尔茨(Norbert Bolz)对数码技术的迅猛发展所做出的尖锐批评：《伪造时代中对真实性的崇拜》(“Der Kult des Authentischen im Zeitalter der Fälschung”)，载安妮-卡特·琳赫勒克(Anne-Kathrin Reulecke)主编《伪造》(*Fälschungen*)，法兰克福：苏尔坎普(Suhrkamp)出版社，2006，第406—417页。

从这个角度来说，库默尔的故事是一个失去“灵晕”或臆造“灵 195
晕”的故事。他的故事将主观性和公众关注度转换成一支“解毒剂”，来抗议“不可见”和“不具名”。数码技术的发展，导致了生产力和信息流通膨胀指数的持续上升，自我们走进这一时代后，“不可见”和“不具名”便一直是一个潜在的威胁。正因为这种膨胀，我们同时也进入了一个造假、抄袭的时代。无数的信息在流通，至于它们的出处，大家无法验证和追查，它们被复制、被转载，大家也无法知道它们的作者。一段时间以来，这些信息已不再署名，因为我们开始用算法来取代作者的位置，至少取代了那些撰写股市、棒球专栏的作者，或者取代了天气预报员。随着人类的进步，数码技术让作者死得越来越快，而谁又能知道，我们会什么时候停下前进的步伐。

笼统来说，应该指出的是，新兴技术在量化方面向作者提出了挑战，它们将作者淹没在越来越多的、没有权威的小作者撰写的信息里，因为我们不能仅凭借写作这个借口就能成为作者，甚至恰恰相反。与此同时，从质量方面来说，新兴技术让作者失去了信誉，因为它们技术性地消除了原本和复本之间的所有差异。我们不再处于一个复制具有原创性和“灵晕”艺术作品的时代，而处于一个
大规模的复制时代。我们越是习惯生活在数码世界里，就越是会 196
被造假和抄袭所困扰，于是就会去寻找各种手段，尤其是通过法律手段，但不仅仅是法律手段，来排除这种困扰。文化产业如疯狗一般地打击着盗版，它们投资于数字版权管理(Digital Rights Management)，将“版权所有”贴在所有能贴的地方，包括贴在那些没有实质意义的话语上。但如果这些文化产业同时也是如今无处不在的“真实性”的意识形态的不懈推动者，则绝非巧合。

在“景观的语法规则”中曾经提到的这一“真实性”意识形态，重新激活了瓦尔特·本雅明笔下的失去或没有失去的“灵晕”问

题。这一问题不再是艺术家的“灵晕”和其作品被复制而失去“灵晕”之间的问题，而是在公众关注度经济体制下，作者以个人的独特性所争夺到的景观性“灵晕”和作者在无穷的数字(再)复制中陨落之间的问题。正是这种情况，解释了为什么像卡米耶·洛朗斯指责玛丽·达里厄塞克“精神剽窃”这样的事，可以引发争议。这就如同某些作者或出版社，一旦看到有两个相似的故事，一旦亲身经历的真实事件似乎被另一个生命复制，便会恼火，于是他们也会以“精神剽窃”的理由提起诉讼。

文学领域中对抄袭的指控，在今天已不再涉及表达方式、写作风格，不管怎么说，这些都会按部就班，也就是说，表达方式是可以互换的。对抄袭的指控，涉及的是叙述故事的“构思”：他偷走了我外婆的故事；她剽窃了我死去孩子的故事；他盗用了我的角色、我
197 的场景①。从技术性层面来看，我们越是生活在一个充斥着无穷复制的世界里，我们越是会对“真实性”如痴如醉，而且我们还要求文化产业在各种领域里向我们提供“真实性”。作家、歌手、演员，并肩作战。他们必须是自己，无法被仿效、被复制，因为从原则上来说，他们是特殊经济的最后一批“产品”。这种特殊经济，并不具备价格竞争的特点(所有书的费用大都差不多)，而是以寻找绝对“优质产品”为要旨，而“真实性”则被视为可能成为优质产品的必要条件。

文字表达领域尤其受到了这种演变的影响，因为涉足公众空间的这道门槛，从来没有如此之低。从笛卡尔(Descartes)赶赴荷兰出版**《方法谈》**(*Discours de la méthode*)到如今任何一位青少年

---

① 研究抄袭问题的专家菲利普·泰松(Philipp Theisohn)在《抄袭，一部非原创的文学史》[*Plagiat. Eine unoriginelle Literaturgeschichte*，斯图加特：阿尔弗莱德·科伦拿(Alfred Kröner)出版社，2009]中，向读者提供了近期德国文学界引起争议的一些例子。

发表的博客或上传的视频，一路走来，无论好坏对错。世上从来没有如此多的人在发表、撰写、交流、交换、复制、重复，甚至有时还在抄袭无数可阅读的文本。我们复制、粘贴、**糅合**(mash-up)、剪辑、**采样**(sampling)，或至少，可以这样做，所以我们做了①。更何况， 198
集体式作者和算法的出现，也渗入了多样化的表达方式(有人甚至预言，此二者作为未来的文学作者会前途似锦)，如果算上集体式作者和算法，那么便会出现这样一种局面：最低限度地被定义为一个拥有书写权力和书写义务的作者，从来没有像今天那样，在技术面前神灭形消。

但其尸体是否还在蠕动？是的，而且它时常被唤作"文学"，它已经被赋予了一种新的功能，它抵抗着在其他领域，尤其是在新闻领域，甚至是在学院式的科学出版领域出现的"作者—功能"的匿名化和集体化。"文学"，在今天通常意味着作者必须真实，而"真实"要比知道如何写作来得更为重要。于是，我们不希望作者像在电影、电视剧，或科学研究领域，甚至像在算法领域，以团队的形式出现。某些人梦想软件可以取代作者，但在梦想中或在机器人带给我们的噩梦之中，兴旺发达的作者在炫耀自己的"真实性"，就像我们前面所说的，他们尤其会通过对自我牺牲的描述，来证明自己是真实的：他受苦受难，一个牺牲者，一个刽子手，他或多或少拥有一个受难者或杀人犯的肉身。总之，他不是算法，不能被复制。

---

① 比如，德科·冯·歌伦(Dirk von Gehlen)在《糅合，副本之颂》[*Lob der Kopie*，柏林：苏尔坎普(Suhrkamp)出版社，2011]中印证了这些，并赞成肯尼思·戈德史密斯(Kenneth Goldsmith)在《无创意写作：数字时代的语言管理》(*Uncreative Writing*：*Managing Language in the Digital Age*，纽约：哥伦比亚大学出版社，2011)中所提出的观点。参见狄尔里奇·戴德里克森(Diedrich Diederichsen)，《采样与剪辑，文化产业中作者身份的交替性模式》("Sampling und Montage. Modelle anderer Autorschaften in der Kulturindustrie")，载安妮-卡特·琳赫勒克(Anne-Kathrin Reulecke)主编《伪造》(*Fälschungen*)，同前引，第390—405页。

几年前，一位专门从事见证性叙事（类似“我嫁给了一个马赛族人”这样的风格，等等）的出版商对我说，为了让“见证”看起来有模有样，或具备可读性，他觉得雇佣**“幽灵写手”**（ghostwriters）没有任何问题，但他绝对不会为文学作品去这么做，因为文学作品的作者是绝对神圣的，克里斯蒂娜·安戈也许会说：所以也是不可触摸（修改）的。我们需要用一种辩证法来思考文学，或思考它现在变成了什么样子，在这个辩证法中，数码化的世界一度让文学成为“真实性”的避难所。我们在后面还会明确指出：“真实性”通常具
199 备景观性的本质，这可能会与上一章节所说的相符。所以，这也是一个不好不坏的消息，不管怎么说，这种情况必然不会重新赋予文学一种优越性，或一种威信，而更多赋予它一种功能，一种为“真实性”而建立的“保护区”，就像我们所说的自然保护区或过去的印第安人保护区。

这是一种进化，是我们活在数码世界的结果，是作者死亡的结果。而我们则努力让作者复活，努力证明他还活着；证明他不是算法；证明他手里的书不是“复制粘贴”。如果真是这样的话，那么今天，在大家认为的“重要文学”和在大家看来纯粹是娱乐的文学之间，也可以划出一条新的界线，至少是一条虚线。

“重要文学”要求作者有血有肉，以这样或那样的方式赴汤蹈火，熟练掌握我们前面所说的景观语法规则，而许多惊险小说或者浪漫传奇小说的作者，就像那些负责电视改编的编剧，他们的生活对我们来说并不重要。诚然，我们会继续阅读惊险小说和浪漫传

奇小说，即便原作者被其他作者取代也没有关系[1]。而且很明显，
只有在纯粹的娱乐文学中，大家才会想到一些集体式作者、作者团 200
队，甚至文学制作中的自动化算法，因为从某种程度上来说，他们
是非作者，而且我们也并不希望和非作者交流。要逗我们开心！
别拿您说事！也许有一天，为了完成这项崇高的任务，算法就足
够了。

洛特雷阿蒙和公证人

受到二十世纪所有先锋人士盛赞的洛雷特阿蒙(Lautréamont)
认为，曾经大量的抄袭实践对他来说是有必要的，因为发展波及了
抄袭。德波也是，他曾经迫不及待地抄袭了洛雷特阿蒙的句子，一
字未改，原汁原味[2]。在数码化的环境里，抄袭不再是必要的，而 201
是不可避免的，因为技术发展波及了抄袭。但我们并不像洛雷特
阿蒙或德波那么能顺应时代，恰恰相反，抄袭、伪造被视为毒药。
抄袭者就像赝造者，他比以往任何时候都更像犯罪分子。他们必

---

① 有时候，娱乐读物的作者对自己的不具名并不满意，他们尽一切努力让自己成为一个有权威性的作者，而不仅仅满足于将钱存入银行账户。近期文学报道中最引人注目的一个例子可能要算《哈利·波特》的作者J.K.罗琳了：被精心打造的职业生涯，从灰姑娘变成公主，她甚至变得比英国女王还富有。在电影改编的过程中，为了尊重"作者意图"，她毫不妥协(难道她把自己当作玛格丽特·杜拉斯?)。更甚的是，之后她用化名罗柏特·加尔布雷斯(Robert Galbraith)出版了一部小说，直到秘密被揭穿之后，小说的销售量才暴增。总之，她通过化名出版小说是想试图成为一名真正的作者，成为一名被大家认可的有才华的作者，可是，销售量却在提醒她：她只是公众关注度经济体制下的一个品牌。

② "构思在完善，文字的意义参与这种完善。抄袭是必要的。进步波及抄袭。抄袭，它紧紧抓住作者的句子，利用他的表达方式，将一个错误的想法抹去，用一个正确的想法取代。"[居伊·德波，《景观社会》，载《作品全集》，巴黎：伽利玛(Gallimard)出版社，"Quarto"系列丛书，2006，第854页]。

须被驱逐，如果不能将他们赶出城的话，至少也得将其赶出具有景观性的大学院校。大学院校需要的是真正的，拥有个性"证书"的作者。四处游走或出现在电视演播室的作者，头脑里不应该装着从同行那里剽窃来的思想和词句，如果是那样的话，那他们就像是记者在编故事、编谎言，实在是太有失体面了。当然，最好是不要有任何想法，这总比盗用知识产权要好，更何况，不要有任何想法也是人人都可以做到的。

不管怎么说，德波和情境主义者完全认识到"景观"和严格的"知识产权公证制度"之间的关系，也就是"景观"和"作者认证"(authentification de l'auteur)之间的关系。自始至终，他们放弃了在他们看来非常值得怀疑的**版权**，他们最终将情境主义美学，简约成一种非常接近抄袭的"挪用"(pratique du détournement)，以此将斗争的矛头直接指向景观。一种真正的情境主义艺术或文学实践，被简约为景观文化里的抄袭和挪用。如果在公共场所发表的"后情境主义人士"的著名演讲，也同样采用了虚假文献；如果这些演讲是为了系统性地颠覆"真实性"作家的霸主地位，那这也并非只是巧合[①]。

所以，抄袭和挪用曾经是情境主义者反对景观的斗争核心。这些情境主义者，在二十世纪六十至七十年代，并不是唯一指责文化公证(notariat culturel)的人，而如今，文化公证似乎比以往任何

---

① 尤其体现在《关于在意大利拯救资本主义的最后机会的真实报告》[*Véridique rapport sur les dernières chances de sauver le capitalisme en Italie* (1975)，法语版：巴黎：自由田野(Champ libre)出版社，1976]，作品署名为"审查官"，其真实身份是詹弗兰科・圣圭内蒂(Gianfranco Sanguinetti)，他将自己扮演成一个意大利资本主义走狗，向大家解释国家实施恐怖主义的必要性。当然，圣圭内蒂的身后是绝对支持他的朋友德波。另一个例子：《来自塞哥维亚监狱的电话》(*Appels de la prison de Ségovie*，巴黎：自由田野出版社，1980)，这部只有德波一人撰写的作品，却让大家觉得他得到了所有西班牙自由主义运动的支持，这让西班牙政府惶恐不安，随即释放了大约五十名政治犯。

时候都要热门①。整个(后)情境主义的理论思潮对知识产权的随机性和不可判定性有着非常敏锐的认识。当罗兰·巴特出版《S/Z》时,他在采访中解释道:这本书是一种(尤其是精神分析的)引语游戏,如果他拒绝标注这些引语的出处[拉康克里斯蒂娃(Kristeva)、索莱尔斯(Sollers)、德里达、德勒兹、塞尔(Serres),等等],并不是试图将不属于他的东西占为己有。他认为,所有人都有能力识别这些出自不同作者的句子,但于他来说,最关键的,是要避免让大家认为余下的并不属于他人的句子是属于他的,或者说,是他独创的②。

就像那个时代的那些从"互文性"(intertextualité)和"复调"(polyphonie)的角度进行思考的所有学者,或者就像那些对约定成俗的"作者—功能"提出质疑的学者,罗兰·巴特完全意识到,主体只有一种掌控权,以及一种与陈述有关的相对属性,主体不停地听到其他无意识的声音,所以对真实性的诉求,也就变得异常复杂。除了巴特之外,我们还可以举出其他很多例子,而所有这一切都会让人觉得,如果雅克·德里达(Jacques Derrida)在今天学术界的年轻学者中脱颖而出,那么他一定会很快被"吹罚出局",因为这些同事会非常在意他的改写和挪用技巧,更何况,他们也不得不去满足学界对他们的量化出版要求。

既然我们谈到了巴特和德里达,那么还可以再绕一个实实在 203
在的大弯路去看看近期文学研究的变化,因为它体现了当代作者的身份问题。当然,我们很快又会回到正题,因为文学研究,尽管

① 我曾经在《取消继承权》[*Déshéritages*,日内瓦:费尔热(Furor)出版社,2015]中谈论过这个问题。

② 罗兰·巴特:《S/Z和符号帝国》(*Sur S/Z et L'Empire des signes*),载《作品全集》第三卷:《书、文本、访谈(1968—1971)》(*Livres, textes, entretiens, 1968—1971*),巴黎:塞伊出版社,2002,第663页。

表面上有时让人觉得非常传统，甚至布满灰尘，但事实上它依然与时俱进，同时也道出了这个时代和“作者—功能”、文学的关系；因为文学研究的确源自一种公证文化和“真实性”文化，所以这条大弯路也会很快让我们回到正题。这里我提出一种假设：在“真实性的景观性作者”和“文学研究有时最迂腐的学院回归”之间存在一种互相反射的关系，即便这种关系是隐藏着的。（我敢于将这一关系比喻成一个意识形态的照相暗盒吗？）

时代变了，世界变了，文学研究领域也变了。曾几何时，巴特和其他很多人一样学习文本、阅读文本、理解文本，也就是说，和文本“一起思考”，在一种亲密默契，但又充满异议的环境里一起进步。对所有人来说，这些异议是清晰易辨的，但并不一定一目了然，并不一定总是通过注脚来补充说明。可如今，注脚却是完全必要的。往昔，我们用他人的思想来改善自己的想法，大家知道，那是一种传播思想、普及思想的方式，也是唯一让我们进步、完善思想的方式。而如今，我们对注脚的要求越来越多，因为它成为学术论文质量的衡量标准。通常来说，这种标准就好像让我们重新回到了最迂腐的文献学研究的“美好”时光：只关注作品中有据可查的征引。

于是，文学教授的生活变成了一种没完没了的文化游戏。有
204 多少注释，有多少被阅读，或至少被引用的书和文章？在一场博士论文的答辩中，一位翻阅着论文稿的同事，因为不同页面里上上下下、令人震惊的注释编号而神醉心往：**“好一部学术著作！”**于是，在这样的情况下，抄袭被定义为：一段故意被隐瞒的引文，一个存心“被遗忘”的注脚。抄袭在学术界成了一宗大罪，就好像不抄袭，或更确切地说，不被抓获就是独创性或“真实性”的保证。我引用，故我在（我是真实的、独一无二的、从学术的角度来说是正确的），这就是新近的，或许又是相当陈旧的当今学术信条。

但事实又恰恰相反，在学术界，我们不再要求任何人提出任何具有独创性的想法，而只要求大家标注文献出处，附带再说明一下自己的看法。独创性想法，我们不太知道它们是从何而来的，它们是可疑的，因为它们没有注脚，或者它们无法让任何注脚出现。思考？您不再去思考“思考”这件事。总之，大家不再希望这些负责文本和评论的作者，像几十年前某段特殊时期的(后)结构主义者那样，把自己当成作者。这是一种规则，如今它很有可能被推广，并在所有的人文社会科学领域中蔓延，其严重程度会殃及作者，导致他们的消失。是的，我为作者担心，甚至为他们难过，也是因为这个原因，有时我也很想做一回库默尔。

渴望成为作者，是(后)结构主义思潮的实践核心所在。这一点，尤其是在巴特身上，非常明显。当他在反对奴役性的实证主义文献学时，他以大家酷爱语言的名义，要求取消作家和评论家之间的区别[1]。就像同时代的很多“作者”，于巴特而言，评论是让文学 205
延续的手段，而只有当作者将体制性的外在权威与作者的内在权威互换时，评论才有价值。更何况，作者的内在权威所依靠的不是大学头衔，而是才干，也就是阅读和思考的能力。一个有趣的现象是：巴特只有一张大专文凭；而孜孜不倦地为“挪用”作辩护的德波，只有一张高中文凭。

这样的才干，不能与文献学所需的才干相提并论，它是一种在诠释的过程中，在持久的对话中，将主观性进行客观化的能动性，这样的对话不仅是和某个作者的对话，也是和众多作者(同行)的对话。六七十年代期间，新旧评论之间的紧张局势，不仅涉及内容与方法，还涉及语言的中心位置(就是**语言学转向**)，同时又涉及

① 罗兰·巴特：《批评与真实》(*Critique et vérité*)，巴黎：塞伊出版社，1961，第 38 页。

"功能"和"作者"的不兼容性。这一紧张局势，着重反映了学院势力和出版势力之间沉闷而激烈的对抗。出版势力以牺牲文献实证主义者为代价，支持"作者—诠释者"(auteurs-interprètes)。所以在当时，文献实证主义者在塞伊出版社、午夜出版社，甚至伽利玛出版社都没有任何机会。

我所描述的这场对立看起来很夸张，但很现实。巴特对参考文献的挑衅，如果放在今天，也可以对新实证主义的新学究做出挑衅。新实证主义取代了学术，或者它自称是学术性的，那是因为它充分依赖了数码技术资源，也就是**数字人文学**(digital humanities)——我向您致敬。所以在这样的一种环境下，我们不会因必要的追查抄袭而感到惊讶，或更确切地说，追查抄袭是任何正规学术得到认可的必经之路。在注重名誉的大学里，所有的研
206 讨会论文、与文凭相关的论文，**特别是**(a fortiori)博士论文，都会受到追查抄袭的审查。因为我们不想打造知识产权的剽窃者，同样，我们也放弃了作者。或换一种说法，仔细观察一下的话，我们会发现，仅仅是没有标明出处才是有罪的。**学术著作**(scholarly work)其实首先是一件关乎注脚数量的事，这我在上面已经提过了，也就是说，大家注重的是征引文献，而不注重"独创性思考"——这个词从今以后可以被打上双引号。既然"独创性思考"也许从来都没有存在过，或至少也不能被确定，那么通过概括或借用，将它简单或神奇地变成另一种不同的"独创性思考"，这种概率几乎为零。

是我在夸大其词，还是愤愤不平？然而，请大家暂且思考一下这件事的严重性：在所有严肃的大学院校里，为了追查抄袭，我们对不同的研究著作进行扫描，也就是说，我们相信的是软件的能力，它们在很短的时间里就会"吐出"盗用的百分比。而这么短的时间，也只够我们对抄袭同行抱有一丝念想。如果测试呈阳性(就

如同兴奋剂检测)，我们当然会做进一步追查。但一开始这就是软件的工作，而且大家都知道，软件是没有思考能力的，也没有能力去辨别思想，它们只会浏览无穷的数字化文本，寻找大家熟知的表达模式。也就是说，在当今的追查抄袭过程中，我们不再重视属于主体或属于某人的，哪怕一点点，或许很多，又或许一点也没有的"独创性思考"。既然这些是没有思想的文本，那也没有必要保留像"作者"这样的身份，因为"思想"已经被煮成一锅学术糊粥，通常难以消化，也无法阅读，更何况，它刚被"阅读"就被禁锢于那些审查"真实性"的"注脚机器"。

因此，"思想"只能被定义为：竭力避免抄袭嫌疑，躲过围捕剽 207
窃知识产权的软件搜索网络。这样的思想是真实可靠的，因为软件什么都没有看到，什么都没有发现，所以也无话可说。在这样的一种猫抓老鼠的游戏中，我们只需大致掌握改写、意译和迂回的艺术，并通过增加注脚数量的办法来获得一张可以证明"真实可靠"的证书。于是，我们就有资格为学术效劳，尤其为**"同行评审期刊"**(peer reviewed journals)服务。

这些期刊，是院校学术人员向往的通行证，也是他们争夺名次的衡量标准，他们只有保证所写的"学术糊粥"是新鲜的、可靠的，那么期刊本身才得以运作，也就是说，才会有销路。否则，面对这些期刊有时让人匪夷所思的高价，大家也不会明白为什么大学图书馆会花费那么多纳税人的钱去购买一些老生常谈的东西。最近出现的"自我抄袭"(autoplagiat)现象也进一步证明了这一点，这一现象也应该被视为一种新的犯罪形式。自我抄袭，并非指您的左脑盗用了您的右脑，而是指：您将您的"产品"提供给一家正规科学杂志社之前，就已经将其给了另一家保证学术真实性、可靠性的"供应商"。和其他领域一样，这里的关键是**版权**，它是一道让出版商垂涎三尺的"精美甜品"，但毫不夸张地说，它确实关乎数十亿元的财富。

208 我们还得提醒那些非学术人员，他们时常会为**学术著作**的高标准、严要求而惊叹不已。但是，撰写一部带有 3 000 个注脚的博士论文，很快会被认为是一件轻而易举的事，因为存在着各式各样与追查抄袭工具相类似的，让大家欣喜的软件。它们也为文献征引的"装饰"功能带来了很大的方便。秘诀：比如在 Mendeley **文献管理**(reference managers)网站上建立一个用户名，输入由您的"奴隶"或您的研究团队所收集到的参考文献。不要忘记，每一篇被输入的文章通常都包含关键词和摘要。如今，这些文章大都以数码化的形式在网络上出现，所以您通过 Mendeley 账户输入它们就像"复制—粘贴"那么简单快捷。一切准备就绪，就可以用了。首先，在电脑里写下您想要写的东西，然后用 Mendeley 扫描。您的"管理员"(manager)差不多会为您的每一句话提出建议，或确切地说，每当它识别一个词、一种表达方式，等等，都会为您提供一个注脚。于是，您只要回答：是(或否)，注脚便会立即出现在您想要的地方，就好像那是您自己写的，就好像您已经读过所征引的著作。

这个软件可以列出参考文献，并可以对它们进行永久更新。此软件除了拥有这两样必不可少的"资本"以外，还有很多其他优点：众多合作伙伴可以同时使用它，我们可以将列出的参考文献提供给其他学术小组并和他们在网上一起工作。而且，大家也会明白：我们无须再阅读论文所征引的 3 000 篇文章——这也体现了如今学术性商品竞争激烈的市场中，不可估量的生产效率。所以，这就是为什么"关键词"在学术刊物中是最为重要的。第二重要的，是摘要(abstract)，如果它写得好的话，那么好奇者就没有必要阅读整篇文章了。第三重要的，才是文章，但那只是给那些实在很痴迷的人看的。这就是十九世纪初建立的有关话语学术，也就是

"话语秩序"的可悲现状。如今所有人，或几乎所有人，假装看不到 209
"话语秩序"的瓦解和失控，假装看不到它以闹剧的形式，在往昔的作者和无数抄袭者笼罩的阴影下，在重复自己的故事，而曾几何时，也只有最愚蠢的人才会经常被抓。从这个角度来看，抄袭现象，或更确切地说，追查抄袭现象，就好比奥林匹克运动会中的兴奋剂检测，它是在大学院校出现的普遍现象，也就是说，抄袭行为就如同服用兴奋剂，它是必要的，但"服用"时要小心谨慎。所以追查抄袭这一现象，可以被看作"话语秩序"的失效。

对抄袭的追查，也证明了学术话语愈来愈系统地成为无作者的话语，福柯也早就看到了这场变化，而现在这场变化又因数码技术而加速。一方面是因为无数的小作者取代了往昔屈指可数的大作者，或至少，取代了更具排他性、权威性的作者。小作者越多，我们就越来越没有时间去阅读他们，所以就出现了关键词和寻找关键词的软件。从某种程度上来说，软件代替了我们，它们阅读那些我们没有时间阅读的无数小作者，所以小作者也就变得越来越没有权威，直至他们变成了真正的非作者。

另一方面是因为集体式作者的出现，他们越来越频繁地得到已经成为惯例的数字平台和网络的支持。一篇由至少三名、十二名，甚至五十名作者署名的文章，是不可靠的，也不合时宜。既然是思想家，也就是作者，不应该玩这种"学术共同体"(communauté scientifique)的游戏。除了文章数量、参考文献和其他相关事物的统计之外，也就是说，除了衡量**影响指数**(impact factors)的**引文索引**(citation indexes)之外，占据首要位置的是网络，而不是个人名义下的作者。而事实上，作者也越来越多地受到来自学院势力的
侵蚀。有关这个问题，我们会在后面两章再作讨论，它涉及两个方 210
面：一方面是想探讨另外一种文学的可能性，这种文学不需要"主体"或"作者"这样的概念；另一方面是想看看当作者依靠网络，尤

其是社交网络时，究竟又会发生什么。

追查抄袭，究其合理(或不合理)的原因，我们刚才已经从学术制度的层面上阐述了。现在让我们再来看一下：既然文学反映的是一个时代或一个社会，那么追查抄袭对文学又会造成一些什么后果？这将又是一段有关边缘效应的历史，一段来来回回、新旧叠合的历史。"被真实性、**版权**和数字版权管理纠缠不清的当代文化产业"和"目前文学研究状态"，此二者之间存在着一种反射关系。不仅仅是因为文学研究和其他学术领域一样，从学术独创性和**版权**来说，不是迂腐，就是吹毛求疵，而且也因为文学研究，大致来说，就是对往昔文献评论的**翻新**(remake)。而旧的文献评论，也已经根据现代人的口味被数字化了。"文献评论"和"追查抄袭"，二者之间，有时只有一步之遥，这两种行为都源于一种对"认证"的冲动。

"新文献学"，如今通常被**数字人文学**(Digital humanities)这一名称所取代，这说明它拥有一份额外的科学技术优先权。在网络熟手，也就是软件使用者面前，文献诠释学家简直就是一些温顺的业余爱好者，他们太落后了。网络熟手在几纳秒间，就能让您在整个环球图书馆里的数字图书中漫游(可惜了那些没有被数字化的图书)。如今，环球图书馆已被升级至大型超文本(méga-hypertexte)，而我们也可以利用任何可能的手段来驾驭它。而这
211 种情况的讽刺性在于：事实上，如果说旧事物为新事物服务，那么很清楚，新事物也在重复着旧事物，确切地说，在重复文献学的认证工作。对文献学中新老"营业资产"的评估，就是清查文献出处、颁授(知识)产权、认证原作，以及对学术之间的权衡和影响做出研究，等等。这些大概就是所有我们能够委托软件的事，因为软件根本无法胜任其他任何事情。

我们将文化中的审查工作托付给具有超强记忆的软件，后者

将有效地对信息展开优化搜索，对（至少以数字形式）存在的信息做出识别。如果大家还没有将思考或诠释这样的具有革新精神的工作交付于软件，那么我们便可以认为：巴特和其他人对文献学的质疑是正确的，甚至可以说，建立文献学就是为了不思考，就是为了避免和一个思考的主体扯上关系。新事物为旧事物服务，反过来说，文献学这一旧事物，它如鱼得水，在数字的海洋里畅游，而"作者"却轻而易举地消失在这一片汪洋里。

先锋人士曾经呼吁作者之死，与此同时，他们也高呼"开放的作品"[œuvre ouverte，安伯托·艾柯（Umberto Eco）在分析博尔赫斯（Borgès）时所用的妙语]，也就是说，在一个完全虚拟的图书馆里，每个人都可以无穷尽地去解构书本，为图书馆做出贡献。这只是一种境界，一种对颠覆传统美学、颠覆作者习惯立场的设想。今天，我们达到了这种境界，但不能肯定，它具有什么颠覆性。往昔，那些文献学家在经文诠释家面前，总是步履艰难，因为这些经文诠释家洞察敏锐、才华横溢，他们在学术界中占据着主导地位。而如今的文献学家，他们则骄傲地，象驾驶哈雷-戴维森（Harley-Davidson）摩托那样，驾驭着搜索引擎，噼噼啵啵，连珠炮式的游离于数码化的、超文本式的环球图书馆。他们的目的就是将环球图 212
书馆转变成一个巨大的，为游戏文化旅游爱好者敞开的资料汇编库。曾几何时，作者用语言思考，或思考语言，他通过虚构或批评的形式，在某种程度上，将自身的存在托付于语言。可现在，我们只会与"诠释学家"曾经所希望的那个作者的位置背道而驰。

如今，由作家和批评家组成的这个团体已不复存在，没有人再用语言思考或思考语言。"文学领域"，这个现在只能打上双引号的术语，或者只能被抹去的术语，被分成了两部分。一部分是那些暴露"真实性"的作者，他们通过（自我牺牲式的）非文学来证明这一点。然而，我们曾经所认识的文学（我想说的是真正的文学，但我还是忍住了），只能在没有“真实性”的情况下才会有可能，就像马拉美所说的，只能在表达消失的情况下才会有可能。至于另一部分，他们是负责版权管理和监督版权交易的人。而版权，或许会得到一大批专门从事数字版权管理律师团的呵护，又或许，会得到一位在所有权转让面前毫不妥协的新文献学家的学术性支持。总而言之，涉足“文学领域”的这两部分人，他们志同道合，即便在大多数情况下，他们相互并不了解。

近二十年来，持乐观态度的数码狂热分子也同样在呼吁诸如“互文性”（intertextualité）、“复调结构”（polyphonie）、“开放的作
213 品”（œuvre ouverte）这些概念，以此来提醒大家：我们已经迈入了一个新世界，一个曾经被文学先锋人士和文学理论家承诺过的世界。于是，在不久的将来，我们会看到作者的淡出，他将被复制—粘贴技术、**糅合**、**采样**美学，或只是大众化超文本（过去称为互文本）吞噬。1968 年五月风暴时期，大家梦想的关乎写作共产主义的所有乌托邦，似乎在今天变得触手可及。一些媒体理论家和评论家也对此表示承认，某些作者也因此亦步亦趋。而这些作者，并不像急于淡出的六十年代的同行，他们是奇葩作者（écrivain-geek），不仅精通法语，而且几乎完全掌握 Java 或 HTML 语言。也许，将自己塑造成一个掌握 Java 或 HTML 的作者形象，恰好可以填补后结构主义作者的空位。而与此同时，还有另外一些作者，则战战兢兢，还在犹豫是否要注册一个电子邮箱。

于是，也就出现了一部分为新兴技术服务的作家，他们就像往昔为革命服务的作家一样，但这种新服务，也没有对以前或现在的作者造成什么后果，因为当我们仔细观察时，会发现，作者始终没有真正消失。恰恰相反，他们生活在一个广泛复制的时代，自然而然地，“公众关注度”和“真实性”变得越来越重要，他们也自然而然地会为之付出代价。新事物唤醒了旧事物，甚至唤醒了发了霉的

事物，而这就是所谓的辩证。洛特雷阿蒙时代、情境主义时代、抄袭和挪用的时代，就如同大师的嘲讽时代，它绝不属于今天，也不会属于明天。

初生之犊

时机之所以成熟，多半是由于一次过失或一次意外，而现场的"受伤人员"会立即受到庇护。有关这个问题，有必要让我们去关注一下年轻的德国作者海伦妮·黑格曼(Helene Hegemann)的一段冒险经历。相对来说，有关她的故事还没有过时，但相关的传闻并没有越过莱茵河。2010年，十七岁的海琳娜·赫格曼出版了第
一部小说**《路杀蝾螈》**(*Axolotl Roadkill*)[①]。在这之前，她也尝试 214
涉足影像和戏剧。在德国文学界中，此小说的争议很大，但恰恰相反，这并不妨碍它成为一部畅销小说。某些人嘲笑此书，也大呼那是欺骗；而某些人则为之兴奋，称赞它真正见证了千禧一代，或至少也见证了在柏林 Berghain 夜店和酒吧游荡的一代。

这一代人在干啥？他们做些性事，但并不太知道跟谁做，也不想做太多，因为他们麻木不仁，而且时常疲惫不堪或酩酊大醉。他们喝酒、吸毒，不多不少，在赫格曼的书中，他们还经常呕吐。总之，在一个美丽新世界里，所有的一切都变得越来越美好。这本书的确是有点让人想吐，需要具备一些奉献的精神，才可以将它念完。但这是不是就是此书的魅力所在，或至少，它很真实？

不管怎么说，现金出纳机愉快地发出叮叮咚咚的响声，翻译版

---

① 海伦妮·黑格曼：《路杀蝾螈》，柏林：乌尔施泰因(Ullstein)出版社，2010。

本也层出不穷，直到有一天，一个聪明人终于发现，住在莱茵河那边的这位革新换代的“弗朗索瓦兹·萨冈（Françoise Sagan）”大量引用了一本名为**《Strobo》**[①]的小说，其作者的化名为艾伦（Airen）。曾经将这位德国文坛新秀看作冒牌货的读者，对此欢呼雀跃。从另外一个角度来说，当大家知道**《路杀蝶螈》**中所叙述的各种不同的过激之事，并非出自一个温柔的十七岁少女之手，而是出自一个有经验的成年作家之手，这显然让大家非常放心。但换个角度说，这个少女的做法好像的确不太好。

面对如此棘手的问题，海伦妮·黑格曼不得不承认她的确借
215 用了，但为了缓解局势的严重性，她说她一开始并没有引用艾伦的这本出版于一家无人问津的小出版社的书，而征用了他用化名写的博客，因为有关繁华首都的夜生活描写，必然首先会出现在博文中，既酷又新鲜。而一个博客主，不是一名真正的作者，不是吗？更何况他写博客的时候用的又是化名，他就差收取作者版权费了，他不受到任何一家出版商委托律师的保护，而且任何一家出版社都不会像对待旗下作者那般，拿他的**版权**当成宝贝。总之，一个博客主，他之所以存在就是要被他人抄袭的，或至少也应该说，他在网上发表文章就是要冒风险的。万不得已的话，黑格曼还可以解释说，她不知道那是一个作者写出来的东西；或许，她甚至还可以说，从某种程度上来说，这些写出来的东西就是为了给她用的。

其间，另一位聪明人还发现，女孩的父亲卡尔·黑格曼曾经在亚马逊网站上购买了印刷版的*Strobo*。在柏林文化界，卡尔·黑格曼是一位有影响力的剧作家，而我们不能怀疑，他个人对女儿小说中所描述的Berghain夜店酒吧的排泄物是不会怎么感兴趣的。接着，聪明人越来越多，他们发现**《路杀蝶螈》**中有很多处都是引

---

① 第一版，柏林：土耳其圆顶小屋（SuKuLTur）出版社，2009。

用的。

事情居然发展到这样一个地步，通常情况下，出版商应该做出让步，从市场上撤回此书，同时希望大家尽快不再议论此事。但事情却比想象的更离奇，情况恰恰相反。抄袭的指控让正在走红的年轻黑格曼越发出名，德国的一大半媒体将她骂得狗血淋头；但同时，她也受到另外一半媒体的支持（他的父亲是不是很有势力？），当然也得到了她的出版社——乌尔施泰因（Ullstein）的支持。这个小小的圈子，非常镇定自若、齐心协力地将问题的严重程度减至最低。乌尔施泰因出版社再版了一个附有注脚的版本，以此对征引的部分做出申明，与此同时，它又让海伦妮亲临棘手的场面，让她出现在所有可能的**脱口秀**节目中，让她将“互文性”和“复调结构”的说法强加于代表老一辈的德国人。要知道，那些老一辈德国 216
人，对作者版权问题还是相当较真的。可时代不同了，世界也变了，我们在网上漫游，我们在网上复制粘贴。我复制，我抄袭？这有问题吗？我从来都没有隐瞒什么，我当场被抓就是最好的证明。更何况，那就是我，我就是这样的。我们这一代就是这样的，我们就是在这样的阅读和复制中长大的，我们就是烟云过眼，有时也会过一下脑，我们拆拆装装、漂浮不定。我们说点什么，写点什么，并不太知道它们从哪里来，就像我们也不太知道从哪个酒吧出来，更不知道是和谁在一起。

既然大家也的确在《**路杀蝾螈**》里发现了一些具有讽刺意味的段落，字里行间也流露出对抄袭的启蒙意识——从某种角度来看，女主人公确实说了些很深刻的话，也承认这些话是出自一位博客主之手，于是，海伦妮·黑格曼最终也没有被定罪。与其看到一场充满希望的职业生涯被掐死在襁褓中，德国文学界好像情愿为这位年轻作家留些余地，为她提供有序淡出的可能性。黑格曼的粉丝则对其乖乖退出莱比锡书展的某个重要文学奖项也没有做出太多的抱怨。与此同时，艾伦先生表示，如果他对再版**《路杀蝶螈》**中的某一个注脚不满意的话，他也并不希望将罪人置于死地，而准备承认黑格曼是这部“独立”作品的作者，也允许这部作品与他的*Strobo*并存。那么，“准备”又意味着什么？当然是数目保密的赔偿金，而且赔偿也包括*Strobo*在乌尔施泰因出版社再版。

总而言之，一切都可以解决。艾伦突然成为乌尔施泰因出版社的旗下作者，而海伦妮·黑格曼则离开了这家出版社。三年后，她在翰泽尔（Hanser）出版社出版了她的第二部小说。翰泽尔出版社以严肃性和文学道德立场而享有盛誉，其负责呵护作者的工作人员，竭力让黑格曼拒绝所有关于二十一世纪文学抄袭问题辩
217 论的邀请。走吧，走吧，这里没啥好看的。于是，海伦妮·黑格曼重新恢复了童真。可不是嘛，第二部小说，如此洁白无瑕，可是反响平平。在我们眼前的，是一位痛苦的作者：要真的去写，实在很难，要建构语句、构想场景、塑造人物。她还如此年轻，勇气可嘉！

让我感到有意思的是，这件事和卡米耶·洛朗斯与玛丽·达里厄塞克之间的唇枪舌剑有些相似。卡米耶·洛朗斯大声疾呼的“心理剽窃”，如此不可思议，也不成气候，却在景观性的文化环境下，正儿八经地出现了。而这种环境镀着一层如金子般贵重的“真实性”，这也让玛丽·达里厄塞克很是吃惊。同样地，在洛朗斯—达里厄塞克事件数年之后，海伦妮·黑格曼和其粉丝的辩驳则是可以成立的，因为如今“真实性”面临的是数字复制的大爆炸。总之，黑格曼事件说明：景观性文化所梦想的“真实性”和数码技术赋予的复制性，从原则上来说，二者是不可兼容的，或者是相互矛盾的。但是，这种不兼容性和矛盾性，倒是可以结合在一起，前提是不要太夸张；又或许，在被指责抄袭之前，就提前说明自己是受了何人的影响，以此来宣布自己是无辜的。

在借用的地方添上注脚，这就是我们对年轻的海伦妮的要求，

以此让她塑造属于她这一代的完美形象。无论作者如何，无论他的作品如何，只要能够让我们买醉，让我们看到“真实性”，哪怕让我们喝下别人吞进去又吐出来的东西也无所谓。二十一世纪一〇年代的“真实性”作者，其肩负的任务相当艰巨：他（她）不仅在性方面和毒品癖方面，要表现得游刃有余，而且他（她）必须是现代的， 218
甚至是数字的，他（她）必须聊天、发帖、剪切、粘贴，在“照片墙”或其他地方占都有一席之地。难怪他（她）会没脑子，难怪他（她）不会为基本的写作花上一分钟的时间。不过值得注意的是，基本写作练习似乎又被德国文坛这位年轻才女重新提到日程上来了[①]。

海伦妮事件的结果是：没有赢家，也没有输家。德意志联邦共和国文坛没有将海伦妮·黑格曼驱逐，但她也没有将没有注脚的抄袭文本，作为二十一世纪作者的规范，强加于共和国。旧式的作者版权还在顽固抵抗着，年轻的作者也不会是它的最后一批受益者，即便他们将**数字原生代**（digital natives）的身份看成是一个简单的形象问题或姿态问题，而在景观性的经济体制下，形象和姿态毫无疑问是可以被回收利用的。最重要的是，对于一个进入数码时代的作者来说，他必须看上去是数字化的、符合潮流的、在网上的，等等所有的。

从更广义的角度来说，大家会问：这种姿态，如果它不仅仅是

---

① 菲利普·泰松（Philipp Theisohn）在近期出版的一本书中指出：海伦妮·黑格曼的美学辩论和她的文本实践是有差距的。海伦妮·黑格曼引用米哈伊尔·巴赫汀（Mikhail Bakhtin）和朱丽娅·克里斯蒂娃（Julia Kristeva）的观点，也就是用有关“对话体”和“复调结构”的观点来为自己的借用作辩护。如果我们可以因此对这样的东西下定义的话，那么，就是一种一无可取的实践，或更确切地说，是一种一无可取的诠释，一种没有对话的文本对话，如果从音乐的角度来说，就是它缺乏和谐，缺乏韵律，无法聆听。的确，在 Berghain 酒吧的嘈杂声中，我们是无法听到彼此尖叫的。参看菲利普·泰松：《文学产权，论数码时代知识分子工作的伦理道德》（*Literarisches Eigentum. Zur Ethik geistiger Arbeit im digitalen Zeitalter*），斯图加特：阿尔弗莱德·科伦拿（Alfred Kröner）出版社，2012。

一种姿态的话，是否可以得以维持。肯尼思·戈德史密斯(Kenneth Goldsmith)教授近期提出了“**创意写作**”(creative writing)的概念，确切地说，他用这个概念来支持他所定义的“**无创**
219 **意写作**”(uncreative writing)[①]，并通过安迪·沃霍尔(Andy Warhol)和情境主义作家的“挪用”来阐释其观点。从一个世纪前的达达主义拼贴(collage)到近期的“**创意写作**”(creative writing)，“作家—回收利用”(auteur-recycleur)的愿望一直都存在着。这种愿望拥有其尊贵的地位和固有的历史，而今天，这段历史又再一次被数码化的开放性和可复制性激活。但千真万确的是，景观性经济一直都知道如何将排他性和公众关注度重新置入这些初露锋芒的无序性话语，而且它还会要出其他花招。景观性经济时刻警惕着，它永远都知道，如何让洛特雷阿蒙和其继承者靠边站。

---

① 肯尼思·戈德史密斯：《无创意写作》(*Uncreative Writing*)，同前引。

第九章
群体的智慧

从组织机构到互联网 221

束缚作者、限定作者的权力和义务，新兴技术在这一方面与不可或缺的法学家和司法机关相比，总是遥遥领先。它们首先开始破坏现有的“阵势”，而且在通常情况下，让主要阵势“短路”。它们也支持新手的加入，某些新手也会毫不犹豫地冒险去违法，或至少做出不那么合法的行为。

之后事情渐渐趋于平静，大家不能再无法无天，异端分子或网络黑客也不再时尚，我们又重新花钱听音乐、看电影，甚至花钱看新闻。Napster 在线音乐创始人之一的肖恩·帕克(Sean Parker)曾基于**点对点**(peer to peer)原则，对音乐产业做了一次非常棒的摧毁性尝试，可如今他则是利润丰厚、实力雄厚的“脸书”公司的股 222
东；海伦妮·黑格曼也成了一位严格遵守自身权力和认真履行义务的作者。也许有一天，曾经担任“优步”(Uber)公司的大老板特拉维斯·卡兰尼克(Travis Kalanick)会成为国家运输部部长。大致来说，我们已经进入了一个稳定时期，让文人欢呼雀跃的作者版权领域尤为稳定。迄今为止，不仅运用复制粘贴技术的作者没有被逼入绝境，而且将复制粘贴的内容通过各种方式到处传播的作者也没有真正死亡。相对来说，倒是其他领域(新闻业、学术出版，等等)作者的损失比较惨重。

所以，这算是第一次“文本”革命。而“文本”革命，曾在“互文性”和诗歌语言革命时期就被提出来了，它的确涉及“作者之死”，不过现在看来，“作者之死”好像被延期了。但这些都已不再重要，因为作者闭门造车的陈旧观点将会受到重创。这种重创来自社交网络、“脸书”“推特”，还有其他网络平台。忘记与“超文本”相呼应的“复调结构”、征引和传播所带来的无限可能，未来属于完全参与性的社交网络。1968 年五月风暴产生的另一个乌托邦，好似摇身一变，以数码式的化身出现了。这不仅意味着知识产权的终结，也就是说，作者一个人通过复制粘贴原文，向达达主义蒙太奇、情境主义“挪用”致意的时代已经结束了，而且也意味着大家从此走向群策群力的集体式创作方式。

无可救药的个人主义，曾经以为凭借自己的力量，就能够写出让网民(usager)心醉的好书，而如今的它，正在向集体化迈进。与此同时，我们似乎也有必要将网民和曾经的“消费者”，甚至和曾经的“读者”严格区分开来。我们无法像看待消费者和读者那样去看待网民，因为现在网民有了自己的词汇，甚至各自拥有自己的词汇，这就是消费者和网民的主要区别。苏维埃议会成员从来就不知道该如何普及真正的集体性的参与性文学，而他们却又是为其而存在的。如今，与那些几乎销声匿迹的政治实践相比，这种集体
223 性的参与性文学终于在几十年后出现了。大家现在总算可以看到，不久之前我们究竟错过了什么，每个人也会对其好坏做出自己的判断。

但让我们先理一下头绪，我们可以先提出这样一个简单的问

题："脸书"和"推特"究竟给作者带来哪些变化？有关社交网络，首先要记住的是，它们就如同所有其他网络，对组织机构的合理性做出直面挑战。而组织机构，我们会说，它曾经经历了"印刷书写域"的黄金时代。所有的现代组织机构，它们都是在宪法、法律和法规的基础上建立起来的。宪法、法律和法规不仅被字字句句地记录了下来，而且是公开的，它们是印刷文化的产物，是我们通过印刷文化能够创造出来的最好的产物。写作、出版、让公众知晓、接受公众的意见，这些受到众多组织机构支持的工作方式，从广义的角度来说，运作得还算不错，无论如何它们有它们的合理性。

多亏有了网络，交流模式和社交模式才得以发展。这些模式的存在让组织机构的合理性，更确切地说，让体现组织机构的"话语秩序"不断受到腐蚀、干扰，甚至被颠覆，或至少让"话语秩序"在各种领域失去了意义。如今，一位优秀的政治家无须再提供一个出色的计划，或只是一个简单的计划——这种陈旧的东西已经过时了，它只属于书写时代；他也无须在组织机构或党派中锲而不舍地干出一番事业，不过，他必须要有广泛的人脉；他是不是法国最优秀的经济学家，这无关紧要，甚至反而会让大家起疑心：一名教授居然全然不顾公众关注度规则，企图树立个人威望？他至少也应该在"脸书"上亮亮相吧？我们并不要求他有什么特殊技能，也不要求他有雄辩家的口才，甚至更不要求他有很好的文笔，但他必 224
须有能力成为重要"沙龙"的邀请嘉宾。达沃斯世界经济论坛或G20峰会都基于遴选原则，它们好像比联合国以及其他所有资深组织机构的任何一个会议都重要，它们是网络新兴优势的象征标志。

在其他领域里也是一回事。当您向某所大学申请教师职位时，大家在必要时还是会问：直至今日，您发表了多少篇文章，注了多少个注脚？不过，没有人想阅读您的文章，因为您的同行

(peers)已经对其审查过了，并将它们纳入了重要杂志。而大家更关心的是您的人脉，您和谁合作？您和谁共事？您有什么价值？在网络中您占有多少分量？您在“脸书”有多少朋友？您在“领英”有多少联系人？顺便再提一下，几十年来，“传媒”(médiatiques)权威日益高涨，这尤其体现在新闻行业。而新闻行业，一方面大概就其本义而言，倚靠网络的存在；另一方面，它们从来没有受到“学院式体制”的保护。

网络并不是什么新玩意儿，它们一直都存在着。但随着数码技术的发展，难道我们还没看到，它们的重要性和影响力已经变得至关重要了吗？“数码技术”和“社会化的新格局，以及权威、权力产生的新格局”，此二者的关系显然团结且默契。因此，组织机构在此二者面前通常会显得很弱势[1]。

225 会议和论坛：回廊信步，离题打岔

关于这个问题，让我们来看一下会议、论坛以及其他学术研讨会的当代性演变。好像我们因此而远离了我们的作者朋友，但读者会立刻发现，我们会很快以某种隐喻的方式回到正题。要想沉溺于网络，没有什么能比论坛更好的了。

简单而言，如今存在着两种不同的会议形式。一种是已经过了时的，在这样的会议上，作者兼发言人朗读着自己的演讲稿，由

---

① 关于这点，我们可以阅读一下多米尼克·卡尔顿(Dominique Cardon)有关网络的阐述，他指出：网络是注意力经济和公众关注度经济中不可或缺的一部分。在这种经济体制中，权威正是信誉的产物，而信誉则获益于网络中的“朋友”和“粉丝”。参看《算法在梦想什么》(*À quoi rêvent les algorithmes*)，巴黎：塞伊出版社，2015，第29—33页。

于他们往往很难在规定的时间里将稿子念完，所以他们通常读得飞快。于是，演讲内容和作者都“到场”了，起码此二者曾经都处于前沿位置，因为好像这样的会议形式正在渐渐消失。曾几何时，我们在会议中酷爱据理力争，偶尔也会展开论战，酝酿征服策略或争夺话语权，我们就好像在指挥武装部队，为自己的思想辩驳。总而言之，大家会对言论的权力和论说的魅力赞叹不已。那个时候，雄辩家无处不在，他们力争成为辩论现场的主角，或者相反，躲在暗处，将自己的演说留在最关键的时候。但今天，我们大多对这样的会议不再热衷。唇枪舌剑、以理服人、啖以甘言、挑衅攻击，所有这一切都已成为过去时，于是我们在会议中百无聊赖。处于统治地位的，是“热衷”于议会辩论的、属于组织机构的官话。

先不说这个了，让我们来看看第二种会议，它们现在很流行，而且有一个很明显的特征，就是我们不再将它们叫作“会议” 226
(conférence)，而基本将其唤作“论坛”(forum)，它更时尚、更民主，与互联网更具兼容性。这些论坛话题，会或多或少涉及与世界末日有关的未来学(传媒的未来或未来的传媒，工作、健康、思想、星球的数字化，机器人，等等)，参与这种论坛的人可被分成三类。首先是“听众—观众”(auditeurs-spectateurs)，他们通常并不知道，为了一场成功的景观，他们所担任的是群众角色。因为如果演讲者在空荡荡的座椅前表达自己，那就像一台没有人鼓掌的电视综艺节目，会很不幸。一个成功的论坛，也就是一个能够设法说服足够数量的参与者去掏钱包的活动，而通常一个群众演员的位置是相当昂贵的。

花这么多钱，值吗？在最时尚的论坛中，参与者可以直接发送 227
“推文”。从原则上讲，推文会立即被投射到论坛中的第二个屏幕，这很酷。当然，在咖啡休息时间和开胃酒式的晚餐期间，听众—观众有权力或有必要埋头“联网建人脉”(réseautage)，如此金贵的机会，大家乐此不疲，甚至这是他们同意出高价来到论坛的主要原因。但是，还得掌握联网建人脉这门艺术，并不是所有人都有这个本事的。可以通过一个很明显的迹象去识别那些不会这门艺术的人：他们谈论刚结束的演讲，他们认为这些演讲是有思想的，是有东西要说的，他们还以为置身于那种旧式的、由组织机构举办的、拥有话语秩序的会议。

第二种类型的参与者是演讲者。但如果他们将自己看作是享有话语秩序的特权者，如果他们认为自己重要的话，那么他们也错了，因为他们并不重要。他们所扮演的角色，就是要让大家感到发生了点什么事。通常在演讲时，他们会使用一些花哨的幻灯片，也包括一两张必要的幽默插图，以及从 YouTube 网站上截下的一段小视频。他们让论坛生机勃勃、丰富多彩，他们保证了“景观”的质量，他们的角色就是让观众觉得没有白来。他们是**加拿大姜汁汽水**模式的雄辩家，大家会认出他们，因为他们通常就是“媒介关注的知识分子”(intellectuels médiatisés)，他们还持有一张走进电视演播室的通行证。他们精通一切，对所有学科[学科，这一由洪堡式大学(université humboldtienne)发明的过了时的东西]都有一种居高临下的气势，他们可以谈论一切，但就跟没谈一样。其实他们什么都不谈。

当然，论坛中的精华要属那些“常歇着的”人，也就是那些在休息时间结束之后，还继续联网建人脉的人，他们甚至懒得装出一副听讲的样子。他们果断地选择了“操场”，放弃了“教室”，或更确切地说，他们选择的是走廊，因为他们明白，网络可以让往昔的话语秩序完全失效。话语秩序涉及的是像话语主体(sujets du discours)这样的东西，而话语主体则会动摇他们的立场和权威。但在网络中，话语秩序和话语主体这些东西都是无力的，它们不再是必要的。网络规则就是大家总有东西要说，而且，总是有其他人把这些要说的说了，所以您不会受牵连，更不必负责任，也不会影响您潜在的作者身份。

在走廊上，我们会遇到那些沉湎于网络的健谈者，当务之急他们要做的，就是将智能手机贴在耳朵上打几通电话，或在同一部手 228
机上发几条短信，以此让大家觉得在生活中，还有比参加论坛更重要的事。此外，时常掏出智能手机，对某些人来说，也是一种必不可少的宝贵援助，这些人通常是没有网的、孤独的、迷失在走廊上的，比如那些走错了会议室的旧式作者。这些“常歇着的”人，步履悠闲，耳朵贴着手机，愁眉不展，因为他们正在说的事很重要，非常重要，即使他们只是在和自己说话——总而言之，只要自己觉得心安理得就可以“玩得很转”。

然而您会问，居然这些“歇着的”人对那些演说根本就无所谓，为什么还专程跑来，为什么他们不在自己的办公室里，或在某个鸡尾酒晚会上联网建人脉。但大家必须意识到，联网建人脉会让人觉得害臊，需要一些借口，否则就像性欲一样是猥琐的：大家都希望将联网建人脉变成一件正大光明的事。如果在某一论坛上，一位司仪大声说：“现在，请大家联网建人脉吧！”就好像有点过了，这就像主持一场美好派对的主人，突然嚷道：“现在，请大家求偶狂欢吧！①”

难道您还没有明白？如果联网建人脉不能够**让人看到**的话，
那么也许它会失去四分之三的魅力。论坛是属于那些新潮的、联 229
网建人脉的人的，就如同歌剧曾属于旧式贵族阶级，那些贵族来到剧院就是为了炫耀自己：他们坐在包厢里，心不在焉地听着回旋在大厅里的咏叹调。从其他角度来看，把握良好的网络关系，拥有很多朋友和粉丝，这样的好处就是可以拿来作秀的，就像“脸书”和其

① 请允许我做这样的比较，因为确实在一次论坛上，我听到一位司仪在开胃酒式的晚餐上这样嚷道：“啊！现在大家联网建人脉吧！”我当时觉得这句话很粗俗，甚至很土，不管怎么说，我当即没了胃口。

他网络平台，也都完全明白这点。我们甚至可以说，这正是网络存在的原因："**精彩必将继续**"(*the show must go on*)。必须让景观"吃饱喝足"，当景观成为自身权力的景观时，也就是说，当它一直是自身权力的景观时，它便完美地从网络舞台中吸取养料，而网络舞台构成了景观权力，也构成了拥有景观权力的网络舞台。

也许这就是"脸书"获得巨大成功的关键：它让所有人以景观权力代理人或参与者的身份在网络上作秀，加入网络的人越多，景观权力便愈发容易形成，愈发会成为主导地位，愈发会"自我炫耀"。如果真是这样的话，如果"脸书"能够让每个人都拥有一份荣耀，哪怕只有一刻钟的荣耀也好，或至少拥有一丁点如尘埃般的公众关注度和权力；如果"推特"能够让所有人将自己视为"小萨特"；如果真像乔治·弗兰克所阐述的，公众关注度和炫耀自身的权力实际上是最烈性的毒品，那么我们也就更容易明白为什么所有人全然无视个人隐私的保护，而在网络上冲锋陷阵了。

不管怎么说，在当今的会议和论坛游走一番，我们得到这样一个结论：如果网络让我们走出了组织机构，那么它们一点都没有让我们摆脱景观性的权力，恰恰相反，它们成了景观权力最有效的介质。饶了那么大一个圈子，我们也可以得到这样一个结论：景观对于旧式的组织机构来说，也是一种特别有效的腐化介质。但是，这个我们早就知道了，或起码，很久以来我们就应该明白的，至少是从德波那个时候开始的。他曾经提出：意大利黑社会拥有超前的
230 景观性政体的治理模式①。那是一个非常有效的网络组织，虽然现在看来它有点过时了：设想一个论坛必须遵守黑手党严格的"封口令"(omerta)和缄默法则，好像有点不妥。

---

① 居伊·德波：《对于景观社会的评论》，载《作品全集》，巴黎：伽利玛出版社，"Quarto"丛书，2006，从第1630页起。

非职业化

在《**世界报**》(*Le Monde*)每一次陷入经济困境时，政府便会找一些准备伸手掏零钱包的投资商，因为不管怎么说，虽然《**世界报**》是一个组织机构，可事实上，每一次资金筹集会都显示，读这份报纸的人在一天天地减少。《**世界报**》是组织机构，那就**更不用说**(*a fortiori*)《**世界报图书专刊**》(*Le Monde des livres*)了，它和英国、德国等其他国家的著名文学专刊一样，也是组织机构。设想如果将这份专刊取消，大家也定会大吵大闹。所有这些专刊有一个共同之处，就是它们被“养”着，它们面向一切而又抵抗一切，也就是说，它们尤其抵抗因读者不满而造成的威胁。因为一方面，这涉及的是有关报社的名誉或声望；另一方面，如此这般的文学专刊，代表的正是组织机构，所以是不会让大家一笔勾销的。

这也就是为什么文学本身会变成一种组织机构，而没有变成一个简单的菜市场。从另外一些角度来看，文学专刊也参与文学组织机构的建立。一个多世纪以来，文学领域中的一些分工几乎是非常明确的：文学专刊决定接受什么样的新书，总地来说，它们会对“新鲜”文学“产品”的质量管理做出规范性的干涉，它们将作者介绍给读者，同时也让读者去遗忘很多其他作者；至于大学院 231
校，则会根据不同的时期，或多或少从客观的角度出发，对文学领域做出深入研究，对不同时代选择的合理性据理力争，当然有时也会提出选择的不合理性(要么贬低价值，要么恢复名誉)。

一个多世纪以来，所有不同派系的各种文学评论家，曾经努力将文学成为一种组织机构(皮埃尔·布尔迪厄会说，那是一个“自治的领域”)。这种组织机构拥有很多大门，每扇大门都由我们通常所称的**把关人**(gatekeepers)守护着，当然，这个称呼不被用在市场领域，而被用在新闻媒体领域。如今，**把关人**因互联网和社交网络上出现的各式各样的点评而渐渐消失：比如，亚马逊的商业平台评估，众多专业平台上的建议和反馈，尤其是社交网络上的“个人”点评，还可以再加上出版社或作者的官方网站里的点评，等等。

所有这些新形式的点评，很难与简单的广告区分开来，它们直接调动了网络用户的积极主动性，并且让他们按照一定的习惯用语来评判。这些新形式的点评特点，是不再具备组织机构的特征，它们具有包容性和兼容性，而不是排他性。于是出现了一种过渡：从往昔的“话语秩序”过渡到了一种好像“话语无序”的东西，或者说，从规范化、体制化话语的专业化过渡到了一种非专业化。

这种非专业化会造成一定的后果，因为的确，当组织机构缺少被认可、被指定的专家，那么它就不能正常运行。文学，它曾经是
232 学院的，后来评论家、出版社等也参与了进来。新兴技术，它们不单单支持网民以崭新的参与者的身份出现在文学“领域”，它们也不仅仅重新分配了“领域”内部的定规性权力，它们其实深刻改变了“领域”的本质，甚至让其瓦解。二十二世纪的文学历史学家，也许在将来会发现在二十一世纪上半叶的某段时期，在市场和数码技术的冲击下，如同组织机构的文学被解体了，被分解成无数的“各取所需”。这种“各取所需”，一方面脱离了一切共识性和一切规范性，另一方面也脱离了一切记忆和历史。这些文学历史学家还会进一步发现，文学历史已不复存在，文学已经不再成为可能，因为文学的发展其实离不开组织机构所达成的共识、做出的标准和选择。然而，这些选择已不再成为可能，因为当网民在众多网络平台，不论以集体或个人的形式都一味坚持己见时，他们不仅会完全忽视学校提供给他们的读物，也会对**《“世界报”文学专刊》**或**《“泰晤士报”文学副刊》**(*Times Literary Supplement*)不屑一顾，

甚至只是忘记了它们的存在。

随着"网民—定规者"(usagers-prescripteurs)的与日俱增,再也不会有任何达成共识的决定性标准(决定性标准也同样决定了大家的共识),也不会有反标准(因此不再有先锋派),更不会有文学史。比如在今天,我们也许会很难辨认一些诸如"文学流派"(écoles littéraires)的东西。而曾几何时,我们在存在主义、"新小说"或《**如此**》杂志时期,大家可以对各自为政、承上启下或相互干预的文学流派做出识别。**游戏结束了**(Game over),而这不仅仅限于法国。

对于网民的这种**增强性权力**(empowerment),我们是否应该感到后悔莫及,还是恰恰相反,为之欢天喜地?曾经是被动的"消费者—阅读者"(consommateurs-lecteurs),他们只不过是大众文
化的炮灰,而如今他们则将命运掌握在自己的手里,积极参与未来 233
文学领域的"配置"(configuration)工作。没有任何理由去责怪任何人所阅读的任何东西,或阻止任何人在任何网络平台推荐自己的选择或为其辩护。但是,还是要对网民**增强性权力**这一事实,以及广义上的网民创造力做一个评估,或试图做一个评估,因为他们的某些评论只不过是想到就说罢了。

按照马歇尔·麦克卢汉的"媒介即讯息",以及媒体的不停地"自我炫耀",将网民晋升为"文学定规者"(prescripteur littéraire),这对网络来说是一件好事,但对文学则不然。网民用的是网络,而网络则保障并鼓励网民的定规权力,这就是网民身份的套套逻辑。让曾经被动的文化消费者几乎在所有领域都提出自己的看法;让他们成为"脸书"公司的"公务员";让他们无限制地操作数亿网民正在同时操作的程序;让他们为神秘的算法服务,而他们却并不知其中的奥秘,只知道算法会为它们的发明人和管理人带来巨大的财富——所有这一切,对于文化消费者来说,是否真的算是一种进步?

234 如果我们这些数码文盲——因为大致来说，我们既不懂 Java，也不懂 HTML，更不懂其他编码——都在齐心协力地为网络景观服务，在那里通过跷起大拇指的"赞"("脸书"里居然还没有拇指朝下的"踩")和几个表情符号，来体现自己是一位优秀的网民，这是否算是一种进步？网民正在被他们使用的软件格式化和奴性化。这就是景观当今的格局，它从大众传媒吸取养料之后，又毫不费力地转身"投胎"到了属于社交网络的个人交流舞台。

这里，我们会想到 Apple(苹果)公司所有产品上印的那个象征性的"i"("我")，独一无二的公司，其自身就是新景观的象征。二十世纪六十年代前卫艺术家曾经梦想的"参与式艺术"(art participatif)，如今也许以一场闹剧的形式，通过**加拿大姜汁汽水**的模式被实现了。至于这件事是好是坏，每个人都可以做出自己的判断。不管怎么说，我们在后面还会提到的这场闹剧，通常将自由空间留给那些愚笨且得意扬扬、随波逐流的人。不过还是有必要再重申一遍，这些随波逐流者是构成景观的关键。当然，在过去也一直是这样，包括在最早的贵族阶级中，也能够找到这样的随波逐流者，比如我们可以在巴尔塔沙·葛拉西安(Baltasar Gracián)对那个时代的描述中找到，德波曾经也对葛拉西安怀有钦佩之情。我们(究竟)在推文、在"脸书"上交流(什么?)，我们都成了"宫廷"中的数字男女。

顺便还得再提一下上面所说的"非专业化"，如果它让"网民—定规者"蠢蠢欲动，那么它也直接影响到了作者。作者的非专业化，第一次是因为在公众关注度电视经济体制的要求下，作者受到了**加拿大姜汁汽水**模式的束缚，而第二次则是因为网络权势的越发壮大。事实上，没有理由让"非专业化"仅仅限于"网民—定规者"，也没有理由让那些骄傲的网民仅仅满足于对知名或不太知名的专业人士做出礼貌的点评。更何况，这些专业人士，大致就是传统权威或组织机构权势的“支流”，他们其实也并不满足于这种现状。如果从今往后，网民可以擅自对作者做出评判，那么他们也会轻盈地迈出下一步：占领作者的位置，让自己成为作者。也可以说，大家既想当“法官”又想当“原告”。网民，英语有时也叫作 **produser** 或 **prosumer**，他们既是网络上的生产者也是消费者，而且 235
他们也是网络的化身。网民的一个主要特征是：他们不仅消除了在增值创造链中的许多中间程序，而且也将生产者和消费者混为一谈，而此二者在过去，被清楚地区分开来。因此，当涉及我们研究的话题时，此二者涉及的便是作者和读者。①

可以再举一个典型的例子，还是亚马逊，它的出现，首先导致书店的技术性失业，之后便轮到出版社，最后导致作者失业，作者自此被一些提供给网民的自助出版软件取代了。这又是文学领域另一个瓦解的征兆：不但任何人都可以以“读者一定规者”的身份介入，而且任何人从今往后都可以以作者的身份出现。曾几何时，尽管电视公众关注度经济对不专业的作者情有独钟，但同时也将他们束缚于排他性：候选人很多，但被选的却很少。随着数码技术带来的骤然变化，从今往后，作者本应具备的排他性、专业性、学习精神和本领才干全被废除了，他可以是十七岁或一百岁；他可以了解或不了解文学；他可以是从事化妆产品、宠物产品的专业人士；他可以来自人道主义组织、美食学，甚至任何其他领域，一切都可以。

这一新局面意味着“自助出版”(self-publishing)就此被“封为 236
贵族”。依靠数字平台的自助出版成了一种廉价的孩童游戏，尤其

---

① 将作者和读者混为一谈，这又是一件会让六七十年代的先锋人士微笑或做出鬼脸的事。他们曾经努力消除旧式的职责区别，尽力消除“批评家”和“作家”的区别(巴特)，或者提倡写作和阅读不可分割的共同特性——依然是洛特雷阿蒙——他是二者结合的倡导者或永恒的代表人物．参看马尔塞林·普雷奈(Marcelin Pleynet)：《洛特雷阿蒙文选》(*Lautréamont par lui-même*)，巴黎：塞伊出版社，“永恒的作家”(Écrivains de toujours)丛书，1967。

是它部分性地摆脱了往昔的“作者自版”(*à* compte d'auteur)这样一个让人感到可耻的声誉。也许，自助出版被“封为贵族”有点夸张，因为它更多涉及的是商业盈利。商业盈利之所以成为可能，一方面是因为自助出版的固定成本几乎为零，另一方面是因为部分作者可以得到大家的认可，这就像通过 YouTube 网站也可以成为歌星一样。我们应该看到，这样的作者不仅是导致文学组织机构瓦解的原因，也是文学组织机构崩溃的最终结果。作者从今往后可以自己创业，他们也这样做了。这就如同在不久的将来，比起他们的所属组织机构，教授会更加青睐“大规模开放在线课程”(MOOC)[①]，当他们觉得后者的获益多过前者时，他们也会这么做的。

有一天，组织机构将不复存在，大学和中学都建在网上，甚至教授也在网上。教授在原则上是如此发自内心地依恋、依赖于组织机构，但他们还是会开始自己创业。可是这种创业也会让他们承担风险，也就是说，当所有人都这样做时，他们也会看到自己的消失(啊！我们会为垄断性职业的消失而深感遗憾)。于是有一天，大学院校也将被技术的发展而迎面击溃。我们也许会抛弃那些可以追溯至中世纪的建筑和教室。有朝一日，所有这一切以及它们的残骸，就像很多其他组织机构一样都会过时，甚至教授这个职业也不是永恒的。

237

平易近民的作者

近几十年来，走进电视演播室是作者的分内之事。最近，论坛

---

① MOOC 是 Massive Open Onlin Course 的缩写，它涉及的是远程在线授课，有时适合众多学生。

也成了作者的分内之事：无论论坛涉及的是什么话题，总之邀请一位成功的作家是一个不坏的主意，因为他的职业是有灵魂的，所以聆听他很**酷**，这和聆听一位不知道什么是灵魂的行家是不同的。虽然有时我们并不知道被请到电视演播室的作者到底想说什么，但他的言辞的确很优美，如果我们可以有机会认识他，在开胃酒式的晚餐上与他握个手，那么总而言之，大家没有白来。与此同时，出现了社交互联网，虽然大家在网上要比在开胃酒式的晚餐上吃得少、喝得少，但作为一名作者，他必须在网上以这样或那样的方式与读者对话交流。

作者在网上的千姿百态是可以想象的。有的作者满腔热忱，他们既有自己的账号或网站，又有一直在线的博客，他们不知道什么是寂寞，当他们的"脸书"没有读者光顾时，他们便会惶恐不安，漫长阴沉的上午，百无聊赖，如果换作过去，就好像一天没有阅读**《世界报图书专刊》**。有的作者则废寝忘食，那是为了讨好他们的出版社以致不被抛弃，当他们每次遇见出版社的新闻专员时，都会惭愧万分，因为后者让他们明白，他们的粉丝还太少，要加把劲。如果新闻专员自作主张，对他们的身形外貌做出相对的大小调整，那就更加让他们感到羞愧无比。还有的，就是那些什么都不懂的作者，他们在沟通交流方面只相信出版社，因为其来自那个曾经让他们选择了写作的世界，因为他们的确对广告不太感兴趣。当然，弗雷德里克·贝格伯德(Frédéric Beigbeder)则和这些作家恰恰相
反，大家会说那是因为这和他所学的专业有关[1]，他也的确是当代 238
文坛最有天赋的人物之一。

拉马丁(Lamartine)、雨果、左拉，一直到萨特，如果作家参与

---

① 弗雷德里克·贝格伯德，作家，文学评论家兼导演，生于1965年。曾经任职于广告公司的他，著有多部小说，在媒体上时常抛头露面。——译者注

政治，或至少在这方面表现得很积极，会被看作一种气度。对于那些没有如此追求的作家来说，有一些其他值得关心的主题：痛楚、疯狂、远离社会、语言的碰撞、无意识，等等。由于社交网络的飞速发展，如今在作家形象的“货架”上出现了一个“新产品”：近距离互动。

电视曾经让大家看到了作家，他是人性的、平凡的，但通常他还是和同行交流，或和贝纳尔·毕佛交流。毕佛是幸运的，他和所有的作家交流。如今，社交网络让大家觉得作家一直都在网上，他随时有空，可以近距离接触，就好像他和您住在同一层楼，如果您高兴的话，可以向他问个好：“你好！马塞尔。”文学“交流”在两千多年的时间里，近乎是单向性的。作家在遥远的地方与我们交流，在铺着软木地板的房间深处；在布拉格保险公司的办公室里①；有时甚至更遥远，他们用我们陌生的语言、不认识的字母，甚至不是字母的文字，在一两千年以前的时空和我们交流。而如今，作者近在咫尺，这是一种发展趋势，而我们并没有看到这个问题的严重性。近乎两千多年来，作家一直习惯保持距离、保持沉默，突然他们开口和我们说话了。设想，拥有“灵晕”的莎士比亚或普鲁斯特在“脸书”上和您打招呼，那简直就是奇迹，他们一边和马塞尔说**“嗨”**，突然又和这边的樊尚、威利说**“嗨”**，同时又和另一边的温妮**“嗨”**上了。

但我们知道，“灵晕”和“脸书”此二者是不可兼容的，近距离地
239 和那个拥有“灵晕”的人在一起，会让他要么失去“灵晕”，要么失去自己。到头来的结局是：最后一次邀请您的不是盖尔芒特(Guermantes)公主，而是凡尔杜兰(Verdurin)夫人。普鲁斯特和莎士比亚，他们就是他们，因为他们不通过“脸书”回答问题。但谁

---

① 这里指的是卡夫卡。——译者注

要是这么做了，那就永远都不会成为普鲁斯特或莎士比亚。那么，出现在社交网上究竟有什么好处呢？要搞懂作者平易近民的关键所在，还是一个关于“灵晕”的问题。瓦尔特·本雅明曾经认为，“灵晕”只和艺术作品的不复制性有关，无论怎么说，这个观点是错的。艺术作品可以死灰复燃，而“灵晕”也是千变万化的，尤其“灵晕”可以被数字化。

如何理解这些？社交网络变得越来越重要，它们正在建立自身权威，尤其在文化产品的制造领域中，正在为拥有很多粉丝的网民添加“灵晕”，它们试图在市场上制定法规，对市场施加标准（或取消标准）。从最平庸的角度来看，社交网络非常有利于市场营销，所以作者最好是出现在社交网络，在那里和网民合作。您是一位热爱网络的作家，那么很简单，网络也会爱上您，因为您为网络服务。因此，出现在网络，效忠于网络，这一切都关乎您的切身利益，在这样一个美好新世界里，所有的一切就如同智能手机屏幕一样在闪闪发光，尤其是您。

从“读者—网民”的角度来看，也是一回事。一名爱好文学的网民，他可以仅仅满足于阅读作家的作品。以他的平均闲暇时间来看，他的阅读应该受到尊重，甚至值得赞赏，因为到头来，他所能阅读的作家，无论如何不会超过几位。但是一位积极的网民，他不仅仅会停留在阅读这个层面上，确切地说，他不会被动地去阅读他的马塞尔，他还要和他所追随的作者平等对话。（对了，你的那本书说的是什么？）他并非自以为是，也不是特别有抱负，而是网络让 240
他变成这个样子，网络让他“赞”，网络让他和朋友分享一些他头脑里所有一闪而过的东西。

我们在网络上**平等地**对话，这是最基本的原则，于是“脸书”吸引了数十亿人。这与一开始马克·扎克伯格的合伙人的想法完全不同，他们曾经只想去吸引那些**美国常春藤盟校**（Ivy League）的

少数幸运儿(happy few)。作者顺从地遵守平等对话的原则，就如同过去，他们在他人的天下为他人效忠。而网民也希望从中得到好处，可事实上，他们只能收集到作者尘埃般的一丁点"灵晕"。总而言之，作者很古怪，如果我们太靠近他，他便烟消云散或成为泡影。而网民似乎一直都没有明白这一点，或者他们根本就无所谓，因为他们就此加强了网络的影响势力，即使牺牲那些曾经受到网络承认的作者，将其化为乌有，也在所不惜。

众　包

作者就在您身边，他回应您，不仅仅当住在隔壁的您，潜入他家问他要盐，或者拽着他闲聊他的最新作品，而且当您近身贴着他的肩膀，向他提出您的看法，给他建议时，(马塞尔，这一段，太长了！)他也回应您。同样，网民如果想成为作者，也无须再去讨好拥有陈旧模式的评论界和出版界；同样，网民不仅仅会在新作出版之后介入，也会在它的"生产"过程中，以各种各样的方式对其进行干涉。自此，网民参与了进来，而作者也越发频繁地选择与网民合作。

241 合作第一阶段，我们会看到网民在网络或博客上发布的一些简单的看法。这些看法所涉及的，可能是刚出炉的一本新书，也可能是出版社在网页上刊登的一篇"试验"章节——这样的现象越来越多。这并不是什么新鲜事，二十一世纪的作家并不是第一批为了迎合众人口味，去搜集他们喜好而写作的作家，但自从社交网络允许网民即兴发表看法后，我们从来没有那么精确快捷地能够对大众口味类聚群分。因此，来自积极网民组建的民众力量，从来没有对作者造成如此巨大的压力。面对这样的压力，有些作者俯而就之，有些则顽固抵抗。

某些人甚至预言，在不久的将来，当成本被减至最低，我们将提取数据这项工作交给软件，而这些数据便是网民为下一部作品问世所提供的必要讯息。于是，我们不仅会考虑网民对某部小说或小说某一章节的看法；考虑它们是否被分享；考虑它们被“赞”或被“踩”的比率，而且我们也会考虑网民的阅读方式：当他们用平板电脑或电子书阅读器阅读时，如何跳过一些章节或再回到另一些章节，所有这一切都会让“善良的”供应商掌握大家所有的阅读方式。我们会在最后一章再讨论这个问题，但在这里要提醒大家的是：与网民合作的作者和被软件取代的作者，此二者之间只有一步之遥，这也正是在最后一章所要阐述的。

在作者和网民合作的第二阶段，便进入了通常所说的**众包**(crowdsourcing)①，它有时和**众筹融资**(crowdfunding)的经济模式
结合在一起。所谓**众筹融资**，就是我们要求相关的网民，用这样或 242
那样的方式，在通常情况下，提前对一个项目做出全部或部分的资助，这样的项目可能是没有收益的，可能是有收益的，但通常来说，就像文学、艺术和音乐创作领域里所得到的象征性回报，当然有时也会得到可以获得投资回报的承诺。

而所谓的**众包**，就是个体或公司，不仅仅通过内部，而且还通

---

① “众筹融资”一词首先由杰夫·豪(Jeff Howe)在2006年提出，这个词一开始出现在《连线》(*Wired*)杂志刊登的一篇由杰夫·豪撰写的文章中。如果这是一个新词的话，那么它其实指的就是之前几年就出现的有关“开放式创新”(open innovation)的实践[参看亨利·切斯布洛(Henry Chesbrough)：《开放式创新：从技术创新中获利的新规则》(*The New Imperative for Creating and Profiting from Technology*)，波士顿：哈佛商学院校出版社，2003]和“群体的智慧”[参看詹姆斯·索罗维克(James Surowiecki)：《群体的智慧》(*The Wisdom of Crowds*)，纽约：兰登书屋，2004；也可参看杰里米·里夫金(Jeremy Rifkin)：《路径时代》(*The Age of Access*)，纽约：杰里米·P. 塔彻尔/普特南(Jeremy P. Tarcher/Putnam)出版社，2000]。

过网民或各种不同的网络平台寻求解决问题方案的一种合作方式。共享知识，共同面对问题，也就是说，与其依赖某个人的个人聪明才智，还不如利用知识共享或群众的智慧。我们常常给大家举这样一个例子：参观苏格兰农业博览会的人，他们可以群策群力，合理地对一头牛的体重做出评估。在这种特殊情况下，群众的智慧是个人评估总和的平均值，比任何个人评估都要来得精确。当群众智慧被运用到国家管理时，就意味着统治大众最好的办法就是采取中立，因为群众的智慧是中立的。但基于网络的现代化
243 **众包**，尤其是在新兴技术领域，才有机会真正证明其价值所在。编程和编码显然是可以让大家群策群力的活动——而我们也会立即想到该如何论证这个假设——其实编程和编码是和数学有关的事，而主观因素在这样的事情中被几乎减至零，因为从原则上来说，整件事只关乎 1 和 0 的准确排位。

鉴于**众包**形式中可靠的数学和技术的优势，大家会问：为什么这种合作方式，会相对来说那么快地和文人搅在了一起？而大致来说，Java 并不是文人的强项。为什么这种合作方式会传染，甚至会对作者的发展方向进行“配置”？而作者从中放弃的，正是让他们迄今为止成为作者的特权。在某些情况下，答案似乎不言而明。当知识共享占据首要位置，群策群力的作者就有充分理由和一切机会获得大家的认同，这里涉及的是集体作者的内部运作，它们有的并不基于**众包**，就像如今大多数院校的学术刊物；而有的则基于**众包**，就像“维基百科”（Wikipédia），其编辑人员将所有百科词条，甚至将一些连他们也没有想到的词条全都提供给了网民。而且我们还知道，大致来说，“维基百科”并不比“环球百科全书”（Universalis）这样的组织机构性的百科全书还要不靠谱。但当涉及文学时，还是有必要仔细研究一下作者和网民之间的“合同”，看看它们有哪些类型。这里的作者，充其量是一个“传授者”

(initiant),因为他确实放弃了属于他的权威。

在我们所研究的范围内,**众包**始终基于一种内部和外部的合作原则,内部指的是一家公司、一个个体或一位作者,外部指的是在某些领域里专业或不专业的网民。当我们审视基于**众包**模式的文学作品时,这些作品通常和一个名字,也就是和一位发起这个项目的作者有关,表面上来看,这很合乎情理。但我们也可以反过来说,从原则上讲,**众包**模式让个体作者消失,我们却会惊讶地发现, 244
在大多数情况下,只有作者的名字出现在作品中,好像成果只归功于他。这种模棱两可的现象也许是文学**众包**中最有意思的一个现象,因为这关乎作者的命运:要么死里逃生,要么因被网民淹没而消失——这有点像作者的第二次死亡,关于这一点,某些研究人员也已经将作者死亡和数码技术的出现联系在了一起[①]。作者会被网民吞噬吗?或相反,他是否可以将网民吞噬,让他们为其效忠?为了深入研究这个问题,我们有必要想象一张规模列表,其中排列着作者和网民之间不同规模大小的合作方式,而合作规模的大小则根据合作本身留给作者的权力和空间而定。下面我们举几个例子。

在规模列表的最顶端,**众包**显然是为作者服务的,而且作者也是最终的受益者。比如提姆·克罗恩(Tim Krohn)的写作实践就属于这种情况,他祖籍德国,现居瑞士阿尔卑斯山谷的明斯特尔塔尔镇(Münstertal)。他算是相当有名的,曾经写了三十多部小说和戏剧,自二十世纪九十年代以来在瑞士和德国也获得了一系列的文学奖项。他与网民的合作方式结合了**众包**和**众筹融资**两种模式,合作原则是这样的:网民受到邀请,在一张大约罗列了一千种

① 比如,可以参看弗洛里安·哈特林(Florian Hartling):《数字作者,互联网时代的作者身份》(*Der digitale Autor. Autorschaft im Zeitalter des Internets*),比勒费尔德(Transcript)出版社,2009。

人类情感的词汇表中，选择一个自己喜欢的情感词。网民可以花一笔钱，将选择的词“买”下，因此从某种程度上来说，他们成了这些情感词的独家所有者。之后他们必须将买下的词和其他两到三
245 个词，也就是所谓的关键词，放在一起，比如，您买了“妒忌”这个词，然后您将它和“雨”“酒”“纽约”放在一起。于是，提姆·克罗会根据您购买的情感词和提供的关键词，为您写上一则故事，然后这则故事又会被编入一部拥有众多角色的、正在酝酿的长篇小说《777 人类情感》（*777 mouvements humains*）[1]。

这种写作方式看上去非常诱人，就像过去的文学，它让人梦想，让人想到了旧式浪漫主义对“全书”的梦想，如果涉及的是人类所有的情感，倒是可以和奥利维叶·罗兰（Olivier Rolin）的**《世界的发明》**（*L'Invention du monde*）相提并论，当然也可以和巴尔扎克的**《人间喜剧》**（*La Comédie humaine*）一争高下，又或许就像“乌力波”（Oulipo）[2]时期大家喜欢的那种基于“限制”原则的文学创作。如果提姆·克罗恩是乔治·佩雷克（Georges Perec），他也许不会建议网民花钱购买情感，而会让网民花钱购买字母，直至它们全部消失，而字母的价格则根据其出现的频率而定（“e”非常昂贵，“w”几乎白送，等等）。但除此之外，两位作者的区别依然是不可估量的。

246 提姆·克罗恩设想的有关与网民合作的方式，的确不是什么新玩意儿。网络或互联网只是将鼓励读者创作的过程系统化，或扩大化了。而迄今为止，这种创作过程一直都存在，通常它显示了

---

① 德语为 Menschliche Regungen。现在（2016 年 9 月），提姆·克罗恩正在创作**众包**的“第三季”。整部小说将在 2017 年至 2018 年出版。

② Oulipo 是 Ouvroir de littérature potentielle（潜在文学工场）的缩写，它是一支由作家和数学家组成的国际团体，该团体的成员将自己定义为“试图从自己亲手建造的迷宫中逃出的老鼠”（rats qui construisent eux-mêmes le labyrinthe dont ils se proposent de sortir）。——译者注

群众的创造力要比作者的个人才华略微逊色。就此事而言，好像提姆·克罗恩是这次合作的大赢家。他成功地将巴尔扎克式的作者形象——总而言之，有点像造物主，或至少像一个高手的形象——与一个愿意合作、平易近民，甚至聆听读者情感的作者结合在了一起。的确，也是那么一回事。

提姆·克罗恩设想的**众包**模式，与他非常有创意的**众筹融资**模式相比，则稍逊一筹，这里有必要对后者做出详解。**众筹融资**的优势在于，所有的参与都被明码标价。网民花25瑞士法郎(大约23欧元)①可以收到一张印有美丽的明斯特尔塔尔镇的明信片，明信片由作者亲自设计，上面的字也是作者亲笔所写。花50瑞士法郎，网民不但会收到明信片，而且会被邀请加入为期一年的、由作者创建的"脸书"群组，进而可以实时了解小说的进展。花60瑞士法郎，除了拥有以上两项优惠外，还会获得作者的一部有声读物。花100瑞士法郎，除了以上的优惠，您将成为"脸书"群组的终身会员：您可以实时跟踪了解提姆·克罗恩**所有**小说的进展，直至他去世，直至您去世，直至"脸书"消亡。花200瑞士法郎，除了上述的享用特权，您将会被邀请在美丽的明斯特尔塔尔镇与作者一同喝咖啡、品蛋糕。花250瑞士法郎，真正严肃的事情开始了：这就是用来购买情感词汇和关键词的价格，作者根据它们撰写**属于您的**故事。这个价与巴黎蒙马特高地的艺术家画肖像价格差不多，但是肖像可能会更像您。花500瑞士法郎，您不仅会拥有属于您的故事，而且您还享有快递服务，这很有用，比方说，您忘了祝贺您祖母的八十岁大寿，所以您突然急切需要这则故事去补偿。花750瑞士法郎，作者将在一家酒店的房间里，亲自为您朗读属于您的故事，您同时也会得到几本作者签名的样书，当然加入"脸书"群组是

① 折合人民币约180元。——译者注

必然的。花 1 000 瑞士法郎，我们可以一口气买下三则故事，并且被指名道姓地写在即将出版的书中：成为美第奇家族式的文学艺术事业资助者，自此已是中产阶级伸手可及之事。1 750 瑞士法郎，这是给一般公司的特殊优惠价。花 25 00 瑞士法郎，作者邀请您在他明斯特尔塔尔的家逗留两天，包吃包住，您也会有机会与作者谈论生命的意义。最后，花 5 000 瑞士法郎，依然是在作者的明斯特尔塔尔的家，他会为您举办一个为期一周的，两人参加的私密写作坊。您和作者所写的内容最终将以朗诵会的形式被“加冕”，
247 届时您可以邀请亲朋好友来参加。

请读者原谅我如此冗长的列举，它们的真实性，大家无论何时都可以在提姆·克罗恩的个人网站上进行核实。这些列举典型地说明了，某些任务的确落在了平易近民的作者身上，而作者也可以以这样的形式出现。克罗恩所建立的**众筹融资**就如同他的**众包**，二者的目的是一致的：让网民觉得，可以近距离地和他接触。按照前面所说的公众关注度经济规律，我们还可以看到，根据网民所下的不同“赌注”，提姆·克罗恩或多或少也付出了自己的代价。至少，作者通过明信片让您看到了他的明斯特尔塔尔镇，让您看到了他的真迹，而真迹，自古以来就是真实性的可靠保障，和穆拉诺岛(Murano)现场表演吹玻璃的手艺人有得一比。然后，作者让您通过“脸书”的群组专用权，进入他虚拟的神圣殿堂。“灵晕”**在线**，如此神奇，与创作者如此近距离地接触。啊！这是您，您在创作者的大脑里，至少占据了他大脑的一部分，这一部分可以在“脸书”上搜索到。

当然，如果您口袋里还有钱的话，那么作品中有关您的故事、您的原型(包括指名道姓)、您在作品中的现身，以及出现在您身边的作者，这一切都将会变成各种可能的故事组合。作者会如**男伴**(escort)一样，亲自来到您的酒店房间——或更甚，他邀请您去他

的私人空间，在咖啡和蛋糕的陪伴下和您探讨哲理。最精彩的要数写作坊了，您终于可以和提姆·克罗恩几乎**平起平坐**：在明斯特 248
尔塔尔小镇深处，您在阅读您的故事，他在阅读他的故事。您接下去要做的，便是完成您的书，然后寻找一家出版社。

对读者来说，至少对那些手头宽裕的读者来说，尽管提姆·克罗恩为人慷慨、平易近民，但在他小说的“制造”过程中，网民介入的机会则并不多。以网民的“赌注”作为约束，这是提姆·克罗恩写作必不可少的条件，毕竟他们为其提供了词汇，但剩下的则是作者的事，他用盖世的才华摆脱了约束。在接下来的更深层次的合作方式中，我们会看到某些作者会首先对一部作品做出初步的设想，包括对场景的设想，或者直接为读者写下第一章节，但他们同时会给网民的参与留下更多的空间，让他们发表意见、建议或批评，甚至让他们(共同)决定下文的叙事内容。

就像近期堤尔曼·拉姆施泰勒(Tilman Rammstedt)写的*Morgen mehr*(直译为：《明日待续》)，就属于这第二种合作方式①。以“品质优良”著称的翰泽尔出版社出版了这部小说，但在这之前，小说如其书名暗示的那样(媒介即讯息)，已经以连载的形式被天天刊登在网上，总共持续了三个月。网民以“脸书”群组人员的身份花钱订阅小说，对小说的每一章做出评注和讨论，因此他们可以共同决定故事的发展。

只要阅读一下网上的评论，大家就会觉得堤尔曼·拉姆施泰勒的工作并不简单，因为网民评论前后不一、互相矛盾、不知所云，甚至有些根本就和小说的发展没有任何关系。某些网民订户(abonnés-usagers)对自己的权力深信不疑，因为毕竟他们是付了钱的，所以会利用这个机会发布一些他们露骨的“诗歌片段”，就此 249

---

① 堤尔曼·拉姆施泰勒：《明日待续》，慕尼黑：翰泽尔出版社，2016。

也希望得到翰泽尔出版社的赏识。于是，被众包的平易近民的作者遇到了一个问题：如果他回答：不，谢谢，那就太离谱了，他会立即遭到**屎尿风暴**的攻击。所以，他必须表现得主动积极：喜欢，谢谢，即便之后他还是要花相当多的时间去修改润色作品，就像翰泽尔出版社网上所证实的那样：要用“熨斗去烫平”(bügeln)。

如果我们很难准确地说出《**明日待续**》中究竟哪些是网民写的，那么换一个角度说，我们也很难估计作者究竟花了多少工夫去“烫平”小说。小说最后还是以分裂的形式出现了：一边是作者盖世无双、讽刺幽默的风格和精心设计的跌宕起伏的情节；而另一边，则可以说是一帮迟钝乏味的网民。尽管作者用讽刺的口吻对已经发生的情节做出所有可能的“熨烫”总结，但整个故事依然让人觉得随心所欲。很明显，故事的发展缺乏头绪，故事本身也没有一个预先设计的方案，更无法体现“作家的意图”(intention de l'auteur)。这种参与性的文学实践，立马说明了过去结构主义理论企图摆脱“作家意图”的这种想法，实在不太容易实现。

作者的意图在《**明日待续**》中还没有出现，一章接一章，小说与“实时”(le temps réel)并进，所以意图还在酝酿之中。这也许就是小说的关键，因为《**明日待续**》主要讲述的是一个(用“我”来表达的)还在酝酿的叙述者的故事，他还没有出生，所以到头来，小说讲的是叙述者的父母多多少少荒诞离奇的冒险经历。从这个角度来看，我们还是会说，尽管如此，小说还是有它的合理性：它有一个(未出世作者的)追求，从这个追求出发，应该会产生一种合理性。

居然事后还得用“熨斗去烫平”，那么如此轰轰烈烈地放弃作
250 者权威又有什么好处呢？拉姆施泰勒真的需要依靠读者的想象力来创作这样一则故事吗？答案，我们可以再一次在马歇尔·麦克卢汉那里找到。事实上，一切就这样发生了，就好像一方是“品质优良”的翰泽尔出版社，因此我们可以说，它是一个机构性的保守

出版社；另一方是拉姆施泰勒，他必须通过网络出现在网上，并以平易近民、准备与网民分享权威的作者或出版社的身份在网上作秀。根据传媒基本规律，也就是传媒自我炫耀的套套逻辑，二者所要传达的讯息是：我们在网上。因为那是必须的。由于没有拉姆施泰勒和翰泽尔出版社所提供的更为确凿的证据，这至少是我能够想到的唯一假设，也是因为在某种程度上，这个假设和以上类似的列举有异曲同工之处。

2015年，美国记者艾瑞克·麦克（Eric Mack）也发起了一个基于**众包**的项目。他希望撰写第一部互联网式的科幻小说（50 000个词，所以篇幅相对来说不长），取名为《**天堂杀戮**》（*Heaven Makes a Killing*）。麦克在这个计划中担任的角色是"作者—发起人"（auteur-initiateur）。他在网上发表了小说的前两章，里面包括三个主角。然后，他邀请大家（大约五十人左右）续写他的小说，在此期间，他对网民所提供的续文做出肯定或否决。与拉姆施泰勒继续霸占连载作家（écrivain-feuilletoniste）称号的位置恰恰相反，很明显，麦克虽然没有像马拉美所说的，将主动权交付于词语，但还是将主动权交给了网民。

与拉姆施泰勒计划的不同之处还在于，麦克的小说，说到底，并不会完完全全成为他的小说，他也不会因自己的作者身份，而得到作者应有的收获。完成的"产品"可以从网上读取，它拥有一张"知识共享署名 4.0 国际许可"（Creative Commons Attribution 4.0 International Licence）认可证，所以小说可以商业性地被使用，只要使用者在征引时指明它的出处。所有的网民作者都可以 251
以真名或匿名的方式出现在小说里，而在最后出版的《**明日待续**》，所有网民作者的名字则消失得无影无踪。"Mehr"（待续），总之是"昨天"：在阅读拉姆施泰勒的这部"标准"小说时，我们可以看到，通过**众包**所获得的"剩余价值"所剩无几。相反，麦克是一位热衷于发掘互联网集体创作潜力的记者，他并不是一位喜欢“用熨斗去烫平”的职业作家，很明显他的意图，是在文学边缘，对作者的集体化形式和创作的集体化形式做出尝试，这一边缘也有可能对文学本生造成威胁。

此外，麦克在一些声明中也承认这就是他的目的，而且也并不觉得有什么问题。他认为，如此“制造”出来的小说，并不涉及文学质量问题，小说如同一个大杂烩，囊括了不同的写作风格，因此它不具备“专业性”制作的小说水准，可能也不会引起某个出版社的兴趣。当我们浏览《**天堂杀戮**》的章节概要时，我们会明显看到它要比《**明日待续**》更缺乏最基本的叙事合理性。当然，《**明日待续**》是以“然后，然后，再然后”的模式继续的，可谓一波未平一波又起，故事变幻莫测。而麦克所要强调的，是对**众包**的体验，这种体验有它自己的目的，整个过程则是为了让其他网民看到互联网创作的
252 潜在实力，同时也宣扬了参与性的维度。在不久的将来，非但没有纯文学作品，更不会出现有关“总体作品”(œuvre totale)的计划，虽然从马拉美到情境主义者，先锋派人士也曾经对此计划抱有幻想，他们梦想可以将创作的权力交予民众，可现在看来，文学至多也只不过是一起“事件”，其关键就是要发生点什么。文学文化变成了**游戏**文化。几世纪来，文学文化受到的是“印刷书写域”的滋养，而现在的游戏文化则完全属于互联网和网络。

这里再举最后一个例子，它也是通过**众包**而诞生的一部小说，事实上也可以把它归入第一类。由芬兰作家米可·卡尔皮(Mikko Karppi)创作的《**从一个现实到另一个现实**》(*From Reality to Another*)于2010年以电子书的形式出版，大家花一美元便可用Kindle读取。直至今日，这部小说已被翻译成了六国文字(包括法语)，所有的翻译工作也是基于**众包**模式来完成的。从作者和网民二者之间的参与程度来看，整个计划几乎和克罗恩或

拉姆施泰勒的项目截然不同。当然，卡尔皮也像麦克那样，在启动计划的同时也在网上发表了小说的第一章节，然后他邀请网民在“推特”平台上，一句一句、一小时一小时地“推”，而他为了确保推文之间的顺畅，则用“熨斗”在这里或那里“烫平”。他也为小说写了四个结局，这不仅为故事的发展指明了方向，也让网民可以选择自己喜欢的结局。每隔一小时，卡尔皮和他的同事会对网民的“推文”做出评估，选出最好的**推文**，也就是说，选择过去一小时内“推”出的最优秀语句。有时，一小时里会出现四十条**推文**，有时则一条也没有，或至少没有一条是令人满意的，于是大家重起炉灶。

所以，《**从一个现实到另一个现实**》的节奏简直就是福楼拜式的，但福楼拜的“喧叫之地”（gueuloir）被民众取代了（这里大约有五百人），更何况，一部用**推特**（不超过 140 个字符）写的小说，里面出现的从句可能要比《**包法利夫人**》（*Madame Bovary*）里的少很多。和麦克一样，米可·卡尔皮强调的是参与性、游戏性的维度，而不是“完成品”的文学价值，可这件“完成品”却好像游离在平庸化和“几乎不可读”（quasi-illisibilité）之间，而这种“几乎不可读”又在集体式翻译的过程中被再一次强化了。从专业性的角度来说，卡尔皮和其同事是一家名叫 Roisto 公司的计划推动者，这家公司的目的是通过互联网，以集体合作的方式制造文化产品，也就是 253
说，**通过**网络发展**众包**。通过网络，也许我们走出了文学，但反过来说，想要通过网络进入文学，似乎也并不容易。

如果大家相信《**从一个现实到另一个现实**》的发起人所说的，那么在这部集体性作品的创作过程中，遇到了两个问题：玩笑和挑衅。某些网民，并不为故事的进展“推”出一些认真严肃的句子，而“推”一些他们喜欢的玩笑，有时还重复多遍，直至它们被厌倦了“战争”的“编辑者”接受。我对你的故事不感兴趣，不过我倒是可以给大家来一段精彩的。

一步之遥，“玩笑”或多或少就变成了“挑衅”。最初，**挑衅者**（troll）是斯堪的纳维亚（scandinave）的巨兽，通常不太友善，它既不是人也不是神，至少古老传说中是这样讲的。最近，“挑衅者”专指在社交网络和数码论坛上一些肆意横行的入侵者，也就是说，没有教养的网民和破坏分子。而像《**从现实到另一个现实**》这样的项目，似乎吸引了一定数量的“挑衅者”，究其原因，这部分归咎于项目的斯堪的纳维亚维度，以及传统的“巨兽”维度。集体式创作的进化程度，有时要比预计的来得缓慢，尤其是当**众包**以一种游戏的、娱乐的，让大家开心的形式出现。因为我们总是通过笑，总是通过可以让人发笑的玩笑，而立刻沉浸在欢乐中，尤其当娱乐的内
254 容并不关乎个人隐私，而涉及的是群体，而“群体性”也是网络所期待的。总而言之，社交网络是最适合让人笑的理想平台①。

关于这一点，我们可以将其和弗洛伊德的《**诙谐及其与潜意识的关系**》（*Mot d'esprit et sa relation à l'inconscient*）②联系在一起，因为迄今为止，还没有任何一套理论可以与其相比。笑，在充满压抑的社会里是一种原则，是一种社会性的减压原则。我们有时觉得网民的本质和使命就是发泄，因此毫不奇怪，他们会利用每一个机会去取笑别人，让自己变成“巨兽”。事实上，正如弗洛伊德所说的，我们从来不会一个人笑，而且从牺牲性的维度看，如果我们可以以**牺牲**他人为代价，那是再好不过的了。尤其是，被取笑的人代表的是法律或权威，那么嘲笑便可以将其颠覆。这种情况在“传统”作者的身上不会发生，我们不会与他们开玩笑，除非他决定使

---

① 通过社交网络而获得（未来）事业有成的人群中（特别是通过 Youtube 平台），我们会在其中找到喜剧演员，通常他们比演员的数量要多，甚至远远超过了作家的数量，这也并非巧合。这些人可以被视为官方景观文化的边缘人，他们是从来没有上过专业学校的“自学成才者”（self-made men），他们完全与社交网络同步，因为他们只是让大家笑，也就是说让“快乐”社会化。

② 尤其是第四章和第五章，还有专供粉丝参考的第七章。

用**众包**模式，将自己变成一位可以近距离接触的数码作家。他带着他慷慨的计划向我们走来，他撰写了第一章节，他梦想成为第一位真正和网民合作的作者，但嘲笑和挑衅立即让他失去权威。而曾几何时，他也秘密地，甚至不自觉地珍藏着一份权威。嘲笑吞噬了他。文学的未来，一片渺茫。

让我们严肃点！我并不怀疑通过**众包**模式进行编程或编码可以将成本降至最低，我也不怀疑在苏格兰或通常在英国农业博览会上，众包可以对一头公牛或母牛的体重做出更为精确的计算。 255
但我不确定文学活动与一头牛的体重会有什么关系，也不确定文学活动与任何其他的群众平均估值有什么关系。文学作品就和艺术作品一样，并不处于一种平均值式的格局，而是一种破例式的格局。既然所有书籍的价格都差不多，那我就要最好的，最适合我口味的，而不只是一块好吃的牛排。同样道理，我愿意出高价购买一件艺术品，因为它的特殊性得到了认可和认证，因为它不是一件普通的商品，也不是一件拥有平均意见值的商品。我买，但我买的是一种风格、一个签名。于是，大家发现我们又回到了“主观性”(subjectivité)这一老生常谈的问题，回到了关于一种主观性格局(économie de la subjectivité)问题。而特殊主体的存在，则是让主观性格局充满生机的先决条件。本书的结论将围绕这个主题展开。

结　论
从“心灵回音室”到“客房服务”

257 ## 主观的消除

为什么在《**华氏 451 度**》(*Fahrenheit* 451)里,书是被禁的? 这是一条大家必须遵守的准则:一旦发现书,便将其焚烧,将持书者囚禁。持书者本应像所有人那样坐在电视机前,不停地观看电视节目,而这些节目的虚拟式参与维度也预示了如今的电视真人秀节目。可“执法当局”(forces de l'ordre)所给出的理由却并不充分,让人畏惧的负责焚书的消防队长,有一次这样概括地解释道:书籍是造成不平等的因素,总而言之,是造成差异化的因素,阅读会让“我”变成一个单独的,与大众媒体和随大流对立的个体,也就是说,“我”是平均主义的敌人。

消防队长还明确指出,在他想要捍卫的世界里,虚构一无是处,那些不存在的世界也一无是处。总而言之,他并没有错:如果我们从“需求”或“用途”的角度来看,甚至从使用者的理性角度来考虑,虚构并不是必需的。没有虚构,我们照样可以生活(幸存),就像即使没有爱,我们也可以生活(幸存)下去一样。此外,这也说明了在需求之外，虚构(fiction)、独特性(singularité)和欲望(désir)存在着一种关系，而虚构又和主观性(subjectivité)是分不开的。 258
总地来说，大家可以看到：《**华氏 451 度**》里对书籍的查禁，明显是为了消除主观性。而主观性，并不是必要的，至少根据西方人几世纪来一直都在对其思考这个现象来看，没有主观性也是完全可以的。

顺便提一下，针对主观性的第一定义，或者说，针对我们通常所说的主观性，小说作者雷・布拉德伯雷(Ray Bradbury)提出了**相反**(a contrario)的看法：一方面，主观性是虚构的能力，是想象并不存在的世界和事物的能力；另一方面，主观性是让自己有别于他人的能力，让自己变得独特的能力，确切地说，就是通过想象的能力让自己变得独一无二。某些人可能会将以上这些更笼统地称为：人性所特有的，使用象征的天赋，以及具备这种天赋所必需的阐释、诠释和解密的能力。

于是，布拉德伯雷接下来提出的重要问题是：书籍和这样的主观性是否有关系？如果书籍必须和通讯、信息技术结合在一起，而失去了中心地位，那么主观性又会变成什么样子？不管是主观性与虚构、书籍有着千丝万缕的关系，还是虚构、书籍也对主观性起到决定性的作用，毕竟有一种像媒体无意识那样的东西出现了，这显然是《**华氏 451 度**》作者想要表达的主题。作者用与书籍完全相反的媒体——电视来体现这个主题。书籍让人主观化(subjectivation)，而电视则是为了消除主观化。小说中，主观化主要体现在蒙塔格(Montag)和克菈瑞瑟(Clarisse)之间的一场可能的爱情，蒙塔格是消防员兼焚书者，但也是一名异端分子，而克菈瑞瑟则是书本世界的代言人，有着一份充满暗示性的职业：教师。至于电视，主要通过蒙塔格的妻子缪德莉(Mildred)这个角色来体现。

缪德莉早已忘记“欲望”(désir)是什么，她和所有人一样，靠电 259

视真人秀的虚拟式参与和安眠药度日。此外，这也是小说中每个人都应该做的事。当缪德莉服用了过多的安眠药晕厥后，急救人员迅速赶到，给她做点人工呼吸，让她"重新启动"(reset)，就像我们重新更新任何一部机器或任何一台电脑一样，生活在继续，或确切地说，景观在继续。**《华氏451度》**敏锐地预见了景观势头的日趋高涨，以及它的异化、强制的力量。我们还可以看到，景观掌控着缪德莉的生活，因为电视明摆着取代了她所没有的家庭(当然，消防队队长也不建议蒙塔格建立家庭)[1]。

没有虚构，没有想象，没有主观化，没有代代传承，也没有象征，这些在弗朗索瓦·特吕弗(François Truffaut)改编执导的同名电影**《华氏451度》**中，很明显地体现了出来。电影的最后，出现了一位持不同政见的老人，他整天都在背诵一本他牢记在心的书。临死之前，他将背诵的内容传授给了孙子，他的孙子将其背诵下来，于是成了此书的"保管人"。

布拉德伯雷的故事与乔治·奥威尔(George Orwell)的**《一九八四》**(1984)有着异曲同工之处，两部小说几乎同时出现，显然他们是同龄人：他们的一只脚陷于集权时代，另一只脚则陷于电视诞生的时代。两位作者的预见，之后被德波定义为(集权制的)"集中
260 性"景观，与(美国资本主义的)"弥散性"景观形成对比。如果大部分读者都将**《一九八四》**和"老大哥"联系在一起，都将小说和无处不在的监视系统联系在一起，那么有时我们则忘了，它也是一部讲述主观性如何被摧毁的小说——奥威尔的小说也是一部绝望的爱情悲剧。

在**《一九八四》**的世界里，书籍显然是不存在的，或者说是被禁

---

[1] 雷·布拉德伯雷的预见比达尼-罗伯特·迪富尔在《变态之城》(*La Cité perverse*)中的论点要早半个世纪，参看《变态之城》，巴黎：德诺埃(Denoël)出版社，2009，从第317页起。

的，就如同大家被禁止表达自己、被禁止思考一样。但是比《**华氏451度**》更为激进的是，在《**一九八四**》里，既没有主观性，也没有隐私权。从这个角度来说，小说的第一个场景充满象征意义：温斯顿(Winston)躲在自己公寓的一个角落里写日记，在那里，他躲过，或者说，他觉得他躲过了"老大哥"的监视屏幕，他试图从大洋国制订的全面消除主观性的计划中逃离，而此刻的他，则立即违反了政府的禁令。

写日记，就是将主体尽可能地秘密记录在一本"书"里，总而言之，就好像是一个正在书写的主体，为自己提供了一个只属于自己的空间，这实在是太过分了，这种行为，不管怎么说，足可以受到政权的制裁。这样的政权，甚至试图剥夺大家使用语言的权力，强制大家使用不停萎缩的"新语"(novlangue)，而这些"新语"则被印刷在变得越来越单薄的词典里。其间，温斯顿试图掩人耳目而装出一副坦陈的样子，可"老大哥"则死盯着松散砖块后面所匿藏的私人手稿，他看到为什么温斯顿会成为主体，成为一个反抗"透明度"的主体，他可不喜欢这些。

于是，当爱情[Julia(裘莉亚)]突然出现在温斯顿的生活里，"老大哥"就愈加不满了，因为那是让个人变得主观化、有别于他人，以及达到独特的极致状态。所以，如果温斯顿在被捕后，不再 261
因为"背叛"爱情而内心挣扎；如果在遭受酷刑时，他向刽子手大呼受刑的应该是裘莉亚而不是他，那么这些都并非巧合。绝对性监视的结果，就是消除主观性，反过来说，主观性是一种秘密的、私下的东西，确切地说，正是一种逃避监视的东西，而老大哥则无法容忍**看到**这种东西逃离他的视线。

就如同布拉德伯雷，我们在这里所看到的是，奥威尔式的主观化消除得到了一整套的媒体系统的支持，甚至可以说，主观化之所以会消失，得益于旧式媒体的消亡。没有日记，无法用书写来自我解脱，语言萎缩（就像如今诺伊尔·热瓦兹所描述的，语言退化成表情符号或感叹词），记忆被无止境地摧毁、审查（这是温斯顿的职务，用德波的话来说，就是一位不与文字打交道的职员，一个毁灭文字的职员）。最后，就像**《华氏451度》**里所描写的，主观化的消失还体现在那些无处不在的、具有宣传和监控目的的电视屏幕。奥威尔同时又用了略微偏执的手法，用电视屏幕预言了参与性的视听媒体。唯一出现在**《一九八四》**的一本书，是叛徒果尔德施坦因（Goldstein）撰写的（毫无疑问，他是被权力打造出来的一个形象），而温斯顿未来的刽子手将此书送给温斯顿是为了对其设套。写日记、喜欢一本书、阅读一本书，那肯定是走到了叛徒这边，或者说，走到了主体这边。

和布拉德伯雷一样，奥威尔暗示了一种非常紧密的二维关系：一边是书籍文化的命运，以及与其对峙的，刚刚诞生的“视听图像域”的命运；另一边则是关乎现代主观性的故事。因此我们可以断定，主观性并不是什么永恒的东西，它取决于历史、文化和科技。从其他角度来说，中世纪的个人主观性和当代的个人主观性根本没有共同之处，当代西方文化的主观性和阿拉伯文化的主观性也不存在相同之处。

262 这里所说的一个非功利性的阅读主体（他和虚构有关，倚靠主观性的诠释，同时诠释并且制造了他的主观性），他和一个不阅读的主体，没有任何共同之处。一个不阅读的主体，是一个从来都没有被置于阅读环境中的主体，或许是因为那个环境没有书籍可以诠释，或者是因为书本的用途受到了严厉的监控。与此同时，我们还会直觉性地将一些其他概念与主观性联系在一起，比如“（语言）思想的自由”或“由个体思维能力决定的自主性个体”，这些概念的出现，有其历史性，但也同样隐藏着脆弱性。

脆弱性，因为如果主观性的概念，至少从某种程度上来说是历史性的；如果我们可以相对地在其他文化中找到主观性的缺失——比如某些理论家将这种情况称为“集体性”；或者在某个没有印刷技术的时代，也存在主观性的缺失，那么我们今天所了解的主观性，可能，甚至很有可能，不是永恒的，它就像人类文明一样，也会消失，因为总而言之，它取决于特定媒体的特定用途。

一个独自在安静的阅读环境中培养着主观性的主体，在这种环境下，他逃过了“老大哥”的眼睛，或者说在今天，他逃过了众多的网络之眼，他让自己扮演不同的角色，让自己诠释不同的境遇，以此来塑造自己——也许有一天，这种现象会让人觉得完全另类，或者太过时了。布拉德伯雷和奥威尔所担忧的，是主观化被禁止，而在将来，没有任何理由去禁止主观化，因为大家会轻而易举地放弃主观性。如果我们停止阐释，失去阅读的习惯，失去回顾历史和 263
诠释历史的习惯，比如将建立主观性的任务交付于软件，那么总之，大家也没有任何理由认为阐释能力是天生的、是我们基因的一部分，将会继续存在。

阅读和刺激

这些问题，是奥威尔和布拉德伯雷在电视刚诞生的情况下提出的，或更加笼统地说，是在大众媒体和独裁制度二者关系愈演愈烈的情况下提出的。在今天，我们可以对其一笑了之，因为如果确实就像我在本书中所论证的：视觉媒体在文学领域中的突然出现，深刻改变了文学领域自身，那么即便这样，我们也许还不至于失去让我们变得主观化的能力，还不至于失去我们的判断和诠释的能力。至于极权政体，即便是温柔的极权政体，这个假设还是离现实相当遥远。于是，如今通常与主观化消失问题联系在一起的日新月异的数码技术，就像过去的电视，并不一定会对我们的主观性造成威胁。

戴夫·埃格斯的**《圆圈》**是否要比**《华氏451度》**或**《一九八四》**更加现实？其中的女主人公梅·霍兰(Mae Holland)，每周七天、每天二十四小时地和尽数百万的**朋友**交流，这些朋友也无时无刻不在看她，那么她是不是和几十年前的温斯顿或者蒙塔格很像呢？大家也可以再想想。我们所探讨的，是一种媒体无意识的存在，也就是说，我们很难客观地去看待依靠特定媒体实践而确立的主观性，就像很多人毫不犹豫地，有时在相当长的一段时间里，将弗洛伊德的无意识归类在或多或少有点落伍的信仰中。我们的主观性是通过特定的书写和阅读培养出来的，这样想，是不是一种虚幻？是不是一种信仰？如果写作和阅读消失，我们的主观性是否也随之消失[1]？我们默默地、孤独地通过阅读和写作建立属于自己的“心灵回音室”(chambre *à* échos)，与此同时“心灵回音室”也构成了我们的主观性。这样的心灵回音室是否能够在其他传媒设备的
264 日新月异中继续存在？它是否能够被迁徙至其他的传媒载体？

回答往往既是肯定的又是否定的。如果说，心灵回音室不会消失，那是因为首先，我们是假设性地将主观性的生死存亡和文学实践联系在了一起，而要证明这种和主观性相连的文学实践会真

① 我们还可以继续探究这个关乎“主体”的理论。就如同某些学者所说的，这个理论缘于一种环境或一种对特定媒体的想象。从这个角度来说，弗洛伊德的无意识是典型的“印刷书写域”、印刷文化的产物。因为如果我们阅读一下弗洛伊德的《魔幻记事本》(*le Bloc-notes magique*)，就会明白那是一场文字游戏，一场删去文字、保留文字等等的游戏[有关这个问题，请参阅雅克·德里达：《弗洛伊德与书写舞台》(“Freud et la scène de l'écriture”)，载《书写与差异》(*L'Écriture et la différence*)，巴黎：塞伊出版社，1967]。同样地，近期某些学者也提出，拉康关于主体和无意识的理论缘于网络控制论的崛起[参看刘禾(Lydia H. Liu)：《弗洛伊德机器人：数字媒体与无意识的未来》(*The Freudian Robot: Digital Media and the Future of the Unconscious*)，芝加哥：芝加哥大学出版社，2010]。

正消失是很困难的：比如要证明作者不再像几十年前那样继续存在是很难的；比如要证明我们像原始人那样不阅读，也是很难的。另一个不会消失的理由，是因为我们心中的阐释对象，也就是文学文本，它们确实可以被转移至其他媒体，只要大家想一下“作者电影”（cinéma d'auteur）是如何出现的，尽管好莱坞特效技术工业发展迅猛，但是这些作者至今依然存在。

还有必要对某些电视连续剧是如何取代小说的这个问题做进
一步的研究，它们在道德、哲学或心理学层面所提出的问题有时是 265
尖锐的，而这些问题在过去一直是属于小说的管辖范围。我们所用的媒体没有必然性，也没有决定性。在印刷技术发明之前，我们就有讲故事的习惯了，而今天在印刷技术消失之后，我们显然可以继续讲我们的故事。更何况，即使我们假设有一天印刷书籍真正消失，那么在听其他人讲述故事时，我们可能也并不会停止欢笑或哭泣。

但是答案并非如此简单，如果我们对这一切做出进一步的分析；如果我们认为欢笑和哭泣并不一定能够证明主观性的存在，就像如今目不暇接的“虚构”，它们以各种媒体形式在邀请我们，但这并不一定能够证明主观性的存在，不能证明心灵回音室的存在。而正是在这个心灵回音室里，我通过我的阐释塑造自我。我们不再阅读普鲁斯特，不再阅读众多的其他作家，我们阅读仅仅是为了欢笑或哭泣，的确，我们有时也会欢笑和哭泣。欢笑、哭泣，通常是大家在同一个时间，同一个场景，出于同一个原因所做出的行为。我们不一定会因为一些情感，或至少，不会因传媒刺激而产生一些即时性情感就会有别于他人，让自己变得独一无二。从这个角度来看，欢笑、哭泣、害怕，等等，与其说它们和主观性有关，还不如说，它们和主观性的消失、随大流有关。于是我们可以说，情感会导致一种即时的行动和反应，情感会触发一种无意识的动作，甚至是一种完全机械性的行为。和其他很多人一样，我们会说，这种无意式、机械性的行为就是各种形式相结合的文化工业的资产。

我们可以看到，这一"作用—反作用"(action-réaction)原则，
266 在"游戏"文化中也至关重要。游戏文化因数码技术而得到了迅猛发展，毫无疑问它正在成为文化实践活动的"震中"。书籍是用来阅读的，电视是用来收看的，数码是用来游戏的。游戏可以非常有效地激活参与性的潜力(就如同"电视直播"可以激活传统电视的潜力)。必须指出的是，一个制造游戏的产业，遵循的就是即时的"作用—反作用"原则，而其制造出来的绝大多数游戏的营业总额是电影产业的十倍左右。根据本书一开始所说的边缘效应理论，也应该可以预料到，其他文化活动也将会受到游戏文化的影响。

很清楚，游戏培养的是我们的反应能力，而不是我们的阐释能力，游戏可以让大家想象手握轻机枪和手持赛车的方向盘，但无力帮助我们去阐释马拉美的《**十四行诗** yx》(*Sonnet en yx*)。除此之外，即便也存在一些考验我们阐释能力的游戏，但是它们都会受到二进制编码的限制，回答总是停留在 0 或 1，从来不会 0 和 1，更不会让大家觉得 1 是 0，或 1 是 0.5，等等。如果这样去阐释《**十四行诗** yx》，会很困难。所以，阐释学和主观性都不会是数码技术的强项。好像数码技术也意识到了这一点，因为它并没有真正冒险涉足于阐释学和主观性，它什么都不能，只能通过记忆机械性地代替主观性——就好像主观性和记忆是一回事。

如果"文学性的东西"被搬上银幕或电视屏幕，那么反过来说，我们必须承认没有什么能够阻止"娱乐性的东西"被搬进书籍，并在书籍中扮演重要角色，为书籍注入一种即时感动、即时"作用—
267 反作用"的活力。所以，我们依然会继续阅读，甚至会阅读无数，可是那些乐观的阅读统计数据往往归功于那几本畅销书，它们被大家阅读，目的是让大家在同一个时段拥有同样的感受、同样的生理

反应，将大家必要的阐释能力尽可能地减至零，让大家的主观性也随之退化。

比如，自《**格雷的五十道阴影**》问世后，相继出现了无数“官方的”性虐恋文学的续篇或对其的效仿，但这对于书籍文化来说，并不一定是一件好事，即便此书的销售量达到了数百万册。此三部曲更像是在消除大家的主观性，从这个角度来看，如今变态影像的日趋发达也并非只是巧合：在变态堕落的过程中，的确有一个让独特个体自我摧毁的愿望，让独特个体变成一个只屈从于其他肉身的肉身。此三部曲其实只是一本您一直以来所想知道的有关性虐恋的“产品目录”，却正式荣登近期畅销书榜首之位，从这个角度来看，这个现象确实值得引起大家的注意。

《**格雷的五十道阴影**》现象变得越来越普遍。今天，可以激发大家各种情感的书籍不计其数，但一旦阅读完之后，我们就会将它们忘记。就像现在相当流行的任何一部侦探小说，它不会留下一些可以让大家(再)谈论、(再)阅读的东西，也不会让大家去期望、去阐释什么，当然也不会给大家留下一些悬而未决的问题，更不会让大家提出质疑。总之，它基本就像一场游戏，就像一台电视真人秀节目、一场足球比赛，一旦当我们知道了结果或结局，就不会想回头再看第二遍。一旦结束就结束了，这就是娱乐的规则，甚至是 268
娱乐的定义，这也说明为什么我们总是选择类似的娱乐方式，而且周而复始。

从一种孤独到另一种孤独

我们刚刚大致阐述的这条娱乐规则，并不是什么新鲜事。一方面，我非常清楚，还有其他人，包括那些非常伟大的作者，早在我之前就已经观察到了这些可能的危害性；另一方面，娱乐规则从来就没有阻止地球的运转，也没有阻止主观性的继续存在，所以大家也会对它的危害性持保留态度。但需要指出的是，娱乐规则得益于数码技术，后者的实力实在让人望而生畏。没有什么能像我们身边的数码系统那样，与塑造我们主观性的心灵回音室如此背道而驰；没有什么能像数码系统那样，让我们觉得心灵回音室会消失，至少，数码系统会导致它的"技术性失业"。

心灵回音室的消失首先是因为网络。网络，它的定义就是：从来不会让我们独处。在前一章节里，我们阐述了网络对作者造成的影响：他们不得不答复网民，与网民合作，让网民进入他的心灵回音室。而在过去，这样的心灵回音室于作者来说，是最为隐秘的，普鲁斯特就知道如何保护他的心灵回音室，他用软木墙将其围住：悄无声息，除非是我想象出来的声音。想要看看这间心灵回音室究竟是什么样子的，只需再阅读《**女囚**》(*La Prisonnière*)的前几页。我们大致还会注意到，取代了读者的网民，也取代了作者的位置，他永远不是一个人，所以他也就意味着具有交流、互相影响、参与、能在网络立足的能力。当他阅读时，并不会扔下他的智能手
269 机，他可以在任何时候，让每个和他交流的人都知道他在干什么、阅读什么，他是否喜欢他所阅读的内容，等等。此外，他所阅读的也很有可能正是其他人在他之前刚"点赞"的，也很有可能是互联网或网络上他所看到的，无数这条那条帖子或留言所推荐的。

总而言之，网络取代了心灵回音室，占据了它的位置。无数我们在过去可能想到的声音、需要想象的声音，以及我们对这些声音所做出的假想回答，如今都变得真实了，它们永远不会放过您。渐渐地，网民会回到"个人默读"之前的那种阅读方式：在越来越公开的或集体性的场合中大声朗读，在那里，所有人听的是同一件事，被激起的是同一种情感，在同一时段里欢笑或哭泣。

所以，轮到我们思考一下了：随着在线阅读的到来；随着流媒体文化消费形式的出现；随着云端共享魅力的普及（怎么？您居然还想一个人关起门来阅读？您想一个人？您不想和别人分享？太猥琐了吧！太不合群了吧！），未来究竟会怎样？不久的将来，一个人独自阅读的机会可能会越来越少。**“客房服务”**（room service）不会再毕恭毕敬地站在门后等候我们按铃，它会一直在那里，悄悄地潜伏在暗处，卑躬屈膝地窥视着我们的每一个需求、每一种欲望以及我们的每一个反应。有什么可以阻止这些盯着我们一言一行的“数码食人魔”（有时被统一简称为 GAFA：Google，Apple，Facebook，Amazon）呢？只要我们一出现在网上，它们便知道我们在哪个段落做了记号；知道我们跳过了哪些段落；知道我们点赞了什么；知道我们将什么传给了朋友；甚至知道我们将什么样的内容阅读了十遍，等等。它们会知道我们喜欢什么、不喜欢什么，正如我们也知道它们对我们了如指掌，所以也许我们不再会翻来覆 270
去地阅读某些非常猥亵的段落。于是，在美丽的新世界里，一切都将变得更美好。

但这一切又是充满矛盾的，客房服务的“年轻侍者”为我们提供特殊服务，让我们互相交流，但同时又孤立我们。数码食人魔了解我们所有的习惯，当我们再一次访问它们的网站时，它们会向我们介绍类似于我们曾经点赞过的产品，它们对那些可以进一步完善“供应服务”的软件也是翘首以待。曾几何时，一位优秀的年轻侍者，知道我们早上所品咖啡的温度，或者知道我们喜欢什么品牌的白兰地，而现在的数码食人魔也很快会成为非常优秀的年轻侍者，它们能够从细节入手，为您打造只属于您的**客房服务**[1]。它们不仅向我们推荐符合我们"欲望"的产品——这已经是很矛盾的了，而且还会向我们建议特别为我们设计的产品：在它们所推荐的小说中，我们曾经坚决跳过不看的被省略了，新添了一些我们一直会来回看上好几遍的火辣情节。

或者它们对经典作品进行修改，但不是应时更新，而是按照我们各自不同的口味更新：300 页的**《追忆似水年华》**中没有一个句子是超过两行的。或者给**《包法利夫人》**添上一段不太悲伤的结局。如果软件发现我们喜欢结局完美的故事，那么在我们个人版的《包法利夫人》中，爱玛服毒后也许可以通过洗胃而获得重生，然后在亚得里亚海上的一次豪华游轮之旅中与查理重归于好。显然，这让我们快乐，没有什么能比我们的快乐更重要了。

271 这个问题与当今涉及**大数据**辩论的所有企业有关，而我们则有意无意、心甘情愿地成了这些企业的监视目标。如果只是从监视的角度来看待这个话题的话，那么我们无须再对其做进一步讨论。但非常清楚的是，这一问题涉及的是主观性的未来问题，尤其是当文化产品和其发展也与监视相关时。

拉康在名为**《精神分析伦理》**（*L'Éthique de la psychanalyse*）的研究班讨论会上曾说过一句话，也许今天我们可以将其变成一条相当棒的"推文"：**"不要放弃您的欲望"**（Ne cède pas sur ton désir）。欲望是以时间、空间、相异性、新奇性、偶然性、未知性和不可测性，也就是某些数码理论家所称的**机缘巧合**（serendipity）为前提的，为了不让您的欲望消失，为了不让自己的欲望被埋葬，就

---

[1] 樊尚·考夫曼和米丽娅姆·梅克尔（Miriam Meckel）：《阅读我！我！选择我！关于作者和读者在数字时代的主观化消失》（"Lies! Mich! Aus! Zur Entsubjektivierung von Autor und Leser im Digitalen"），载《码》（*Kodex*），2013 年 3 月。

必须知道应该如何拒绝**客房服务**，或至少，我们必须意识到，“客房服务”通过我们已有的欲望，来预测我们的其他欲望，于是它们机械性地切断了所有可能发生在我们身上的意外和未知事件。我们可以对此保持乐观，并对自己说，“欲望”总是能够找到一条出路的。但我并没有看到，新兴数码技术造成大家阐释能力的不断萎缩这一现象是否可以得以控制。当然，我也没有看到制止阐释学的萎缩会给我们带来什么好处。

我们对“读者—网民”所做的分析，也同样适用于作者，鉴于心灵回音室的重要性，我们并没有忘记他们。因为心灵回音室也是作者的心灵回音室，它甚至早于读者的心灵回音室，无论它是不是由软木板围起来的，作者似乎也面临同样的充满“魅力”的**客房服务**。我们在上一章看到，网络让网民取代了作者想象中的交谈者的地位，而几个世纪以来，多亏这些想象出来的交谈者，或者说正是为了这些想象的交谈者，作者才得以不停地塑造自我。而如今， 272
软木围绕的心灵回音室有点拥挤。曾几何时，作者在心灵回音室可以用所有的时间去倾听自己的想法，将自身孤寂地抛入想象的空间，在那里塑造闻所未闻、意想不到的主人公，即便最终让房间变成一个“喧叫之地”也在所不惜。而今天，有许许多多“实时”跟踪作者的爱心朋友，他们在作者听到心灵深处的回音之前，便已经随时准备参与、讨论和修改了：马塞尔，删掉点吧，这里不用逗号，该用句号，你真让我晕！

而且尤为重要的是：我们必须肯定，在不久的将来，**客房服务**也会向具有竞争力的作者提供最佳的服务。要知道，所有通过数据挖掘提取的信息，可以让这个世界上最有实力的企业知道我们喜欢什么、厌恶什么，以及我们最喜欢的颜色（即便大家都知道，它们愚蠢地认为我们最喜欢的颜色是一成不变的）。大家可以想象卓有成效的合作不仅仅只局限在作者和读者之间，还存在于作者

（或出版商）和"亚马逊""谷歌""苹果"或者"脸书"之间。这些企业会偷偷背着"客户—读者"，在第一时间出售从他们那里提取的无数珍贵信息，以此来改善即将出版的文学作品：在乏味的作品里添加一些"胡椒"，又或者，在太"咸"的作品里加点"水"稀释。

而且，一旦我们迈出了这一步，那么我们还可以将这样的"改写"（réécriture）工作直接交付于记忆力超强的软件，它们对当代人类的口味和偏好的了解程度，可要比最聪明的畅销书作者更详细、更精确。"年轻侍者"在作者身边待久了，肯定想要取代作者的位置，这也是他的梦想。随着数码技术的发展，我们不仅邀请朋友来进行"参与性创作"，而且越来越频繁地邀请机器人、邀请（尤其是芝加哥的）**自动化写作服务**（Narrative Science）专家发明的新软
273 件来参与创作。既然软件和机器人已经具备撰写股票分析报告和体育报道的能力，一些乐观人士也因此向我们保证在不久的将来，它们可以与波德莱尔或马拉美媲美，甚至比他们写得更好。当那一天到来时，我们不再讨论由数码技术参与的创作，而讨论由作者参与的数码创作。

有朝一日，模仿波德莱尔或马拉美的应用程序，不会比"缤客"（Booking）网上预订酒店的应用程序更为逊色，这种情况并不是没有可能。但是，既然这些应用程序不会做别的，只能模仿波特莱尔或马拉美；既然它们在拥有波特莱尔或马拉美的记忆之外，没有其他任何记忆；既然波特莱尔或马拉美已经出现过了，那么这些应用程序也没啥意义，除非让它们出现在重复、炮制，以及销售同样快乐的消遣娱乐行业里，但复制波特莱尔或马拉美可能未必划算。更何况，接下来我们可以向"读者—网民"推荐的文学，完全不会与往昔文学的主体经验（expérience subjectivante）有任何关系。这种关乎主体经验的文学，它之所以能够继续存在，是因为这种经验一直是一种**主体之间相互性**（intersubjectivante）的经验，也就是

说，这种经验建于至少由两个心灵回音室之间的交流的基础之上。

文学理论，尤其是严格遵循结构主义思潮的文学理论，曾经捍卫的是“作者之死”，它曾不惜任何代价，坚决抵制我们对作者提问，坚决反对我们与作者之间建立一种想象的对话。这种理论认为，必须对作者的心灵回音室不闻不问。这就是让·斯塔罗宾斯基(Jean Starobinski)曾经所说的他并不擅长的“批评关系”[①]。这 274
一文学理论用其最教条的方式强加于我们，让我们在阅读文本的过程中，只询问文本是**如何**形成、采用的是何种结构手法。设想，如果一位作者曾试图对这些文本做出想象，去理解它、诠释它，那么这样做是不应该的，是要绝对避免的，否则他很有可能被大家逐出圈外[②]。即便(后)结构主义思潮远远没有如此坚决地捍卫这种立场，它尤其通过精神分析学，将许多主观性和阐释性的元素注入到了实践和提问中，但是我们还是可以说，这种思潮从(语义、叙述，等等的)结构方面来说，似乎完全可以和软件撰写的文章步调一致，软件编写出来的文章与个人的文本创作似乎旗鼓相当。

是的，可是很久以来，我们已经不再是结构主义者了；很久以来，我们拒绝成为结构主义者，毫无疑问，这缘于一些很充分的理由，于是我们又回到了我们的心灵回音室。也许，我们会拒绝文学变得数码化，也许，我们会拒绝阐释变得集体化——拒绝二者的理由是相同的：因为我们拒绝主观性的消失，而与文学的频繁接触，则让主观化变得可能；因为我们还不打算放弃文学实践中具有建构性的**主体间的相互性**。至少，这是我所期望的。

---

① 让·斯塔罗宾斯基：《批评的关系，活的眼(二)》[*La Relation critique* (*L'OEil vivant II*)]，巴黎：伽利玛出版社，1970。

② 至于是否可以真正避免谈论作者的意图，这又是另一个问题。针对这个问题，我们尤其可以参阅安托万·孔帕尼翁(Antoine Compagnon)的《理论的幽灵》(*Le Démon de la théorie*)，巴黎：塞伊出版社，1998。

人名索引

M

O

P

图书在版编目(CIP)数据

“景观”文学 ：媒体对文学的影响 / （瑞士）樊尚
·考夫曼著 ；李适嬿译. -- 南京 ：南京大学出版社，
2019.9
ISBN 978-7-305-22287-0

Ⅰ. ①景… Ⅱ. ①樊… ②李… Ⅲ. ①传播媒介—影
响—外国文学—现代文学—文学研究 Ⅳ. ①I106

中国版本图书馆 CIP 数据核字(2019)第 104190 号

Vincent Kaufmann
Dernières nouvelles du spectacle: Ce que les médias font à la littérature

江苏省版权局著作权合同登记　图字:10-2017-612 号

出版发行　南京大学出版社
社　　址　南京市汉口路 22 号　　　　邮　编　210093
出 版 人　金鑫荣

书　　名　“景观”文学:媒体对文学的影响
作　　者　[瑞士]樊尚·考夫曼
翻　　译　李适嬿
责任编辑　李　博　　　　　　　编辑热线　025-8359

照　　排　南京南琳图文制作有限公司
印　　刷　南京玉河印刷厂
开　　本　635×965　1/16　印张 16.25　字数 202 千
版　　次　2019 年 9 月第 1 版　2019 年 9 月第 1 次印刷
ISBN 978-7-305-22287-0
定　　价　58.00 元

网址：http://www.njupco.com
官方微博：http://weibo.com/njupco
官方微信号：njupress
销售咨询热线：(025) 83594756
